太平洋戦争　最後の証言

第一部　零戦・特攻編

門田隆将

はじめに

あの戦争とは何だったのだろうか。

年を経るごとに「歴史」となりつつある太平洋戦争（大東亜戦争）について、いまジャーナリズムの最後の戦いが続いている。

ご高齢となった元兵士たちに少しでも貴重な証言を伺おうと、多くのジャーナリストが足を運び、丹念な聞き取り作業をおこなっている。

なんとしても歴史の「真実」を残そうというジャーナリストたちの執念と、自分が体験したことを正確に後世に伝えたいというご高齢の当事者の思いが共鳴し、忘れようとしても忘れることのできないあの強烈な体験の数々が、主に活字メディアを通じて現代人の前に姿を現わしている。

これまで多くの当事者や研究者による不断の努力によって、太平洋戦争の戦史としての研究は素晴らしい成果を挙げてきた。その成果をもとに、われわれ後輩は、さまざまな論評を加えたり、意見を表明することができる。

しかし、末端の兵士たちの実際の体験や思いが広くいきわたっているかと言えば、それはまだまだ不十分ではないかと思う。

私が子供の頃、実際に激しい戦争を経験した元兵士は、町のあちこちにいた。その体験を子供相手にでも話してくれる人もいれば、いっさい黙して語らない人もいた。内容を深く理解できたとは思えないが、元兵士たちのしみじみとした話しぶりに子供の頃の私は固唾を呑んで聞き入ったものである。

どこの家でも、親戚まで含めれば、戦争で命を落とした人が必ずいた。一千万人もの若者が戦場に投入され、戦死者が実に二百三十万人に達した、歴史上未曾有の悲劇は、日本人のどの家庭にとっても、それほど「身近なもの」だった。

だが、昭和が終わり、平成の時代となって、やがて二十一世紀を迎えた頃から、日本の日常の風景は変わっていった。

その悲劇を直接の体験として語ることができる人が少なくなり、若者や子供たちが生の証言に耳を傾け、戦争そのものを考える機会が次第に失われてきたのである。

かわって大手を振り始めたのは、イデオロギーによる思考法である。戦争の直接の体験者の証言よりも、イデオロギーに基づいて論評することが主流となり、太平洋戦争は、いつしかイデオロギーによる議論の対象となっていった。

あまり意識はされていないが、太平洋戦争とは大正生まれの若者の戦争である。昭和二十年八月の終戦時、大正世代の男子は、十九歳から三十三歳であった。それは戦争を主力として戦った青年たちである。

二〇一一（平成二十三）年は、その大正が始まってちょうど百年、つまり〝大正百年〟にあたる。そして、同時に太平洋戦争開戦七十周年でもある。あの真珠湾攻撃から七十年もの歳月が流れたのである。

大正に生を享けた男子は、約千三百四十八万人（総務省統計局資料「男女別出生数及び出生率」による）にのぼるが、その内、およそ二百万人が戦死している。全体の実に七人に一人が戦死したことになる。明治生まれの父と母に育てられた大正の若者は、地獄の戦場で突撃を繰り返し、子孫も残さないまま、多くが何も語らないまま死んでいった。

生き残った大正生まれの青年たちは、亡き戦友の無念を胸に、戦後がむしゃらに働き、世界から〝奇跡の復興〟と呼ばれる経済成長の中核を担った。

遮二無二働きつづける大正世代の人々は、世界からエコノミニックアニマルとまで揶揄されたが、それでも怯むことはなかった。その姿は、かつて地獄の戦場で突撃を繰り返した気迫を彷彿させるものだった。

いつの頃からか、私は子供のとき聞いた戦争の実体験を後世に残さなければならないと思うようになっていた。戦後半世紀以上が経過し、二十一世紀を迎えた頃から、戦争の体験者たちに、私は改めて話を伺い始めた。それは「戦史」ではなく、あくまで個人の「体験」である。

戦争とは何だろうか。

私は、戦争とは、「兵たちの周囲で起こった極めて身近な出来事の集積」だと思っている。個人の体験こそが戦争であり、そこで起こった悲劇と哀しみこそが、全体の悲劇をも包括しうるものではないか、と思っている。

私は、個人の「体験」に耳を傾け続けた。

それは、気の遠くなるような年月を経た出来事なのに、ご高齢とは思えない驚くべき詳細な記憶によって、私の目の前で次々と再現されていった。

その証言に触れながら、私は、「人は二度死ぬ」という言葉を思い出していた。人の死は二度あり、一度目は文字通りの〝肉体の死〟であり、そのあと人の心の中で生き続け、二度目は誰からも忘れられた時に、今度は〝永遠の死〟を迎えるというものである。

あの戦争で、非業の死を遂げた二百万人を超える兵士たちは、果たして、今も人々の記憶にとどまっているのだろうか。

子孫も残さずに死んでいった若者たちは、自分たちが礎（いしずえ）となって築かれた現代の日本で、その思いや無念をきちんと理解されているのだろうか。

この問いに、私は胸を張って「イエス」と答えることはできない。

私は、彼らを「二度死なせる」ようなことがあってはならないと思う一人だ。大空に散り、玉砕の島で草生（む）す屍（かばね）となり、また蒼（あお）い海原の底に沈んでいった若者たちの壮烈な体験を私は、「零戦・特攻編」「陸軍玉砕編」「大和沈没編」の三部に分け、『太平洋戦争　最後の証言』として、世に問わせてもらうことにした。

それは、ご高齢にもかかわらず、必死で日本の後輩に自分の体験を託そうとする熱い思いの元兵士の証言に報いるためと、過去を軽んずる世の中の風潮に対するジャーナリストとしてのささやかな抵抗でもある。

さまざまな思いを呑み込んで死んでいった戦友たちになり代わって、必死に証言をしてくれた老兵たちの真実に、少しでも耳を傾け、今後の歴史に対する見方の一助にしていただければ、筆者としてこれに過ぐる喜びはない。

筆　者

二〇一一年夏

太平洋戦争

最後の証言

第一部

零戦・特攻編

目次

写真
© National Archives、共同通信社、毎日新聞社、読売新聞社
amanaimages、松林重雄、朝日新聞社
図版作成
スタンドオフ

第一章

運命の真珠湾

炎上する米戦艦ウエストバージニア

奇妙な雷撃訓練

前田武は、あの瞬間のことを七十年という気の遠くなるような歳月を経た現在も忘れることはできない。

魚雷を命中させた刹那(せつな)の衝撃音、土色をした水柱、尾翼にパチパチと跳ね返ってきた海底の砂、自分たちを狙って撃ちまくられる機銃……一九二一（大正十）年三月に福井県大野(おおの)郡で生まれた前田は、太平洋戦争開戦七十周年を迎えた二〇一一（平成二十三）年、満九十歳を迎えた。

しかし、今も、すべてが昨日の出来事のように思えるのである。それは、それほど強烈な、そして生涯頭から離れることのない体験だった。

昭和十六年十二月八日（アメリカ時間・十二月七日）、前田が乗る九七式艦上攻撃機は、ハワイ・オアフ島のパールハーバー（真珠湾(しんじゅわん)）でアメリカ太平洋艦隊の旗艦を魚雷攻撃した。

「敵の旗艦・ウエストバージニアを雷撃するのは、空母・赤城(あかぎ)、空母・加賀(かが)の一番機から三番機だ」

空母・加賀の二番機の搭乗員は、操縦士の吉川與四郎、機長で偵察員の王子野光二、そして電信員の前田武である。弱冠二十歳に過ぎない前田にとって、その命令が発せられた時に身体を貫いた興奮と緊張感は、今も鮮烈な記憶として残っている。

それは、いよいよ日米の戦端が開かれる瞬間でもあった。

その歴史的な現場に自分が居合わせ、しかも、敵艦隊の旗艦を雷撃するという最重要の任務を帯びれば、誰しも抑えることのできない震えを感じたに違いない。前田はこの時、形容しがたい緊張感と使命感の中に身を置いていた。

「あの時の感覚は忘れられないですよ。敵の旗艦を〝任せられた〟んですから」

前田は平成二十三年五月、そう静かに当時を振り返った。真珠湾攻撃の三か月前から鹿児島湾でおこなわれた徹底した訓練のことが、前田の頭をよぎっていた。

舞鶴航空隊にいた前田が転勤命令を受け、はるばる鹿児島へやって来たのは、昭和十六年九月のことだ。

「空母・加賀の艦攻隊に行け」

前田が受けた命令はそれだけである。

加賀は、建造途中で戦艦から空母に変更された経歴を持ち、進水した大正十年当初は飛行甲板を三層持つ空母だった。その後、改良を加えられ、搭載可能機数が九十機にも達する日本海軍の主力空母のひとつとなった。

鹿児島湾に面した鹿児島市鴨池（かもいけ）にあった鹿児島基地に着任した前田は、翌日から奇妙な猛特訓を命じられた。

鹿児島湾に浮かべた小さなブイを標的にして、超低空から雷撃する訓練である。本物の魚雷を投下するわけではないが、水しぶきさえ上がりそうな海面わずか十メートルの高さで接近し、そのブイを狙う訓練だ。

「鴨池を離陸して、旋回しながら、いったん鹿児島市内に向かうんです。当時、市内には鹿児島唯一の五階建てぐらいの鉄筋コンクリートのデパートがありました。その先は、西郷（さいごう）さんの終焉（しゅうえん）の地・城山（しろやま）です。そのあたりでUターンして、鹿児島湾に戻ってくる。町の上はあんまり低空飛行できないから、徐々に高度を落としながら湾に出る前にぐうーっと下げるんです。ブイは桜島（さくらじま）との中間あたりに浮かんでいました。海上へ出ると、高度を十メートルにもってきて、ブイに向かいました」

その訓練は、「高度が十メートルより高くても低くてもだめだ」という厳しいものだった。当時の高度計は、十メートルより下の高さについては、表示がない。

「だから、十メートルまでしか測れなかった。要するに、九メートルまで下がってしまっても計器を見てもわからないわけです。私たちは十メートルの高さを保って海面を飛んで、そこで魚雷を落とし、急上昇するという訓練を繰り返しました」

そのようすを小さなランチ（内火艇）に乗った幹部が、海上から見据えていた。そして、これは×、これは○という具合に厳しく採点していった。しかし、前田たちには、これが真珠湾攻撃のための訓練であることは一切知らされていなかった。

もしスパイがいて、雷撃訓練だということがわかると、日本軍の狙いが真珠湾か、シンガポールか、あるいは、アメリカ・アラスカ州のダッチ・ハーバーかというように〝察知〟される恐れがあった。ダッチ・ハーバーは、ウナラスカ島にある米軍の北太平洋における重要基地である。

「あとになってわかりましたが、真珠湾の深さは一番浅いところでは十二メートルほどしかなかったそうです。普通、魚雷というのは、高度百メートルとか百五十メートルとか、かなり高いところから落とします。魚雷は一旦、ぐっと潜って、それから頭をあげて、定深（注＝あらかじめ決められた深度で安定すること）して進む。しかし、真珠湾では底が浅くてそれができなかったんです」

土曜も日曜もなく猛特訓に明け暮れる海軍の行動は、次第に鹿児島市内に噂として広まっていった。

「鴨池の近くに遊廓（注＝沖之村遊廓）がありましてね。そこに陸軍の兵隊たちが泊まっている。ところが、早い時は朝六時半とか七時から訓練をやっていますからね。しかも、こっちも遊廓には〝馴染み〟がいて、自分が乗っている飛行機の番号をしゃべってるから、馴染みには誰が乗っているかがわかるわけです。朝早く起こされた上、そういうのが陸軍にはおもしろくない。それで、海軍は何やっているんだ、という苦情が陸軍からだいぶ来ていたそうです」

前田は、この訓練はシンガポール攻撃のためだろうと考えていた。イギリスの支配下にあるシンガポールを日本は攻略するに違いない。自分たちの行き先は「南だ」と、前田は推測していた。

十一月半ば、前田ら加賀艦攻隊は鴨池基地から宮崎県の富高基地へ移動した。ここで、それまで銀色の塗装だった機体が深い緑色に塗り替えられた。さらに、それぞれの機体には新しい番号が書き込まれた。

空母・赤城と加賀は、第一航空戦隊（一航戦）の所属だ。一航戦は「A」で表わされた。空母・蒼龍や飛龍は「二航戦」で、「B」とされた。一航戦の中で赤城は「I」、加賀は「II」である。さらに戦闘機は1、艦爆機は2、前田の乗る艦攻機（雷撃機）は3とされた。そして、各機には、「01」から「99」までの数字が適宜割りふられた。これによって前田の乗る機の番号は、「AII 312号」とされたのである。

「その時、三日間休暇を出すから、故郷に行って戻ってこられる隊員は、すぐ支度をしなさいという命令が出た。でも福井出身の私などは、とても三日で故郷へ帰り、戻ってくることはできません。九州とか四国の人間は帰りましたがね。同時に〝冬物は始末しろ〟という指示も出ましたね。上層部は私たちに、暗に南へ向かうということを告げていました」

それは、家族に最後の別れを告げて来い、という悲壮な命令にほかならなかった。全員が、「俺たちはこれから死にに行くんだ」ということを感じ取ったのは言うまでもない。

故郷へ帰る時間のない前田は、鹿児島に戻って身辺の整理をしてその三日間を過ごした。

北上する空母・加賀

休暇の三日が終わり、前田が富高基地に戻るとほぼ同時に、湾外に空母・加賀がその巨大な艦影をあらわした。そして、ただちに前田たち艦攻隊を収容した。爆撃を担当する艦爆隊や、戦闘機隊も、大分県佐伯（さえき）の基地から次々飛来して、着艦した。

兵たちには、まだどこに向かうとも何をしに行くかも、まったく告げられていない。だが、前田はこの時、自分たちの機に普段見たことがない装備が施されていることに気づく。

「いわゆる〝耐寒艤装〟ってやつです。寒いところに行くと、飛行機の水分が凍ってしまい、動かなくなることがあります。方向舵や昇降舵に異常を来すんです。そうならないように電気を通して、水分が凍らないようにする。それが耐寒艤装です。そこまでやっているということは、相当寒いところが攻撃目標だとわかります。これは、〝冬物を始末しろ〟という指示は何だったのかと思いましたね。まず味方を騙すのか、と思ってね。南なら攻撃目標はシンガポールと思っていました。でも、耐寒艤装を見た限りは、行き先は北です。私は、北太平洋のダッチ・ハーバーが攻撃目標だと思いました」

味方をも混乱させながら、加賀は出航し、ゆうゆうと日向灘を走り始めた。

「総員、飛行甲板へ集合！」

そんな号令がかけられたのは、出航して二時間ほど経過してからである。加賀の総員が、いっせいに甲板の艦橋前に集合した。艦長の岡田次作大佐がうっすらと見える陸地を指差した。そして、こう全員に向かって話を始めた。

「諸君、あれは四国である」

指差す方向に白く霞んだ陸地があった。

「本艦は、重要な任務を帯びている。諸君のうちの何人かが、否、本艦の全員がふたたび故国を見ることはかなわぬかもしれぬ」

岡田は一同を見まわしながら、そう言った。そして、

「ただ今より、われわれは日本の本土に別れを告げる」

万感の思いをこめて岡田はそう告げたのである。全員が四国に向かって手を振り始めた。二度と帰ることはないだろう、そんな漠然とした思いが若者たちを捉えていた。それぞれの脳裡に故郷の姿が浮かんでは消えた。

この段階が来ても、まだ「ハワイに行く」とは聞かされていない。懸命に手を振りながらも、自分たちの目的地がどこかもわからない中での故国との別れだった。

四国を見て以降、加賀はただ蒼い海原の上を航行するだけで、陸地らしきものは見えなくなった。前田たちには、自分のいる位置がどこなのか見当もつかなかった。

そこで前田は、自分の乗る九七式艦攻を見に格納庫へ下りた。

「飛行機には、羅針盤がついていますからね。それを見たら、どっちの方向に向かっているかがわかる。それで見に行ったんです。そうしたら、自分たちがだいたい八丈

島の南のあたりを北上していることがわかり、仲間にそれを伝えたことを覚えていますよ」

北上を続けた空母・加賀は択捉島の単冠湾へと入っていったのである。

その時の光景を前田は鮮明に記憶している。

加賀が単冠湾に辿り着いたのは、十一月二十三日未明のことだった。単冠湾は、まだ薄闇の中に沈んでいた。だが、明るさが増すにつれ、集結していた艦船の姿が徐々に浮かび上がってきた。時間の経過と共に、それははっきりと見てとれた。

舷窓から外を見ていた加賀艦攻隊の面々は、息を呑んだ。

赤城、蒼龍、飛龍をはじめ、見たこともないような空母が何隻も目に飛び込んで来たのである。比叡、霧島といった高速戦艦、さらには、利根、筑摩などの巡洋艦の姿も見えた。あとで、航空母艦だけで六隻も集まっていたことを前田は知る。

航空母艦・赤城と加賀による第一航空戦隊、蒼龍、飛龍で構成された第二航空戦隊、翔鶴、瑞鶴による第五航空戦隊が勢揃いしていた。航空兵力を重視した日本海軍は、この時、六隻の航空母艦を中心とするアメリカへの奇襲を企図したのである。

「日本海軍のすべてがここに集結したのではないか」

それは、そう錯覚するほどの威容だった。

翌十一月二十四日、前田ら航空搭乗員は、空母・赤城の作戦室へ集められた。それぞれの空母から航空機の搭乗員たちがボートに乗せられて続々と集まったのである。

作戦室は、航空搭乗員たちで溢れかえった。

「とにかく皆、折り重なるようにして、部屋に入りました。入りきれない搭乗員は外にいましたね。結局、全員が入りきれなくて作戦会議は二回に分けてやることになるんですが、〝とにかく入れるだけ入れ〟と言われて、ぎゅうぎゅう詰めになったんです。作戦室の真ん中には、模型が置いてありました。それが、ハワイの真珠湾の模型だったんです。ここで初めてわれわれは攻撃目標がハワイの真珠湾であることを知りました」

それは、畳四畳分はあろうかという大きく詳細な真珠湾の模型だった。これをもとに説明を始めたのは、源田實・第一航空艦隊航空参謀である。源田の口からここで「真珠湾」という言葉が初めて出たのだ。

搭乗員たちは、それぞれの攻撃目標が告げられた。

源田の指示は具体的だった。赤城の何番機の攻撃目標はこれ、加賀の何番機はこれ、と指示されていった。その時、前田たちは「ウエストバージニア」という太平洋艦隊の旗艦を目標に設定された。

これらの所在情報が、実際の攻撃でいかに正確だったかを前田はのちに知ることになる。この時、源田は搭乗員たちに、

「現地時間の朝八時を過ぎるまでは絶対に攻撃してはならない」

そう厳命することを忘れなかった。それは、アメリカへの宣戦布告の時間を表わしていたからである。作戦室には、前田にとって、久しぶりに会う同期（甲飛三期）の懐かしい顔が集まっていた。

「おう、貴様どこだ」

「俺は、加賀だ」

「飛龍だよ、俺は」

そこここで、そんな会話が交わされた。

「これが、俺たちの最後の〝逢瀬（おうせ）〟だな」

思っていることを遠慮なく、そう直截（ちょくさい）に口に出す同期もいた。

「死ぬ前にこういうところで会うとはな」

「一杯飲みながら、ゆっくり話をしたかった」

「まあ、お上の言うことだから、しょうがねえよ」

交わされる会話はすべて自分たちの〝死〟を前提にしたものだった。しかし、そん

な深刻な雰囲気の中でさえ、若者らしく、どこかにユーモアと明るさがあった。

十一月二十六日朝六時。出港のラッパが鳴り響いた。いよいよ大艦隊がハワイ真珠湾に向かって単冠湾を出ていくのである。

ここで大艦隊は、砲門を開き、試射をおこなっている。空母も含め、艦船には防御砲火として、機銃や小口径の砲が備えられている。択捉島の突端にある岬に向かって、それらが試射をおこなったのだ。

「船は普段撃ってないからね。試射が必要だったんです。その時、択捉島は電話回線も全部切り、あらかじめ外部に何も連絡できないようにしてあったそうです。機銃も高角砲も、岬を通過する時に、一斉に撃ちました。凄(すさ)まじい迫力でした」

ダダダダダダ……

択捉島の岩肌に実弾が次々と当たった。そのたびに白い雪や氷が吹き飛んだ。艦内にはこの時、軍艦マーチが鳴り響いていた。前田の胸は高鳴り、表現しがたい興奮を覚えていた。

耳をつんざく機銃の掃射と、気迫を鼓舞するように艦内に流れる軍艦マーチ。それは、敵に挑む気迫を呼び起こすと共に、兵たちのこの世への未練を断ち切る役割を果たすものだったかもしれない。

いよいよ日米決戦への気力が身体中に充ちてきたことを、前田はこの時、実感していた。

決戦直前の感傷

それは、久しぶりの風呂(ふろ)だった。

それぞれが「人生最後の入浴」と覚悟しながら入った風呂を、前田は真珠湾攻撃のたしか四日前、十二月四日だったと記憶する。

「攻撃の四日前に水や油を供給する補給用の船が日本へ帰っていったんです。彼らは、〝ご無事をお祈りします〟と告げて、最後に油も、水も、われわれにすべて補給して帰っていきました。これで、沈まない限りは、ちゃんと日本へ帰るまで水は間違いなく足りるというので、われわれは初めて風呂に入ってよろしいと、許可されたんです」

空母・加賀の風呂の湯船は、ほかの艦船とほぼ同じで、一度に十人ぐらいが入れる広さだ。今のようにシャワーこそついていないが、蛇口をひねると適温のお湯が出てくる仕組になっていた。

「やっぱり、われわれにも人生最後のお風呂っていう思いもあるわけですよ。ひげを剃って、身体を洗ってあれこれしたら、やはり感傷もわいてきますわね」

艦内で、出撃する航空機搭乗員たちを集めて大宴会があったのは、その二日後、十二月六日の夕食時のことだった。加賀の全航空機搭乗員およそ百五十名が搭乗員室に集まった。

すでに、アメリカ・ハワイからのラジオ放送が入っており、戦いは間近に迫っている。

「今日はもう最後だ。この酒宴以後、攻撃終了まで一切のアルコールを禁止する。そのかわり今日は、心ゆくまで飲んで欲しい」

そう挨拶したのは、飛行隊長の橋口喬少佐だ。搭乗員室は、階段状になっていた。大学の階段教室のようなつくりで、搭乗員たちが上から幹部たちを見下ろす格好になっている。橋口は、皆を見まわして、こうつけ加えた。

「みんなで無事帰ってきて、また一緒に飲めるとありがたいが、そうもいかんだろう……思いっきり英気を養い、楽しんでくれ」

自分たちの運命を思って、搭乗員たちは押し黙った。乾杯の音頭は岡田艦長だ。

「今日は無礼講で、気楽に、穏やかな気持ちで、やってください」

いつも温厚な岡田艦長らしい挨拶だった。

普段、若い兵士に対してうるさい甲板下士官や、上等下士官の古手が神妙そうな顔をして艦長の音頭を待った。

「乾杯！」

一同は、音頭にあわせて一斉に杯を挙げた。

酒豪ぞろいの飛行機乗りたちが、〝人生最後の酒〟を無礼講で楽しむのである。たちまちこぼれたビールでデッキを洗うほどの豪勢な宴会となった。

「頼むぞ」

「しっかりやってくれよ」

搭乗員たちの間を、日頃は憎まれ役の上官たちが励ましてまわっていた。

やがて搭乗員の一人が、コップになみなみと注がれたビールを艦長の頭からかけた。

「何をするんだ、艦長に！」

さすがに甲板下士官が驚いて、その搭乗員をにらみつけた。

「いや、これはお別れの挨拶ですっ」

若い飛行機乗りは、そう言ってのけた。艦長は、にこにこしてその若者の顔を見ていた。

いつも鬼のような上官たちが、みんなこれでお別れだなと、しみじみ前田たちに言った。

「この人たちでもこんなによくしゃべるのかって思いましたね。出撃する側の自分たちは、こんなことは初めてだなってお互いが耳打ちをしました。あれは、これが最後になる、という人間の自然な姿だったと思います」

誰もが感傷的になり、そしてこれまで歩んできた自分の道を振り返っていた。

甲種飛行予科練習生

前田武が海軍に入隊したのは、昭和十三年十月、十七歳の時のことだ。

前年七月の盧溝橋（ろこうきょう）事件で始まった日中全面戦争、そして南京陥落など、戦争が拡大の一途を辿（たど）る中での入隊である。

前田は甲種飛行予科練習生三期にあたる。いわゆる予科練の甲飛三期だ。大空の戦士の養成が急務とされた中、海軍は昭和十二年に少年航空兵の新たな制度を創設し、募集をおこなった。

それまでの少年航空兵の応募資格は、十二月一日を基準に満十五歳以上十八歳未満の高等小学校卒業者だったが、甲飛は中学四年程度の学力を有した満十六歳以上二十歳未満の志願者から選ばれた。

福井県大野郡大野町の大野中学に通っていた前田は、甲種の飛行予科練制度のことをそれまでまったく知らなかった。

だが、ある日、海軍の佐官クラスの軍人が中学に突然現れ、講堂に四年生と五年生だけを集めて、演説をぶった。海軍兵学校出のエリート軍人である。

「諸君」

一同を睥睨（へいげい）しながら、彼はこう語った。

「すでに来るべきアメリカとの戦争を諸君も意識しているだろう。これからは、地面の上で鉄砲を撃ち合う時代ではない。そのことが諸君にはわかるか」

彼は、生徒たちにそう問いかけた。

「今からは航空戦の時代だ。これに勝ち抜けなければ、戦争に勝利はない。しかし、これには、それなりの資格と、ある程度の勉強が必要になる。飛行機に乗りたい諸君は是非、頑張って試験を受けて欲しい」

講堂に集まった四年生、五年生たちは、微動だにせず演説に聞き入った。この少年航空兵の募集のために、大野中学に限らず、全国の中等学校を軍人たちはまわっていた。

だが、少年航空兵への応募は、家庭内で議論を呼ぶ。わざわざ航空兵に応募しなくても、時期が来れば、いやでも軍隊には行かざるを得ない。急がなくてもいいという子供を案じる親ごころもあった。だが、前田家は少し異なっていた。

「一番上の兄貴がすでに陸軍で支那（中国）に行ってましてね。ああいうふうにゲートルを巻いて、山の中を歩いてというような、そんな地べたでやる戦争はやりたくないという意識が、私にはありました。一定年齢になれば、必ず入隊するんですからね。どうせ死ぬんなら、みんなより先に海軍の飛行機に乗った方がいい、と思いましたね。建築業をやっていた親父も、とにかく飛行機が好きでしてね。親父も〝わかった。もう建築なんてやってる時じゃない。アメリカとの戦争がおそらく始まるだろうから、とにかく飛行機に乗れ〟と、賛成してくれました。それで受験することになったんですよ」

福井には、南京を攻略した精鋭部隊・歩兵第三十六聯隊がある。軍人への憧憬が特に強かった地域である。甲飛三期の募集が始まると、希望者は殺到した。

「福井の今の県庁があるところで試験をやったんですね。福井県内だけで七千人ぐらいが受けた、と聞きました。それで、一回にできないもんだから、二回に分けて学科試験をやったわけですよ。学科試験が通らないと、身体検査にはいかれません。残ったのは、二千人ぐらいだったそうです」

さらに、県内の選抜を突破した人間だけが横須賀へ来ることが許された。

「学科試験と基本的な身体検査を通った仲間には、北は樺太、南は沖縄、台湾から来た者までおったね。朝鮮も当時は日本の領地だったのでそこからも来ていた。横須賀の航空隊へ集まって、飛行機乗りにマッチするかどうかっていうテストをやったわけですよ。横須賀の駅前に教員が迎えに来て、旅館へ行って、それで、あくる日からランチで、横須賀の対岸にある航空隊へ毎日送り迎えをしてもらって、適性検査や、改めて学科の試験もやりましたね。点数が足りない人は、その場でどんどん帰されていきました。だから、毎日毎日、旅館から人が減っていきました」

最終的に受かったのは「二百六十人」だった。福井県大野町の大野中学から前田はたった一人の合格者となった。

「地元から合格したのは、私と、それから、福井中学の男の二人だけだったね。いま思うと、難しい試験だったのね。思い出すのは、横須賀航空隊で一番最後にやった試験が、なんと〝人相〟だったことです。占い師が来て、それで人相と手相を見られました。昭和十三年十月五日に、入隊式が行われて、私は海軍四等航空兵を命ぜられたわけです」

しかし、二百六十人の甲飛三期生は、「四等航空兵」からスタートさせられることに不満を持った。「こっちは兵隊検査で入ったんじゃない。試験を受けて入ったんだから、四等航空兵とは何事か」というわけである。だが、四等航空兵の期間はわずか「一か月」に過ぎなかった。すぐに三等航空兵となった前田たちは、また次の一か月で二等航空兵に……という具合にとんとん拍子に階級を上げていった。

予科練名物といえば〝シゴキ〟だ。海軍精神注入棒という名のバットで尻（しり）を思いっきり叩（たた）く「バッター制裁」や、拳（こぶし）でぶん殴る「修正」という名のシゴキは、予科練の日常だった。それが「あたりまえ」であるかのごとく、予科練習生たちは鍛えられた。

連日つづくシゴキに反発して、前田たちは自習のボイコットをしたことがある。

「一番最初にストライキをやったのは、夜の温習のボイコットです。一日の作業が終わってから、飯を食って寝るまでの間に、温習という名の自習の時間がありましたが、それをわれわれは、ボイコットした。教員はびっくりしたよね。日直の教員があわてて、あちこちに電話して、担当教員を呼んだらしい。それでも、われわれがこうやって腕を組んで、ものも言わず動かないものだから、教員も困っちゃったわけですよ。それが上に伝わり、人間扱いをしないような行き過ぎたシゴキは問題にされましたね」

そんな前田たちが予科練教程を修了し、無事、卒業式がおこなわれたのは、昭和十五年四月一日のことだった。本格的な飛行訓練が始まるのは、そこからである。飛行練習生（通称・飛練）となった前田たちは操縦・偵察に分かれ、各航空隊へと赴き、そこで厳しい飛行訓練をおこなった。

さらに飛練が終わって、前田たちには延長教育が施された。飛行機乗りとしての総仕上げである。教員たちは、それぞれの個人が持っている才能や技量、あるいはものの考え方など、すべてを判断して戦闘機・艦上爆撃機・艦上攻撃機、あるいは大型機、小型機、水上機などに分散して配属していった。

前田は、初めに水上偵察機の搭乗員となり、実施部隊として舞鶴航空隊へ配属され、六か月後、空母・加賀への転勤を命じられたのである。

始まった奇襲攻撃

運命の日、昭和十六年十二月八日（現地時間七日）は日曜日だった。

「あとで聞きましたが、真珠湾を見下ろす坂の上には日本の料亭があって、そこへ領事館員になりすました海兵出の軍人が来て、女将さんとお茶を飲んだり酒を飲んだりしながら、毎日、双眼鏡で艦船を見ていたそうです。それを領事館から暗号電報で打っていたそうです。あの日は、日曜日で米軍は兵たちが半分艦に残って、半分上陸していた。われわれで言う〝半舷上陸〟というやつです」

日曜日を狙った日本側の作戦は、奏功した。米軍の迎撃が決定的に遅れるのである。

操縦は吉川、機長で偵察員の王子野、そして電信員の前田が乗る加賀の二番機、九七式艦上攻撃機が発艦するのは、午前六時過ぎのことだ。それぞれが、褌など下着を新しいものに替えた。朝食には、赤飯と尾頭つきの魚が出た。

艦内には、加賀神社と呼ばれる神棚がある。艦橋の真下の通路にあり、乗組員は自分たちの居住区に戻る時には必ずこの前を通ることになる。搭乗員は、全員でここに参拝し、飛行甲板へと上がっていった。すでに出撃機は勢揃いし、試運転の爆音を轟かせている。東の水平線が少しだけ赤みを帯びてきた黎明である。

初陣を前にして、前田は落ちついている自分を感じていた。

「なんというか、まったく腹が据わっちゃった感じだったね。アメリカの太平洋艦隊の本拠地へ行って、まして、標的が敵の旗艦ウエストバージニアですからね。俺たち最精鋭が行くんだ、という誇りも心の中にあったと思う」

前田はその時の心情をそう振り返った。

「私たちはこの時点で、真珠湾に敵の空母がいないことを知っていました。直前に、暗号電報で、そのことが伝えられたからです。どうも前夜に空母は港を出ていったようです」

空母がいない――それは、たとえ攻撃に成功しても「敵の打撃が小さい」ことを表わしている。しかし、そんなことをくよくよ考えても仕方がない。

「私たち艦攻隊の役目は、魚雷を敵艦にぶち込むことです。赤城と加賀は魚雷を十二本ずつ計二十四本、蒼龍と飛龍は八本ずつ計十六本、あわせて四十本の魚雷を持っていた。この四十本をすべて敵にぶち込むのがわれわれ艦攻隊の仕事でした」

前田たちは魚雷を積み込んだあとの投下試験をするために愛機に向かい、魚雷員による「試験完了」という言葉を待った。

その言葉が魚雷員から発せられると、

「頼む。(これを)命中させてくれ」

と、前田は心の中で祈った。いよいよ発艦が開始された。発艦は、戦闘機、艦爆、艦攻の順番だ。発艦は簡単ではない。陸上の滑走路と違い、空母の飛行甲板は短い。その上、重武装した機体は、重みが日頃のものとはまったく異なる。

「魚雷の重みで、発艦の瞬間、機体が沈むんです。魚雷は八百キロもありますからね。普段のやり方では、ぐっと沈んじゃうんですよ。発艦の時から命がけでした」

中隊長の北島一良大尉の一番機が加賀艦攻隊の中で、真っ先に発艦した。雷撃の名手と謳われた中隊長である。その北島機も、艦から離れた瞬間、機体が見えなくなった。

見守る搭乗員たちがハッとする。

だが、次の瞬間、脚（車輪）をたたんだ機体が、這うように海面から浮かび上がってきた。東の空をバックに八百キロの魚雷を積んだ北島機が無事離艦した時、一同は胸を撫で下ろした。

加賀艦攻隊の二番機は、前田たちだ。操縦を担当する吉川の腕前は評価が高かった。のちにミッドウエー海戦で戦死する吉川は、珍しい一般の徴兵による操縦士だった。腕を買われて操縦を担当するようになり、真珠湾攻撃という大作戦で加賀二番機の操縦の重責を担ったのである。

吉川は、ブレーキを一杯に踏んでエンジンを思いっきり吹かしながら、機体後部が浮き上がらないように操縦桿を引き、ブレーキを離した。そして、祈るような気持ちで離艦速度に達するのを待った。飛行甲板を離れた瞬間に脚をたたんで十分な浮力がつくのを待つのである。

これは、幾度となく訓練を繰り返してきた魚雷搭載時の発艦にほかならない。

「よしっ」

離艦の一瞬、やや沈んだものの、すぐに機体は浮上した。前田は、上昇する機の中から加賀の方角を振り返った。

左右の舷のポケットから乗組員が自分たちに向かって帽子を振っていた。その姿もたちまち豆粒のようになり、視界から消え去っていった。

「さらば加賀。無事、日本へ帰ってくれ」

前田は、心の中でそう繰り返していた。ふたたび自分たちが帰ってこられるとは考えてもいなかった。

編隊を組んだ前田たちは、朝焼けの水平線を左に見ながら真珠湾を目指した。掩護を担当する零戦が前田たちの編隊の左右と上にぴったり寄り添っていた。

電信員の前田は、絶えずヘッドフォンで無線連絡が来ないか、注意をこらしていた。

「前田兵曹、なにか〝電波〟は入っているか」

機長の王子野偵察員が前田に声をかけた。王子野は乙飛七期の出身で、この時、すでに二十三、四歳だった。攻撃隊は、無線を封鎖(専門用語では「封止」)したまま飛んでいるが、緊急の場合は、隊内だけであらかじめ決められている暗号によって連絡が来ることになっている。

「ありません。聞こえるのは音楽だけです」

二十歳の前田がそう答える。ヘッドフォンから、前田の耳にハワイの放送局の音楽が絶えず入っていた。

「そうか。どんな歌か」

王子野がそう聞くと、

「賑やかなやつです」

前田は簡潔にそう答えた。

「私はこの時に、この戦いは勝ちだなと思いました。われわれがここまで接近してきているのに、相手はまだ何も気づいていなかったからです。奇襲は成功する、と確信しました」

午前八時前、先を行く赤城の一番機から信号拳銃が一発、発射された。赤城の一番機の機長は、淵田美津雄中佐である。あらかじめ決められていた「奇襲の展開をとれ」という合図だった。だが、意外なことに信号拳銃は、およそ十秒後にもう一発、発射された。

「うん？　二発か」

前田は驚いた。信号拳銃の合図は、「一発は奇襲、二発なら強襲」である。「奇襲」であれば予定通り、雷撃機である前田らが先に攻撃する。だが、強襲、すなわち相手に気づかれて敵機が離陸しようとすれば、それを封じるために先に爆撃の艦爆隊が攻撃を開始することになっている。

淵田中佐が撃った「二発」の信号拳銃によって、混乱が生じた。零戦と艦爆隊が先に攻撃態勢をとったのだ。真珠湾攻撃は、こうして「奇襲」ではなく「強襲」の態勢で始まったのである。

「あとで知ったのですが、淵田さんは〝一発〟のつもりだったそうです。信号拳銃を一発撃ったが、反応がなかったので、気がついていないかと思い、もう一発撃ったそうです。それで〝二発〟になってしまい、われわれ雷撃隊ではなく、戦闘機と艦爆隊がただちに〝強襲〟の態勢をとり、攻撃に移ったんです。誰も淵田さんを責める人はいませんでしたが、こういうミスというのは、戦争では日常茶飯事なんですよ」

前田たちは山の陰を這うように真珠湾を目指した。加賀一番機の北島機は、翼をバンクさせて編隊を解く指令を出した。いよいよ縦陣形となって、それぞれが突っ込んでいくのである。

この時、左前方のホイラー飛行場から爆煙が一斉に上がった。強襲態勢による艦爆隊の爆撃が始まったのだ。

「幸いに西風で風向きがよく、われわれの視界が爆煙で遮られることはありませんでした。助かりました」

右手にバーバース岬が見えた。何度も何度も頭に叩き込んだ地形通りだった。岬のすぐ近くに見える飛行場（ヒッカム飛行場）には、敵機がぎっしりと並んでいる。

機内は沈黙に包まれていた。標的を目前にしたからといって、前田には、取りたてて誰かが声を発したという記憶はない。

「私たち〝魚雷屋〟もそうだし、艦爆の連中も、一年じゅう照準と爆撃の訓練だけに費やしとるわけですよ。そうすると、結局、人間でなくなったようになるというか、機械のようになっちゃうわけです。雷撃っていうのは、目の前にいる敵に行くわけだから、そこまで訓練すると必ず命中する。もちろん、そこで敵に自分がやられることがあるのは百も承知です。その時は、あきらめるしかない。ただ、私たちには魚雷を命中させる任務だけがあるわけです」

目を凝らすと、やがて前方から差して来る朝陽の中に、うっすらと影絵のように敵艦船の姿が浮かび上がった。

いよいよ来た——。目的地にやって来たことを前田が確信した瞬間、その影絵を吹っ飛ばすような大きな水柱が上がった。

前田たち加賀艦攻隊よりひと足さきに、赤城の艦攻隊による魚雷攻撃が始まったのである。重さ八百キロの魚雷の威力は、遠くからでもはっきりと見てとれた。

巨大な破裂音と共に、土色の水柱が高く舞い上がっていた。いよいよ加賀艦攻隊の出番だった。

（いた！）

全長百九十メートル、排水量三万三千トンを誇るコロラド級戦艦・ウエストバージニアの勇姿を前田たちは視界に捉えた。四百メートルほど先を行く中隊長の北島機がまっすぐその艦に向かっていく。高度が下げられた。訓練に訓練を重ねた海面十メートルからの雷撃をおこなうためである。

岸壁に停泊している艦艇の甲板すれすれの高さだ。

「発射用意！」

こちらもすかさず吉川操縦士が落ち着いた声でそう命じた。その時、前田は敵が撃ってくる機銃に初めて気づいた。曳航弾が凄まじい勢いで機体の左右を通過しているのである。

ガンッ！　次の瞬間、バケツを叩いたような音と衝撃が前田たちを包んだ。敵弾が命中したに違いない。だが、機体に異常は感じなかった。前方の北島機が魚雷を発射した。シュルシュルと魚雷はウエストバージニアに向かう。

ドドーン

凄まじい衝撃音だった。北島機が発射した魚雷はウエストバージニアの左舷に見事、命中した。場所は、艦橋からやや後方だ。

自分たちは、艦橋よりやや前方を狙う！　ババババババ……必死の反撃を試みる敵艦の対空砲火をものともせず、海面すれすれをまっすぐウエストバージニアに向かって直進した。

魚雷は発射された。機体が一瞬、軽くなり、フワッと浮いた感じがした。前田たちの祈りをこめた魚雷は標的に向かって進んでいく。

敵艦から機銃が浴びせられる中、前田の九七式艦上攻撃機は魚雷より一瞬早くウエストバージニアに到達した。急上昇した機体が艦橋の前を通過しようとした瞬間、魚雷は命中した。その時、前田は、

「命中！」

と、声を発した。それまで無言だった機内に、「うぉー」という声が挙がった。

耳をつんざく破裂音と衝撃が機体を襲った。振り返った前田の視界に土色をした水柱が強烈な勢いで噴き上がるのが見えた。その時、尾翼にパチパチと小さな何かが当たっているのを前田は感じた。

「砂だ」

水深が浅いため、魚雷は海底の土や砂を巻き上げながら爆発していたのである。それが、魚雷を投下した当の前田たちの機体に跳ね上がってきたのだ。遠くから見た赤城艦攻隊による水柱が土色をしていた理由を前田は知った。

艦橋の左側をものすごいスピードで通り過ぎた前田には、三番機が遠ざかっていくウエストバージニアに海面を這うように接近するのが見えた。すでに魚雷が発射されていた。

間もなくまた強烈な魚雷の炸裂音が轟いた。太平洋艦隊の旗艦ウエストバージニアは、こうして致命的な打撃を受けたのである。

ウエストバージニアは、そのまま沈み、着底した。

しかし、この艦は、不思議な運命を辿って前田の前にふたたび、姿を現わすことになる。戦闘不能となったウエストバージニアは、真珠湾の海底が浅かったため、海面に艦の一部を残したまま〝沈座〟していた。ところが、アメリカは苦労して水を抜き、これをドックに曳航して修理を施したのである。

前田が述懐する。

「三年あまり後、沖縄に雷撃に行った私は、ウエストバージニアを目撃したのです。びっくりしました。その時、私たちは夜間雷撃の途中で、照明弾を二発持っていました。これを落とすと、十万燭光ぐらいの明るさになり、まるで真昼のように見えるわけです。そうしたら、すぐ三百メートルほど目の前をウエストバージニアが走っていたんです。艦橋こそ前と少し変わっていましたが、ウエストバージニアそのままでした。沈めたはずの艦がなぜここにいるのかと驚きました」

前田の疑問は、戦後五十年という長い歳月を経て、やっと解けたという。

「私は真珠湾五十周年にハワイへ招かれ、そこであの時、ウエストバージニアに乗っていたリチャード・フィスクというアメリカ兵と会うことができました。彼の体験を聞いて納得しました。ウエストバージニアには、左舷に計七発もの魚雷が命中して、凄まじい衝撃を受けたそうです。ラッパ手でもあったフィスクは持っていた命より大事なラッパを投げ捨てて、海に飛び込んだと言いました。普通、片方の舷だけに魚雷が命中すれば、艦は横倒しになりますが、ウエストバージニアは最後まで水平のまま沈んだそうです。沈み始めた時に、逆側の右舷のバルブを全部開けて、艦が横倒しになるのを防いだ乗組員がいたというんです。魚雷で穴の開いた左舷には水が入るから、当然、左へひっくり返る。八百キロの魚雷が命中すると、伝馬船がゆうゆう一隻通れるぐらいの穴が開きますからね。しかし、咄嗟に右舷のバルブを開けて、右舷に水をどんどん入れ、〝水平に〟沈んでいったというのです」

いくら海底が浅いとはいえ、着底した艦から水を抜き、海面へ引っ張り上げてドックまで曳航し、これを修理したというアメリカの執念には驚かされる。そして、沈没させた前田の目の前に、二年あまりの歳月をかけて修復されたウエストバージニアが、戦争末期にふたたびその姿を現わしたというのも奇妙な因縁というほかない。

帰還できなかった仲間

攻撃を終えた前田たちは無事、加賀に帰投した。ふたたび戻るとは思っていなかった加賀に着艦した時、前田にはなんとも言えぬ感慨がこみあげた。

「そりゃ人間ですからね。ほんとに安堵というか、ああ、生きて帰ってきたなあという……。ほっとしたのは事実ですねえ」

それは、生還を期してはいなかっただけに、余計、しみじみと感じられたのだろう。

だが、出撃した加賀艦攻隊十二機の中で、帰らなかったのは五機を数えた。一機に三人ずつ搭乗しているから、全部で十五人が帰らなかったことになる。

「私たちは着艦して、それで、昼飯を食べに行ったんだけど、十五人分の飯が手つかずで、いつまでも残っとったね。いま思っても、言うなれば、あれは一種の礼儀だなと思いますね。いつ帰るかわからないから、とね。岡田艦長が彼らの戦死の報告を受けた時、思わず涙を流されたのが印象的です。心の温かい艦長でした。あの人のもとで戦えたことを誇りに思います。その岡田艦長もミッドウエーで戦死しますが……」

結局、攻撃隊の中で損害が最も大きかったのは加賀の艦攻隊だった。

「やはり、われわれが一番激しいところに行ったんですよね。ウエストバージニアなんていうのは、敵の旗艦ですから、非常に警戒は厳重だった。そこへ行ったので、加賀艦攻隊が一番帰らなかったね」

前田が今も悔しく思うことが二つある。

真珠湾攻撃を騙し討ちと言われることと、自分たち攻撃部隊が第三次攻撃を敢行しなかったことである。

「私たちは、午前八時前には絶対に攻撃をしてはいけないということを守って攻撃を開始した。源田参謀が〝国際的に大きなダメージを受けるから、これだけは気をつけろよ〟と何度も言っていました。もう今頃はアメリカにいる外務省のほうが宣戦布告をしたという時間まで待ったんです。しかし、外務省は、それをしていなかった。私たちはそれが悔しい。今もわれわれ日本軍が騙し討ちをしたと言われることが悔しいんだ」

前田は、そう唇を噛む。

「真珠湾五十周年を機に交流するようになったリチャード・フィスクはスペイン系のアメリカ人なんです。そのフィスクも日本が騙し討ちをしたと思っていました。彼は旗艦の信号兵ですからね。朝八時に軍艦旗を上げるときに、そこで、ラッパを吹く役割だったんです。まさに吹こうとしたその時に攻撃が始まったそうです。彼には、私が事情を説明しました。悔しいじゃないですか。騙し討ちだっていうことをほんとにずうっと言われつづけているんですからね」

前夜に仲間の送別会があり、そのため暗号翻訳が遅れたワシントンの日本大使館の失態はあまりに有名だ。そのために全米が「日本許すまじ」で一挙に盛り上がり、「リメンバー・パールハーバー」が合言葉になったのは周知の通りである。

もう一点の〝第三次攻撃を敢行しなかったこと〟というのは何だろうか。

「戦艦用と航空機用の油タンクですよ。（油の）タンクだけでも真珠湾には百個じゃ足りないぐらいありました。湾より北側は、ほとんどタンクばかりでしたからね。飛行場のまわりには、ヒッカム飛行場にもホイラー飛行場にも全然タンクはなかった。なんであの湾のまわりにあるやつを残したのか、私にはわからない。あのタンク群に五発ぐらい落としただけでも、あそこの島にある油はほとんどなくなったわけでしょう。それで米軍は半年は機能しなくなっていたはずです。アメリカの太平洋艦隊は西海岸まで後退して、油を補給してこなきゃいけなくなるわけですから。南雲（忠一）司令官も、源田参謀も、なぜそれをやらせなかったんだと、憤慨したことを覚えています。源田参謀のもとには第三次の〝出撃準備完了〟の連絡が次々入っていたのに、南雲司令官も源田参謀もこれを無視したんです」

前田たち搭乗員の懸念は、わずか半年後のミッドウエー海戦で現実のものになるのだが、そのことは後述する。

「まあ、日本の機動部隊は、すたこらさっさと帰ったわけですよ。追風に帆を揚げ、すたこらさっさ、というわけです。南雲司令官も源田参謀も、ただ無事に帰ることばっかり考えとったわけです」

『真珠湾攻撃の記録』（米国上下両院合同調査委員会）によれば、アメリカ側は、戦艦五隻と駆逐艦三隻、その他三隻の計十一隻が沈没し、中破された戦艦は三隻、巡洋艦三隻、破壊損傷を受けた航空機は二百三十一機に及んだ。戦死、戦傷死、行方不明者は二千四百二人（うち六十八人が一般市民）にも達したが、航空母艦には一隻の被害もなかった。

奇襲攻撃に成功しながら、日本海軍機動部隊は多くの不安材料を残して、こうしてハワイから去っていったのである。

第二章

ミッドウエー痛恨の敗北

米空母・ヨークタウンを攻撃する日本航空部隊

ミッドウエー海戦、沈没直前の空母・飛龍

歴戦の戦士の誕生

真珠湾攻撃に参加し、墜落を含め、数多くの生命の危機に瀕しながら、それでも生き抜いた戦士に、長野に住む原田要（九五）がいる。

九五式艦上戦闘機や九六式艦上戦闘機、零式艦上戦闘機（零戦）のパイロットとして、日中戦争（支那事変）から太平洋戦争の激戦をくぐりぬけた原田は、昭和十二（一九三七）年の南京攻略戦にも参加している。陸軍の第九師団歩兵第三十六聯隊の脇坂部隊が、南京城の光華門で激しい抵抗に遭った時、空から光華門を攻撃した当事者である。

その後、昭和十五年に零戦が登場した時は性能の優秀さに驚き、また真珠湾攻撃やミッドウエー海戦、ガダルカナル攻防戦などでも戦った稀有な戦闘機乗りである。

原田は大正五（一九一六）年八月、長野県上水内郡の農家に二男一女の長男として生まれた。九十五歳となった今も長野で幼稚園を経営し、幼い園児たちと触れ合う原田は、実年齢よりも十歳以上若く見える。

原田が海軍の横須賀海兵団に「四等水兵」として入団したのは、昭和八年五月一日のことだ。地元の浅川尋常小学校から長野中学校に進んだ原田は、この時、中学四年生になったばかりだった。

　昭和八年は、日本を取り巻く国際環境が風雲急を告げていた時期だ。満洲事変を経て、満洲建国に成功した日本は、昭和八年二月に熱河へと侵攻し、三月には国際連盟から脱退、五月には、日本人居留民保護を掲げて長城線を越えて北平（北京）に迫っていた。

　原田が海軍に入ったのは、そんな頃だった。

「私が子供の時は、日露戦争の逸話がたくさんありましてね。あの大きな国と戦って勝った、列強に追いつけ追い越せという雰囲気でね。もちろん、われわれが小学校から帰ってきて遊ぶのも戦争ごっこばっかりでした。だから、いつの間にか子供たちは軍人志向というか、そういう将来の希望を持つようになっていましたね。しかも、大正十二年に関東大震災があって、世の中が非常に不景気になりました。東北なんかでは冷害も加わって、食糧不足を補うために〝口減らし〟で自分の娘を花街へ奉公に出さざるを得なかったような時代です。そういうのもあって、軍人志向は強かったね」

　日露戦争で旅順港の閉塞に活躍した軍神・広瀬武夫中佐に憧れる原田少年は成長するにつれ、軍人への憧れをより強く持っていった。

「父の兄、私から見ると父方の伯父が、日露戦争に乃木将軍の率いる第三軍の一兵卒で行って、二百三高地で戦病死したんです。だから、戦争自体がものすごく身近なわけです。長野は南に松本の歩兵第五十聯隊、北に新潟・高田の歩兵第五十八聯隊があり、十月の終わりから十一月にかけて、収穫が終わった善光寺平でいつも両聯隊が南北の攻防戦を繰り広げました。機動演習といって、最後は川中島、あのあたりで突撃の白兵戦をやるんです。それが終わった後、善光寺の中央道路を、両方の部隊が四列になって〝分列行進〟をやる。それを、私たち子供が観に行きました。両方の部隊が一緒になって、軍楽隊を先頭に閲兵式をやるわけですが、それは勇壮でしたねえ」

自然に、軍人って格好いいなぁ、と子供たちは思うようになった。

「両聯隊が隊列を組んで善光寺表参道を行進してくるんですが、これが延々二キロぐらい続くんです。先頭の軍楽隊も勇ましかった。もともと川中島古戦場は、武田信玄と上杉謙信一騎討ちの決戦地ですから、子供たちも憧れをもってこれを観ていました」

当時は、男子は二十歳になると徴兵検査を受けなければならない。兵役は国民の三大義務のひとつだった。

「徴兵されれば、軍人として二年間の奉公を誰もがやらなければいけません。どうせ徴兵されるなら、少しでも先に志願兵として入隊する方がいいと考える風潮がありました。軍隊は上下関係が厳しく、少しでも早く入った方がいいことはみんな知っていますからね。私は農家の長男ですが、コメと養蚕の零細農家としてやるよりも、もし職業軍人として採用されたら、そのほうが農家の収入よりずっと楽な生活ができるだろうと親も考えていましたね」

　多くの少年を軍隊に駆り立てたのは、子供の頃からの「環境」と「貧困」にほかならなかった。だが、原田は、馴染みの深い陸軍ではなく、海軍を志願している。

「村に、父親ぐらいの年配で、海軍に行った人が二人いましてね。話を聞く機会があったんですよ。それで、遠洋航海を経験して外国を見てきたという話を伺ったんです。あれは十六ぐらいだったかな。外国を見てくるというのは、田舎では想像もできないことでね。おれも海軍へ行って世界を見たいと思いました。それで、海軍を選んだんです。五歳の時に千曲川の河川敷で軽飛行機の曲芸飛行を見たこともあり、空に対する憧れも持っていましたねえ」

　だが、試験は難しく、村で四人が受けたが、合格したのは原田だけだった。横須賀海兵団から横須賀海軍航空隊などを経て、霞ヶ浦海軍航空隊に進んだ原田は昭和十二年二月二十三日、霞ヶ浦海軍航空隊操縦練習生課程を首席で卒業している。原田はその時にもらった恩賜の時計を今も大切に保管している。

「私が飛行機に適したというのは、気圧の変化にわりあいに強いんだそうです。頭のいい地上で頭の利く人が、〝上空〟へ上がると脳の働きがどんどん低下していくんですね。ところが、私はあんまり、上へ行っても変化がないみたいですね。下で頭が悪いから、上へ行っても、たぶん変化しないんでしょう。空気が薄いのに対する肺活も、ほかの人に比べてとてもよかったみたいです。高度五千メートル以上はもう〝高高度〟といって、酸素を吸うのがあたりまえなんですよね。ところが、私は六千メートルまで酸素が要らなかったの。視力も二・〇ありましたし、視野も広く、そういう点でわりあいに身体が飛行機に合っていたみたいですね」

その後、原田は、佐伯海軍航空隊勤務を命じられた。いわゆる実施部隊での「延長教育」である。

「飛行時間は五百時間を越えなければ、実戦では使えない」

当時は、そう言われていた時代である。原田の猛訓練は、佐伯でも続いた。しかし、緊迫した国際情勢は原田に時間的余裕を与えてくれなかった。

昭和十二年七月、原田は実戦に投入された。盧溝橋事件の勃発（ぼっぱつ）によって、日中全面戦争が始まったのである。

海軍は、盧溝橋事件発生のわずか四日後に第十二航空隊の大陸派遣を決定した。

「私はまだ飛行時間が三百時間に過ぎなかったんですが、所属する第十二航空隊が、中国へやられちゃったんですよ。陸軍が杭州湾の敵前上陸をおこなって、南京へ向かって進撃している。それをわれわれが援護したのです」

第十二航空隊からは攻撃・戦闘部隊として三十機あまりが実戦投入された。原田はその栄えある一員に選ばれたのである。

南京・光華門への爆撃

原田たちは連日、空から日本陸軍を支援した。九月半ばには、敵の首都・南京を空襲し、中国の戦闘機とも空中戦を演じている。上海上陸作戦、蘇州江渡河作戦、杭州湾上陸作戦などを支援し、また敗走する中国軍を空から追撃した。

だが、いうまでもなく最大のヤマ場は、首都・南京の攻略戦である。南京に迫った日本陸軍は、南京を取り巻く高さ十メートルを越える城壁に苦戦した。蔣介石の国民政府軍も、殺到する日本軍にここで必死の抵抗を試みていた。

特に南京の南を固める光華門は堅牢だった。

遮二無二突き進んだ脇坂次郎聯隊長が率いる金沢第九師団歩兵第三十六聯隊も、光華門での敵の激しい抵抗に、なかなかこれを突破できなかった。

この時、松井石根・中支那方面軍司令官は、立て籠る国民政府軍に対して、「十二月十日正午」という降服回答期限を設定した。

だが、降服の回答は来なかった。この日、午後一時を期して始まった日本軍の猛攻は凄まじかった。

「第一大隊は全滅を期して光華門に突入せよ」

脇坂聯隊長の命令によって、火蓋は切られた。歩兵の突撃だけではない。空からは飛行機が、地上からは戦車が、天地を揺るがすような猛襲を一斉にかけたのである。

その「空からの攻撃」こそ、原田たちが操縦する九五式艦上戦闘機だった。上海と南京とのちょうど中間に位置する江蘇省の常州飛行場から飛び立った潮田良平大尉が指揮する第十二航空隊戦闘機隊の九機の中に原田はいた。

「脇坂部隊が苦戦している。光華門を爆破する」

出撃前、潮田大尉は、原田たちを前にしてそれだけを言った。両翼に六十キロ爆弾を二つ抱えての出撃だった。

常州飛行場から南京の光華門まで、およそ百キロ。あっという間に原田たちは目標地点に到達した。原田は眼下に、南京を取り囲む分厚く、強堅な城壁を見た。そこでは熾烈な攻防が繰り広げられていた。

城壁を守る側も相当な数がいる。上空からは両軍の兵たちが〝蟻〟のように見えた。潮田大尉を先頭に次々と爆撃が始まった。原田は九機のうちの八番目だった。先行する先輩たちが爆弾を光華門の左右の城壁に命中させた。

原田も続いた。原田は、見事に六十キロ爆弾を二つとも命中させた。破裂する爆弾の衝撃と音が攻防を繰り広げる兵たちの耳に轟いた。

「爆弾を命中させたあと、私たちは機銃掃射もおこないました。城壁の幅がかなり厚く、中国兵たちはその上で必死に抵抗していましたからね。彼らを空から機銃で撃ちまくりました」

それだけではない。原田たちは常州飛行場に戻り、爆弾を積み直して再出撃している。

「ふたたび私たちは攻撃しました。光華門だけではなく、たしか太平門という門も爆撃したと思います。両方ともとても頑丈で、攻める日本の陸軍も苦戦していました。もちろん、爆弾は両方とも命中させましたよ」

それは、海軍航空機による陸戦協力の威力が証明された出来事だった。だが、このあと原田たちは思いがけない〝国際問題〟を引き起こしてしまう。それは、翌々日の十二月十二日に起こった。

「私たちは、南京から敗残兵が揚子江を逃げるのでそれを攻撃しろという命令を受けていました。その時、中国の船だと思って、その中に混じっていた南京を出たばかりのアメリカのパネー号という砲艦とイギリスの商船を沈めちゃったんですよ。私たちだけでなく艦爆機も行っていましたしね。みんな命中させました」

十数隻の船団の中にまぎれ込んでいたため、原田には外国船であることはわからなかったという。

「こっちは高度三千メートルぐらいから突っ込んで行って、五百メートルぐらいで爆弾を投下するから、確実に当たるんです。訓練を繰り返していますからね。向こうはアメリカの国旗を出していたというんですが、そんなものは出ていなかったですよ。それでも、国際問題になっちゃってね。日本はだいぶ賠償金を取られたんですよ。それで一部われわれも責任を取らされて、内地へ帰されることになりました」

いわゆる〝パネー号事件〟と呼ばれる誤爆事件である。

「最近、アメリカからこの事件で取材を受けたことがあります。アメリカは、今も国旗を出してあったと主張しているそうです。でも、私は、そんなのなかったよ、と答えました。後で聞いたら、われわれが攻撃を始めて慌てて国旗を広げたらしいんですがね。でも、その時はもう爆弾は切り離されているからね」

血気盛んな空の猛者たちのことである。短期間に大量に養成されていった太平洋戦争末期の搭乗員とは違い、この頃の飛行戦闘員は技術も高く、出撃すれば戦果は大きかった。

アメリカの砲艦もひとたまりもなかったのだ。

「私たちは別に怒られることもありませんでしたが、さすがに指揮した潮田大尉は相当、お叱りを受けたようです。翌昭和十三年一月五日付で、私たちは大村海軍航空隊付きにされました」

潮田大尉は支那作戦のために残り、まもなく南昌方面にて戦死を遂げている。一方、航空機搭乗員を養成する教員となった原田は、大村航空隊から佐伯航空隊へ、さらには筑波航空隊へと、新しい飛行戦闘員たちを養成すべく活動をつづけている。

原田が零式艦上戦闘機、いわゆる零戦と出会うのは、昭和十五年九月、空母・蒼龍に転属になった時である。その時の驚きを原田はこう表現する。

「それまでは、九六式艦上戦闘機に乗っていたんですがね。零戦は、まったく違っていました。重量感があって、ドッシリしていて、まあ九六式を軽戦闘機とすれば、零戦は重戦闘機ですね。操縦性能は抜群によくて安定度が素晴らしかった。飛行機の前面が流線型になっていて、エンジンも空冷の複列式ですから、小さいですよね。だから、スピードも出るし、長距離を飛べました。小回りも利くし、脚も引っ込むし、まあ、当時とすれば、最高の戦闘機でしたね」

それは空の王者として長く君臨するに足る飛行機だった。

「後年になってイギリスのホーカーハリケーンのようなスピードの速いものも出てきましたが、こっちは、攻撃面で二十ミリという破壊力の強い兵器はあるし、操縦性能がいいから、彼らと格闘戦をやった場合にも絶対内側へ回れると思いましたね。多少、スピードは負けても、性能で十分対抗できると思いました。まあ、さらに後でグラマンのF6Fヘルキャットが出てきた時、初めて零戦ではだめかなあと思いましたね。日本でもその時、『紫電改（しでんかい）』というのができましたが、もっと早く紫電改をつくり、試作段階で終わってしまった零戦の後継機『烈風（れっぷう）』に、すばやく切り換えていくだけの工業力があればよかったと思いますね」

原田は、指導部は零戦があったからこそ大東亜戦争に踏み切った、と考えている。

「私はよく、零戦の性能があまりに素晴らしかったから日本は戦争に踏み切ったのでは、と話すんです。それほど零戦におんぶに抱っこしすぎちゃったんです。昭和十五年九月十三日、重慶で華々しいデビューをしたから、日本の指導部が、すっかり安心しちゃったように思うんですよ。だから零戦は栄光と悲劇の運命を辿った、と」

致命的な判断ミス

　真珠湾攻撃に原田は、第二航空戦隊の空母・蒼龍の戦闘機搭乗員として参加した。だが、任務は〝上空哨戒〟だった。

「それぞれの任務を伝えられたんですが、私の場合、艦隊を守る〝上空哨戒〟だったんです。艦爆機や艦攻機を守るのではなく、艦隊そのものを敵機の攻撃から守る任務です。私は当時、一番のしんがり小隊長でしたから、仕方ないといえば仕方ないですが、やはり気持ちとしては、ハワイ攻撃という華々しいことをやりたいじゃないですか。若いし、行きたくて仕方がないわけです。それで、菅波（政治）大尉に直接、抗議して任務を変えてもらうよう申し込んだんです」

　しかし、返ってきた答えは無情なものだった。

「ひと言、〝艦隊を守る任務もまた大事だ〟と言われました。蒼龍の第一次攻撃隊は菅波大尉率いる戦闘機隊十二機のうち、攻撃の方に九機が向かい、私たち三機が上空哨戒となりました。しかし、こっちは血気盛んですから、おもしろくない。だから、しばらくハワイに向かって一緒に飛び、それで引き返してきたんですよ。まあ、すねてたね。ほかの人は作戦計画があるから、地図を調べたり、こちらからどういう攻撃をするんだという、はりきって作戦会議をしている。ところが、私はそれ、関係ない。小隊は三機編成ですが攻撃に向かう一小隊、二小隊、三小隊の二番機、三番機というのは、私より若いのが乗っているものだから、それより上の私を残すのがおもしろくない。上空哨戒にも、先輩が一人いなきゃいけないから、それで残されたということが、こっちは若いから納得できなかったわけだ」

真珠湾攻撃は第一次攻撃と第二次攻撃で、日本側の被害はまるで異なっている。

「一次攻撃隊は、ほとんど無傷で帰ったんだけど、二次攻撃の時は、だいぶ向こうの態勢が整ったとみえてね、蒼龍の第二次攻撃の飯田房太大尉（海兵六十二期）は、カネオへ飛行場で自爆しました。地上砲火がかなりすごかったそうです。飯田さんの小隊は全滅しました」

飯田はこの時、第二次攻撃隊制空隊の第三中隊の第一小隊一番機としてカネオへ飛行場を攻撃、燃料タンクに被弾した。列機を帰投針路に誘導した後、カネオへ飛行場に突入して自爆している。幸いに米軍機による艦隊への攻撃はなく、上空哨戒を担当した原田は無事、任務をまっとうした。

その原田が、最大の命の危機に瀕したのは、半年後のミッドウエー海戦だった。

山本五十六・聯合艦隊司令長官は、ミッドウエー島を攻略した後、ハワイ攻略作戦をもくろんでいた。昭和十七年五月、珊瑚海海戦において、日米は初めて空母機動部隊同士が激突。日本は、これでアメリカの空母一隻を沈没させ、一隻を中破させた。さらに、駆逐艦一隻と油槽船一隻も沈没させている。

日本側の航空機の喪失も甚大だったが、来たるべきミッドウエー島とハワイ攻略戦への自信を聯合艦隊が深めたことは間違いない。

昭和十七年六月五日、ミッドウエー島の攻略を目指す日本と、暗号解読により、これを察知していたアメリカが激突した。日本が真珠湾への奇襲に成功してわずか六か月後のことである。

だが、日本海軍はアメリカ機動部隊に痛恨の大敗北を喫した。太平洋戦争の勝敗の帰趨を決した致命的なものだった。日本はこの戦いで基幹となる航空母艦四隻をすべて失い、さらに航空機三百機を喪失したのである。

原田はこの時、一飛曹である。蒼龍の戦闘機隊の小隊長として機動部隊の上空直衛を担った。

敵艦を爆撃する艦爆隊や、魚雷で攻撃する艦攻隊は、逆に敵の戦闘機に攻撃されたらひとたまりもない。重量のある爆弾や魚雷を積んでいるため、小回りのきく戦闘機の餌食となってしまうのである。

艦隊も同様だ。敵の艦爆隊や艦攻隊の急襲を受ければ、爆弾や魚雷を浴び、壊滅する危険性が生じる。そのため、零戦などの戦闘機隊が艦隊の上空を守り、あるいは攻撃に向かう味方の艦爆隊や艦攻隊を守るのである。

「六月五日早朝にわれわれは蒼龍を発艦しました。艦隊を敵襲から守るためです。無事、所定の哨戒が終わり、一度、着艦してから朝飯のにぎり飯を食べようとした時、敵機が現れたことを伝える拡声器が鳴り響きました」

敵機来襲。その声で原田らは、ただちに緊急発艦した。原田の目に、水平線の彼方から向かってくる敵機が見えた。アメリカが誇るアヴェンジャーやデバステーターといった雷撃機である。数十機はいる。すぐさま原田ら戦闘機隊は迎撃態勢をとった。

赤城、加賀、飛龍からも、それぞれ戦闘機が飛び立った。原田は、岡元高志、長沢源造が操縦する二機を従えた小隊長である。

「私たちは、魚雷を抱いた敵機を次々と墜としていきました。うしろにまわりこんで七・七ミリ弾を撃ち込むんです。二十ミリも撃ちました。結果的に一機を帰しただけで、あとは全部、墜としちゃったんです」

激しい空戦だった。敵の雷撃機からも十三ミリ機銃が撃ちこまれた。

「雷撃機は三人乗りです。一番後ろに乗っているのが旋回銃を撃ってきます。それをかわしながら、確実に撃墜していきました。こっちも弾を撃ち尽くしてしまいましたね」

原田はふたたび、蒼龍に着艦した。この時、機体には凄まじい戦闘を物語る無数の弾痕が残っていた。すでに原田機は使用不能の状態となっていた。

その場で海上投棄されたこの愛機に代わって、原田は別に用意された予備機に乗り換え、三たび発艦した。原田は、雷撃機にまたしても襲いかかった。

戦闘能力抜群で、小回りのきく零戦にアメリカの雷撃機は抗する術を持たなかった。

この時、痛恨事が起こった。二番機の長沢機に敵の十三ミリ機銃が命中し、火を噴いたのだ。

「うしろにいた長沢機がやられました。私を狙った機銃が長沢の方に当たったのです。私の回避の仕方が悪くて、それで長沢がやられました。こっちは早く敵を墜とさなければ魚雷を落とされる、という焦りがありました。私がゆっくり敵を回避すれば、やられることはなかったと思います。運悪く長沢機の燃料のところに機銃が命中してしまいました。悔やまれます」

だが、原田たちはこの時、急降下爆撃機のドーントレスが背後に迫っていることに気づいていなかった。

「先に来るはずのドーントレスが迷ったために、雷撃機が先になったんだそうです。しかし、それが敵にとっては幸運となり、代償として先に来たその雷撃機隊がほぼ全滅となりました」

日本の機動部隊は、突然現れた急降下爆撃機のドーントレスに甚大な損害を被るのである。これが、結果的に太平洋戦争そのものの勝敗を決するような大敗北につながっていく。

「こっちは、目の前の雷撃機を落とすために必死です。各艦から上がっている小隊長がそれぞれの判断でやっているから、そっちに目が集中しちゃうんですよ。これは、本当に反省すべき点です。われわれが哨戒している時、艦から指示する指揮官がいればよかった。上空へドーントレスが来ている、こっちから雷撃機が来たぞ、というふうに指揮してもらえれば統制が取れるんだけれども、たとえば、下から魚雷を抱いたのが来れば、みんなこれを墜とすことに全力を尽くしている。だから、上空直衛の全体の指揮をする指揮官が艦にいるべきなんです。統制が取れていれば、航空母艦があんなに哀れにみんな沈まなかったんです。われわれだって、いくらでもドーントレスを撃ち落とせるんだからね」

戦争の勝敗は、多分に運が左右するが、この時、日本側はほかにも致命的なミスをいくつも犯していた。

第一は、おざなりの「索敵(さくてき)」である。日本側がとった当日の索敵は、〝一段索敵〟だった。この方法では、各機の先端での間隔が百二十海里(注＝一海里は千八百五十二メートル)にもなり、たとえ視界がきく日であったとしても、全海面の索敵は難しく、日本側にそもそも大きな油断があったことを物語っている。密度の濃い〝二段索敵〟を行なっていれば、勝敗は逆転していた可能性が高い。

原田が述懐する。

「日本の索敵機がアメリカの母艦を早く見つけてくれりゃ、よかったんです。それが見つけられなかったところから、すべてが来ている。作戦本部では、もうぼちぼちアメリカの母艦がいるだろうと、魚雷攻撃のために艦攻に魚雷をつける命令を出しました。ところが、ちっともアメリカの母艦がいない。そこへ今度は、ミッドウエーの米軍基地への陸上攻撃の必要があるという電報が来た。せっかくつけた魚雷をまた下ろして、陸上攻撃用の爆弾をつけることになったんです。それで大変なことになってしまいました」

魚雷から爆弾へのつけ替え――それは、簡単なものではない。

「そもそも投下器が違うんです。爆弾を吊る投下器と、魚雷を抱く投下器がまったく違う。みんな、そこから外して、つけなおさなきゃならない。時間も手間もかかります。ゴタゴタしているから、魚雷と爆弾を、飛行機のまわりにごろごろさせて作業をやっていたわけです」

そんな中、索敵機から、「敵航空母艦発見!」の報が入ったのである。

「そこで、せっかくつけた爆弾を下ろして、また魚雷につけ替えるよう命令が出たんです。もう滅茶苦茶ですね」

敵の急降下爆撃機ドーントレスの不意打ちを食らったのはそんな時だった。爆撃によって、飛行機のまわりにごろごろと転がっていた魚雷や爆弾が爆発していった。

それは、〝自爆〟と表現するほかないような〝誘爆〟の連続だった。

「自分たちの爆弾で次々と爆発しちゃったわけです。ひどいもんですわ。だから、見ている間にこっちの航空母艦が沈んでいったわけです。うしろを振り向いたら、蒼龍がやられ、赤城、加賀も火ダルマになっていました。信じられない光景でした……」

噴きだした血

第一章で紹介した「加賀艦攻隊」の前田武もまたこの時、その阿鼻叫喚（あびきょうかん）を経験している。

ドーントレスの爆弾で『加賀』の艦上にいた前田は左のひざの上を抉（えぐ）られたのである。今も残るひざの傷跡は痛々しい。

「あっと思った時は、もうやられていました。あの狭い格納庫の中に、爆弾を積んでいる艦爆機と魚雷を積んでいる艦攻機がぐちゃぐちゃになっていた。それで、手空（てす）きの搭乗員は手伝ってくれと言うから、作業に加わっていたわけです。搭乗員総掛かりでした」

やがて、加賀の艦橋の前に敵の二百五十キロ爆弾が命中する。その一発の爆弾で岡田次作艦長以下、艦橋にいた士官がことごとく戦死した。

「私が飛行甲板へ出たら、搭乗員は一番うしろの短艇甲板に退避しろと言われたんですよ。そこに行った途端、ドーントレスの爆弾が私の十メートルほど左で爆発したんです」

血が噴き出した前田の足を見て仲間から、

「前田がやられた！」

「早く血を止めろ！」

という声が上がった。

「もう熱いとか、そんなんじゃない。足が吹っ飛んだという感じで、ものすごい激痛でした」

と、前田は振り返る。

ケガ人が続出している加賀に、駆逐艦・萩風(はぎかぜ)が救出に来た。しかし、足をケガしている前田は、駆逐艦に乗り移れない。

「前田！ 押すから、水に飛び込め」

そんな声が前田の耳に入った。いったん海へ飛び込んで、駆逐艦からの縄梯子(なわばしご)を伝って、それで上がるしかなかったのである。

次の瞬間、前田はもう仲間の手によって海の上に突き落とされていた。だが、

「ドーントレスが次から次へと襲っていましたからね。これが近づくと駆逐艦は逃げるわけです。私はただ海の上で漂うだけでした。ようやく夕方になって曇ってきて、少し暗くなってきたもんだから、敵機が来なくなった。駆逐艦が来て、上げてもらっ

たのは、母艦もそろそろ浸水が始まった頃でした」

時間でいえば、前田は三時間も海の中にいたことになる。

「普通、それだけ大きな傷があって、水の中にずっと入っていたら、血液が流れ出て終わりですよね。でも、私は日本手拭(てぬぐ)いを持っとったから、しっかり縛っていました。それがよかったんでしょうか」

やっとのことで駆逐艦・萩風の甲板に上がった前田は仰天する。靴はとっくに脱げ、前田は裸足(はだし)だった。その足で甲板を踏むと、じゅーっという音が出たのである。

「薬きょうでした。ドーントレスを迎え撃つこっちの機銃弾の薬きょうが、上甲板を覆っていたんです。おびただしい数でした。それだけこっちも撃ちまくったということですよ。それが熱を帯びていて、私が踏むと、じゅーっという音が出た。熱かったですよ」

前田が医務室に運びこまれた時、すでに医薬品はほとんどなかった。手術には麻酔が必要だが、その麻酔薬も尽きていた。糸もなく、針もなかった。

「とにかく何もない状態なんですよ。それほどケガ人が多かったわけです。それで、船の帆に使う帆布(はんぷ)があるでしょう。絵を描く時のキャンバスのようなやつです。あれをほどいて、緊急に縫う糸をつくってくれた。それで傷口を縫いました」

筆舌に尽くしがたい痛みだった。麻酔もないまま、傷口を引っかけるようにして一針ずつ縫っていった。縦に二列、横に一列、巨大な傷跡が縫われていった。その回数を前田は「二十八回」と記憶する。

「ヨードチンキをコップ二杯ぶっかけてね。それで、あとはもう、薬はないんだから、痛みも止められないし、何もできないけど、まあ、勘弁してくれって言われたね。若い中尉の軍医でしたが、いや、もう、これだけしてくれるなら十分ですって、お礼を言ったんだけどね。幸いに、ちょうど機動部隊のあとを追いかけていた山本五十六聯合艦隊司令長官の率いる部隊が内地へ向けて帰るところで、その最後尾に戦艦・長門(ながと)がおったんです。それで、長門のほうに信号を送ったんだね。けが人が多いので、そっちで治療してくれないか、と。それで私は長門へ移されたんです」

戦艦・長門の軍医長は、前田の傷を見て、即座にこう言った。

「君、こんなことをしといたら、足が曲がらなくなるぞ」

えっ？　という間もなかった。そう言うやいなや、軍医長は、せっかく二十八針も縫ったものをたちまち全部切ってしまったのである。そして、今度は消毒薬で中身を全部洗って、ガーゼを傷口にピンセットできゅっきゅっと押し込んでいった。

「これが引っついちゃったら、ひざが曲がらなくなる。傷は治っても、ひざが曲がらなければ使い物にならないぞ。まだ若いんだから、肉が盛り上がるのを待つんだ」

軍医長はそう言った。前田はただ呆然としていた。

「今から考えるとたいしたものだと思いますね。縫ったら、肉が大きく抉られているから、膝が曲がらないし、傷も早く治らない。だからこのままにして包帯するってね。結果的には、それがよかったと思いますね。やっぱり大佐の軍医長だから、たいしたもんですよ」

真珠湾で敵の旗艦に魚雷をぶち込んだ前田は、ミッドウエー海戦では、こうして大ケガを負うのである。

「とにかく、あれは源田参謀と南雲長官の責任です。特に源田参謀ですね。戦後、私は山本五十六司令長官が、敵が日本の艦隊へ接近してくることがわかったら、何を置いても、魚雷攻撃しかないんだから、艦攻が出ていって応戦しろと、源田にかたく言いつけていたことを聞きました。山本長官の部下から聞いたんですよ。艦攻は何があっても、魚雷をおろして爆弾に積みかえるのは禁止する、とまで山本長官は厳命していたことも聞きました。出航する時の打ち合わせでも、赤城と加賀の二隻は絶対に魚雷攻撃以外を考えちゃいかんと、言われていた。それでも源田参謀は、ああいう指示をしてしまったんですからね」

まさしく、痛根の失敗だった。

「攻撃してくるドーントレスは空母から来ているわけです。島から来た飛行機はもうほとんど全部墜としちゃっているんだからね。そうすれば、飛行機がやられても少なくとも母艦は助かった。だから、敵の航空母艦へ突撃をかけるしかないんだ。残念でならないですよ」

ミッドウエー海戦での敗北が、前田は今も悔しくてならないのだ。

それだけではない。前田はこんな秘話を明かす。

「やはり、敗北の最大の原因は、日本側の索敵の怠慢にありました。巡洋艦・筑摩から出た海軍兵学校出の大尉の一号偵察機が、発艦およそ一時間後に敵のドーントレスと遭遇して、撃ちあっている。当然、ドーントレスは敵空母から発艦してきたものです。やって来た先には、空母がいることがわかります。しかし、大尉はこれを報告していない。それどころか、その後、この機は雲の上を飛んで敵空母を発見していないんです。私は真珠湾五十周年の時に、ハワイに招かれ、この時のドーントレスを操縦していたアメリカのパイロットに会うことができました。向こうは日本の偵察機と遭遇したことをきちんと報告しているのに、こっちは肝心な報告をしていないんです。それどころか、この決定的なミスが巡洋艦・利根から発艦した索敵機のせいにされているんです」

どういうことだろうか。

「こちらは、利根から出る時にカタパルト（射出機）の故障で発艦が三十分遅れたのですが、それでも敵空母を発見して、それをきちんと報告している。それなのに、〝発見が遅れた〟と敗北の責任を負わされた。こちらは、甲飛二期出身の偵察員が機長だったので、責任を海兵出より負わせやすかったわけです。終戦直前、四国沖で戦死したこの甲飛二期の機長の墓参りに私は長野県へ行ったことがあります。昭和二十年代のことです。その時の悔しさは今も思い出します。彼の墓石に刻まれた名前が、なんと削られていたんです。なんとも哀れでねえ。この人は任務を全うしたにもかかわらず、ミッドウエー大敗の責任を負わされ、お墓にまでそんなことをされていた。一方、本当のミスをした海兵出身の大尉は、戦後、海上自衛隊で出世を遂げています。墓標が削り取られてしまった彼のお墓の前で、私は立ち尽くしましたよ」

知られざるミッドウエー敗北の秘話である。

母艦なく海面に着水

一方、原田要は、敵機と激しい戦闘を繰り広げていた。だが、自分の母艦がやられれば、飛行機は降りるところがない。

「私は、しようがない、と思って、次には飛龍へ降りたんです。しかし、自分の飛行機はやっぱり被弾が多くて海上に投棄されちゃってね。それで、そのまま飛龍で発着艦の指揮官の応援をしていたんです。そこへ、格納庫から〝飛べる飛行機が一機できました〟という連絡が来た。私はすぐに〝おまえ上がれ〟と言われました」

艦橋の前にリフトで上げられてきた零戦が用意されていた。だが、飛行甲板は大混乱の様相を呈している。原田が発艦に許された距離は、わずか五、六十メートルしかない。それは命がけの発艦だった。いくら戦闘機といえども、その距離は短すぎた。

原田は、止まったままエンジンを赤ブースト一杯まで吹かし、全開にした。さらに車輪止めをして、両翼の端を押さえてもらい、タイミングを合わせて一斉にこれらを外して、一気にフルスピードで発艦する方法をとることにした。イチかバチかである。

「いくぞっ」

エンジン全開の零戦は、原田の掛け声でいきなりフルスピードになった。

だが、やはり滑走距離が短い。

「だめか！」

そう思った。甲板から車輪が浮いた瞬間に、原田は車輪格納のレバーを引いていた。

発艦した時、整備員たちは原田機がきっと海に〝落ちた〟と思ったに違いない。

しかし、機は、海面ぎりぎりから浮かび上がってきた。

「波のうねりが高かったら、おそらくダメだったでしょうね。また車輪が出たままでもダメだったと思います。あの時、機体はほとんど海面に接していましたからね」

奇跡的な発艦だった。支那事変から戦いつづける熟練の原田でなければ、とても無理だったろう。だが、やっとのことで浮上し、うしろを見た原田は驚愕する。

「なんとか五百メートルくらいの高度を取ってうしろを見たら、発艦したばかりの飛龍がもう火を噴いていました。ドーントレスの攻撃です。私が飛び出すと、次々と
（母艦が）やられちゃうんだ」

負け戦とは、惨めなものである。戦死者が続出していた。だが、それでも、原田は生きていた。

「赤城、加賀、蒼龍は、八百キロの爆弾だとか魚雷だとかがごろごろ転がっている状

態で、全部やられました。誘爆でやられたわけです。でも飛龍の場合は、次の攻撃に出る飛行機が爆弾を抱いていたところを、やられました。自分の爆弾が爆発したというのは同じですけどね。飛行機自体が吹っ飛んじゃっているし、艦橋なんかも、それで飛んじゃったんですよ」

発艦した原田機は、交戦を続けながら上空で哨戒(しょうかい)を継続した。

「母艦はみんなやられちゃったけれど、ほかに味方の巡洋艦、駆逐艦がいっぱいいます。それを向こうが攻撃に来るから、追い払っていたんです。こっちで飛んでいるのは私だけですよ。燃料が切れるまで飛んで、午後八時前くらいに駆逐艦脇の海面に着水したんですよ。私の着水を見て、駆逐艦が一隻、拾いに来てくれたんですが、そこへちょうどB17が爆撃に来てしまった。それで、私を救助する前に駆逐艦が逃げちゃったんです」

だが、駆逐艦はなかなか戻ってきてくれなかった。

「最初は、フカに食われるといやだと思ってね。フカは、一回並んでみて、自分より大きいのは齧(かじ)らないというから、首に巻いていた白いマフラーを足に縛りつけて流したの。これなら大丈夫だなと思ったけど、いくら待っても拾いに来てくれない。ああ、もうダメかと思いました」

やがて漂流は二時間、三時間……と時を刻んでいく。

原田は海に浮かびながら、その間、何を考えていたのだろうか。この時、原田には、妻と前年に生まれたばかりの赤ん坊がいた。

「最初は、自分が死んだら家内が困るだろう、子供が困るだろうってことを考えていました。でも、だんだんとそこを通り越しちゃってね。考えてもどうしようもねえわ、と。じゃ、静かにこれで死ぬしかないな、と思いました。それで、もうフカに食われたほうがいいと思って、マフラーも取って投げちゃったんですよ。そしたら、フカがなかなか来ないんだ。そのうち、とても静かで、穏やかな気持ちになったんです。やるだけのことを全部やったんだからもういい、という諦めですね。その時、ほんとに穏やかに死ねるという体験をしました。死が怖くなくなったんです」

その体験を原田は忘れられない。以前の原田は「死」に対する姿勢が定まらずに思い悩み、有名なお寺を訪ね、高僧に意見を求めたことさえある。しかし、いざ「死」を目前にしたら、穏やかで、やすらかな、なんとも不思議な気持ちになることができたのである。

「私、飛行機に乗るまでは、とても臆病だったんです。死ということが非常に怖かったんですね。それで飛行機に乗りだしたから、これはいずれ、まあ飛行機だからいつ落ちて死ぬかもわからないし、死に直面したときに精神的な葛藤が相当苦しいんだろうなと思ってね。死ぬ時の苦しみに対する恐怖心が、何とか取り除けないかなあと思って、それで鎌倉の建長寺という有名なお寺へ行って、お坊さんに禅を教えてほしいという申し入れをしたことがあるんです」

その時、現れた建長寺の管長は、原田に対してこう語りかけた。

「兵隊さん、それをあれこれ思い悩んでも、つまらない話ですよ」

原田は、管長の言っている意味がわからない。怪訝そうな原田の表情を見て、管長はこう続けた。

「死ぬ時には、誰でも多少の苦しみはあるものです。精神的な苦しみも当然あります。でもね、いよいよその場になると、案外穏やかになれるものなんです。それは、諦めです。一度、諦めることができた後は、人間は静かに穏やかに死ねるものなんです。だから兵隊さん、心配はいらない。座禅をやる時間があったら、飛行機で一生懸命飛んで落ちないように訓練を重ねた方がいい」

管長はそう言った。

「その時は、管長さん、うまいこと言って、私をていよく追っ払ったなと思いました」

原田はそう振り返った。

「でも、偉いお坊さんにそう言われれば仕方がありません、諦めるしかしようがないんだな、と思いました」

実際に、真っ暗闇の中、死を前にして長時間の漂流をしていた原田は、その言葉の意味が初めて理解できた気がした。原田がおよそ四時間の漂流の後に、駆逐艦・巻雲に救助されたのは真夜中十二時頃のことだった。

「私は急速発艦の指令で拳銃の携行を忘れたため、自決もできず、ただ燃える母艦の煙を眺めながら、敗戦の惨めさに想いを巡らし、死を待っていたことになります。すると駆逐艦・巻雲が発光信号を点滅させながら接近し、浮かんでいる私のかたわらで停止し、舷側から網梯子を下ろして、〝上がれ〟と声をかけてくれました。しかし、私には梯子を上がる余力がすでに失われていて、やむなく爪棹（ボートフック）で引っかけてもらい、それとロープで艦上に引き上げられたんです。でも、やっとの思いで艦上に立った私は、この世のものとは思えない地獄絵に身震いしてしまいました」

駆逐艦・巻雲の甲板には、重傷者が折り重なっていた。彼らが口々に「水、水……」「苦しい」「痛い、痛い」と呻いていたのである。原田は茫然とした。その時、救助されたばかりの原田を診察するため、軍医官が衛生兵と一緒にやって来た。

「軍医官、私は大丈夫です。この重症の人たちを先に診てあげて下さい」

　思わず原田は、大声でそう嘆願していた。しかし、軍医官から返ってきた言葉は意外なものだった。

「君、これが最前線の医療現場なんだよ。平時の医療とは逆なんだ。この人たちは気の毒だが、手をかける余裕がない。前線では君のように少し手当てをすれば、またすぐ戦力になる人を優先して治療する。重症の人は可哀想だが、最後になるんだ」

　静かな口調だが、有無を言わさない様子で軍医官はそう言ったのである。

　原田は愕然とした。自分たち兵士は、人間として扱われない一個の兵器に過ぎないことを改めて知らされたからである。

「銃身が折れて、弾丸が発射不能になった兵器は惜し気もなく破棄されます。それと同じように人の命も捨てられるんです。それは、極限の人命軽視の世界だと思います。私は戦争に対してこの上なく憎しみを感じました」

　着水時に裂傷した額の治療が終わった原田を兵員が駆逐艦の艦長室のベッドに入れてくれた。戦闘機乗りに対する特別扱いにほかならなかった。恐縮する原田だったが、長時間の漂流で疲労困憊になっていたため、そのまま眠りに落ちてしまった。

「しばらくして、私は喉の渇きと空腹に目が覚めたんです。何かないかと見廻したら、棚に飲みかけらしい葡萄酒の瓶が目に入りました。溺れる者は藁をも掴むで、私は善悪の見境いもなく、これを全部飲んでしまったんです。空腹を満たした心地に酔っていたら、その時、艦長が入って来られ、何かを物色されている。その時、私はハッとしました」

きっと自分が飲んでしまった葡萄酒を探しているに違いない。こともあろうに艦長の葡萄酒を飲んでしまうとは、不覚だった。かくなる上は、包み隠さず正直に打ち明け、謝罪しようと原田は覚悟を決めた。

「艦長、申し訳ありません。今日、私は朝から飲まず喰わずで飛んでおりましたので、どうにも我慢できず、悪いとは重々承知で艦長のお品を全部頂いてしまいました。誠に申し訳ございません！」

だが、原田を叱ると思った艦長の態度は、まったく逆だった。にっこり笑った艦長は、原田の肩に優しく掌をあててこう言った。

「ああ、そうかそうか。よかった、よかった。早く体力をつけて、また元気に飛んでくれよ」

その慈愛に満ちた艦長の眼差しを見た時、原田は人命が切り捨てられる直前の甲板での地獄絵を思い出した。そして、不覚にも涙が浮かんでしまった。極限の戦場でも発揮される人間の優しさというものを教えてもらったからである。

　そのまま後ろも見ずに艦橋に戻っていく艦長のうしろ姿に、原田は思わず合掌していた。

「初めて味わった航空艦隊の哀れな敗戦に、すっかり戦意を喪失し、ヤケクソになりかけていた心が、いつの間にか零戦パイロットのプライドを取り戻し、〝見敵必墜〟への脈打つ鼓動を覚えたような気がしました。人間味溢れるこの艦長のためなら、一緒に喜んで死ねるとさえ思えました」

　駆逐艦・巻雲は、その後も味方の救助を続けた。

「明け方でしたね。焼けてはいたものの、まだかろうじて浮いていた飛龍に巻雲が近づき、生存者を収容しました。その時、飛龍の山口多聞・第二航空戦隊司令官と加来止男艦長がみんなに訓示して水盃をさせ、それから総員を退去させたんです。乗組員は〝私たちもご一緒します〟と訴えたんだけど、それはいけない、君たちにはまたチャンスがある、次に頑張れ、この責任は私ら二人だけで取る、と山口司令官は仰られたそうです。その後、二人で艦橋へ上がっていかれるお姿は、私ら横づけしている駆逐艦からも見えました。二人は艦橋で自決されました。パン、パーンというピストルの音二発は、私にも聞こえましたよ」

　その後、空母・飛龍は、巻雲が発射した魚雷によって沈められた。その光景を見る原田はもちろん、飛龍から収容された乗組員たちは、溢れ出る涙をとどめることができなかった。

第三章 ガダルカナルの激闘

零戦とP38との空戦（ポートモレスビー上空）

相討ちで墜落

ミッドウエー海戦で九死に一生を得て帰還した四か月後、原田要は、昭和十七年十月に今度はガダルカナルで「墜落」を経験している。

ミッドウエー後、原田たちは、しばらく鹿児島・大隅(おおすみ)半島の笠野原(かさのはら)海軍航空基地に〝隔離〟された。鹿屋(かのや)海軍航空基地に近く、鹿屋から志布志(しぶし)湾のある東に向かえば、笠野原基地はすぐの場所にある。

ここに原田たちは、外部との連絡を一切遮断された形で収容されたのである。

「要するに、ミッドウエー海戦に敗北したという情報が一般にはわからないように〝監禁〟されちゃったんです。笠野原基地には、海軍のバラック建ての兵舎があってね。そこが訓練基地になっていた。そこへ、外部から遮断して私たちを入れたんです。外からは中が見えないし、外にも一切出さないので、完全に隔離ですね。ここで約一か月過ごしました。どうもあっちこっちの基地に搭乗員を分けたんだと思いますが、笠野原は戦闘機乗りが多かったですね。笠野原だけで四、五十人はいたんじゃないかな。訓練もなく、ただ、飯を食わせて、体操をさせて遊ばせておいただけですよ」

それは、家族にも手紙を出させない、という徹底した隔離だった。ミッドウエーでの敗北情報が漏れだすのをいかに上層部が恐れていたかがわかる。

「いわゆる缶詰め状態でしたが、夜になると時々、ちょっと酒の配給がありました。私たちは、日本酒を飲みましたが、でも、そんなもの、おいしくも何ともねえさね。飲めば愚痴っぽくなって、ただ繰り言を並べるばっかりさ」

やがて一か月が経ち、原田たちは笠野原基地を出た。豪華客船を改造した『隼鷹』に続いて『飛鷹』という航空母艦ができたのである。昭和十七年七月三十日、原田は横須賀で空母・飛鷹に乗艦を命じられた。飛鷹を旗艦とする第二航空戦隊に所属し、ガダルカナル島へ向けて出航するためである。

ガダルカナル島の奪取――それは帝国陸軍、帝国海軍の最重要課題だった。

オーストラリアを孤立させ、アメリカとのルートを断つ米豪遮断作戦を決定した日本は、南太平洋のソロモン諸島に飛行場建設を狙っていた。白羽の矢が立ったのが、ガダルカナル島だ。この南太平洋でイニシアティブを握れるか否か、ミッドウエー海戦で敗北した日本軍にとって、それは譲ることのできない戦いでもあった。

昭和十七年七月中旬、日本軍はガダルカナル島に飛行場の建設を開始し、八月初めには完成させる。一方、アメリカは、この飛行場を奪うべく攻勢をかけた。

やがて、日本からはるか六千キロも離れたこの島は、日米の主力による壮絶な決戦場となった。日本はニューブリテン島のラバウル基地を根拠地として連日熾烈な航空機と艦艇による大消耗戦を展開することになる。

そこに向かった一人が、原田だったのである。

「飛鷹は豪華客船が改造されて、途中から航空母艦になったため、居住性は抜群でした。ゆったりとしていて大きかったですよ。でも、スピードは出ないし、飛行機も正規空母ほどたくさんは積めなかったですね。私たちもガダルカナル奪回の重要性はわかっていました。海軍の設営隊と陸戦隊が入って、ようやく発着可能の飛行場をつくり、いよいよ飛行機隊を入れようと思った矢先にアメリカの艦隊と海兵隊が来て、奪われてしまった。アメリカはたちまち機械力で飛行場をうんと大きくしてね。その上で飛行機をダーッと持ってきたわけです。奪回の要請を受けた陸軍も惨敗を喫し、アメリカの占領下で島に取り残された日本軍は、島のあちこちを逃げ回っていました。そこで日本も航空母艦で行ってガダルカナルを制圧するという飛行場の取り返し作戦を立てたんです」

原田はすでに下士官としていちばん古く、「貴様たちは、ミッドウエーの敗残兵の集まりだから士気を上げることに努力しろ」という命令を上官から受けていた。

「でもみんな歴戦のパイロットですから、やっぱり覚悟はできていてね。これが最後だ、どうせ日本へ帰れないんだから、とにかく暴れ回ろうじゃないかと悟りを開いたような雰囲気になっていました。ガダルカナルの話を聞くと、ラバウル基地からどんどん行っちゃ撃墜されているという情報でした。しかも、島に残された陸軍もみんな飢餓状態でジャングルの中に追い込まれているという。これはえらいことだなあと思ったことを覚えています」

神業の止血

　昭和十七年十月十七日早朝、原田は魚雷を抱いて出撃する九七式艦上攻撃機を掩護（えんご）するため空母・飛鷹を発艦した。

　戦闘機隊の隊長は、兼子正（かねこただし）大尉だ。もう一隻の空母・隼鷹から発艦した戦闘機の隊長は志賀淑雄（しがよしお）大尉だった。

「この時、ちょっと不思議なことがありました。私たち飛鷹の戦闘機隊九機が隼鷹の艦攻隊を掩護し、逆に隼鷹から出撃した志賀さんたちの方が、私たち飛鷹の艦攻隊を掩護したんです」

なぜだろうか。

「兼子さん（海兵六十期）の方が志賀さん（海兵六十二期）より先輩だった。しかし、艦攻隊の指揮官は、隼鷹の方が飛鷹より先任だったんです。別にそんな必要もなかったとは思いますが、それで守る対象の艦攻隊を入れ替えちゃったんです。私たちが、隼鷹のあとから行く艦攻隊八機を掩護しました。隼鷹からは九機出撃したんですが、エンジン不調で一機、帰っちゃったんです。飛鷹からはそのまま九機でした」

ところが、原田たちが掩護した隼鷹の艦攻隊は、ガダルカナルでの進入コースを間違えてしまうのである。それは致命的なミスだった。

「これで、もう一回コースを取り直し、ガタルカナル上空をぐるっとまわらなければならなくなったんです」

原田はそう回想する。

「進入の方向を勘違いしたんでしょうね。このままだとうまく命中させられないと、もう一回やり直す判断をしたんじゃないかなと思うんですよ。私は艦攻じゃないからわからないけどね。飛鷹から出た艦攻隊の方は、ちゃんと湾の中に停泊している敵の船団を攻撃して、無事帰っているんですよ。たしか高度三千から四千の間だったと思います。グルーッと敵の飛行場の近くで悠々とやり直していた。でも、その上空に断雲があってね。そこにグラマンが隠れていました。われわれとすれば、(艦攻に) ついていたんだけれども、零戦はスピードが出るから、グルーッと大きく左まわりにまわっているわけ。その隙に、サーッと上からグラマンにやられたんですよ」

グラマンの急襲で艦攻八機の内、四機があっという間に火を噴いていた。敵は、〝円周〟を描きながらついている原田たちがいちばん離れた時に攻撃してきたのである。

「私たち戦闘機隊がすぐグラマンを追いかけました。反撃で、グラマンをほとんど墜としました。しかし、その内の一機だけ、後ろへクルッと反転したんですよ。その一機を見逃すと、今度は、うちの戦闘機が後ろからやられる。私はいちばん後ろの小隊長だから、列機を向こうへ追わせて、私が引き返したんです」

その時、原田は一瞬、目が眩んだ。急に引き返したために、G (重力) がかかりすぎたのである。あっと思った時は、すでに遅かった。敵がその瞬間をついて、原田より高い位置から、原田機を狙っていた。

万事休す、である。

ここで敵を避ければ、今度は味方がやられる。原田は咄嗟に判断した。

(刺し違えてやる!)

原田は、自分より高い位置にいるグラマンに猛然と向かっていった。

バリバリバリバリバリ……

両機の機銃掃射は凄まじかった。零戦のプロペラの圏内からは七・七ミリ弾が、凄まじい勢いで出ていき、その外側からは二十ミリ弾が発射されていった。両方の弾は、前方二百メートルで交錯する仕組みになっている。引き金を引けば、両方がいっぺんに飛びだしていくのである。

だが、二十ミリ弾は六十発しか入っていないため、すぐに撃ち尽くしてしまう。原田の頼みは七・七ミリ弾の方だった。

パパパパパパパン
零戦とグラマン――大空の王者を競う両者の機銃は、いずれも相手に「命中」していた。機体が損傷する音が不気味に原田の耳に飛び込んできた。

敵は煙を噴いた。ガダルカナルのジャングルに向かって吸い込まれていく。だが、原田も左腕に凄まじい衝撃を感じていた。

(やられた!)

左腕の力こぶの筋肉の部分にハンマーで殴られたようなショックが襲ったのだ。原田があっと思った時には、もう血が噴き出していた。

「なにかが〝貫通〟していました。グラマンの機銃は十三ミリです。これが貫通したら、人間の腕など吹っ飛びます。だから、敵の十三ミリがエンジンか何かに当たり、その破片が私の左腕をぶち抜いていったのではないか、と私は想像しています」

それは、致命傷ともいうべき大ケガだった。

しかし、原田はまだ二十六歳とはいえ、日中戦争の南京攻略戦にも参加したほどのベテラン搭乗員である。この切迫した状況下でも、信じられないような早業で処置を施していた。

まず、エンジンを切った。機体に損傷を受けている場合は、エンジンを切らないと燃料に引火し、火ダルマになってしまう危険がある。

そして右手で操縦桿を握っていた原田はこれを足で挟み、座席の右側に置いてあるゴムバンドを手に取った。止血帯である。

ゴムバンドの端を口に咥えると、原田は神業のような速さでケガの部分にグルグルとこれを廻した。だが、噴きだす血は、それでは止まらない。

相手のグラマンがジャングルの中に吸い込まれていくのが見えた。原田の目前にも、ジャングルが迫っていた。

もう墜落を回避する術はない。

咄嗟に原田は衝撃をできるだけ緩和すべく、操縦桿を右手で引いた。機首を起こして、できるだけ平行にジャングルに突っ込もうとしたのである。

ヤシの木が目の前にあった。その中に突っ込んでいくまでは覚えている。だが、機体がヤシの葉に呑まれた瞬間、原田は意識を失った。

風防から決死の脱出

どれだけの時間が経っただろう。

我慢できない息苦しさで、原田は覚醒した。零戦の風防がぺしゃんこに潰れて、逆さまに土中にめり込んでいた。機体は、ひっくり返り、左の翼はヤシの木に吹っ飛ばされたようだ。

風防の中で原田は気化したガソリンによって呼吸困難になっていた。その息苦しさと、ガソリンの冷たさが原田の意識を奇跡的に覚醒させたのである。

原田が、自分の置かれている状況の危険性を察知するのに時間はかからなかった。窒息死が迫っているだけでなく、いつ気化したガソリンに引火し、火ダルマになるかわからない。

風防が潰れているのに、原田は座席の後ろのすきまに入り込み、かろうじてその空間で生命を維持できていたのである。

「どうして爆発しなかったのか、不思議でした。たしかに落ちる時にエンジンを切っていましたが、それにしても運がよかった。ヤシの木が緩衝になってくれたから、行き足がうんと落ちて、火花が出なかったんでしょう。もし、平らなところにザーッと行けば、摩擦熱で火花が出ますからね。そうすれば、ガソリンタンクも穴があいているから、私は黒焦げになっていたはずです。でも、ガソリンが風防の中で気化しているから、本当に息が止まりそうでした。苦しさとガソリンの冷たさで意識が戻ったんじゃないかと思いますね」

原田は、いつ引火するかわからない中、なんとか右手を機体から出した。そして、地面を必死に掘った。

「ジャングルの腐葉土ですから、幸いに土が柔らかかったから素手でも掘れました。あれが固かったら絶対だめだったね。でも、爪が全部取れちゃいました。必死で掘ったら、右手の爪がすべてなくなっちゃったんです。顔の部分だけが外に出て空気が吸えたら、急に、生への欲が出ちゃってね。頭の次は肩を、と必死に掘りましたよ。まだ昼間でしたから、私が気を失っていた時間も、わずかだったんじゃないかと想像しますけどね」

やっとの思いで外へ出た原田は、体力を使い果たしていた。意識をふたたび失いそうになった原田を、我慢できない喉の渇きが襲っていた。

土の中に逆さに突っ込んだ風防の中で、気化したガソリンで喉がやられている。その渇きは、とても我慢できるものではなかった。

水、水、水……

倒れた原田の視線の先に、水たまりのようなものが見えた。二十メートルほど先だ。おそらくスコールでできた水たまりが残っていたものだろう。

あそこに水がある……。

最後の力を振り絞って、原田はその水たまりの方に這っていった。左腕はまったく動かせず、右腕だけで這った。凄まじい生への執念だった。

近づくとそれはボウフラが湧いた数十センチほどの大きさの汚い水たまりだった。

「喉の渇きには耐えられません。私はボウフラがいるまま、それを飲んで、底の土まで舐めちゃったんですよ」

ボウフラごと水たまりの水を舐めつくす。それは、必死に生きようとする鬼気迫る極限の姿である。

「あの時は、死ぬ直前の兵士たちが、水、水……と言って死んでいくことがよくわかりました。それほど我慢できない渇きでした」

水を飲んだら、原田はどうにか立ちあがることができた。冷静さを少しだけ取り戻したのかもしれない。その時、それまで気がつかなかった痛みが襲ってきた。

撃ち抜かれた左腕である。

「それこそ気が狂うぐらい痛かったですね。血もまだ完全には止まってなくて、ブクブクしていました。こんな痛さをそれまでどうして感じなかったのかと不思議でした。どうしたらいいかと思って左腕を上の方へ持って行ったら、少し痛みが和らぐんです。それで、拳銃のひもで、左腕を飛行帽の上から頭へくくりつけちゃったんですよ」

戦闘機乗りは、誰でも自衛用に拳銃を持っている。原田も銃床にひもがついた拳銃を肩からさげていた。その拳銃をぶら下げたまま、原田はひもで左腕を頭にくくりつけたのだ。

「ズキズキする痛みが少しは和らいだような気がしましたね。幸いに太い血管はやられていなかったみたいでね。そして、巻いているゴムバンドも少しだけゆるめて、痛みを緩和させました。そうすると、少し血が出るけれども、痛みがだいぶ違いました。だから、血を流し流しの状態ですよ。もう命はどっちみちないんだから、痛さを我慢するよりも、血を出した方がましかって……」

原田は、墜落現場から海岸の方角に向かって歩き出した。あてなどなかった。ただ、海岸に行けば、友軍に出会えるかもしれない。そう考えたのである。

五百メートルも歩いただろうか。

原田は、墜落している九七式艦上攻撃機を発見した。艦攻は三人乗りだ。かたわらに搭乗員が一人、顔を血に染め、呆然として立っていた。

「よく見たら、私が霞ヶ浦で教員をしていたときの同僚の佐藤寿雄さんという人だったんです。私より半年ばかり先輩です。その佐藤さんが立っていた」

血で真っ赤に染まった顔で立ち尽くす姿は異様だった。

「佐藤さん、佐藤さんじゃないですか？」

原田が近づいてそう声をかけた。

佐藤は驚いた。左腕を頭にくくりつけ、拳銃をそのまま頭からぶら下げた原田の格好も異様なものだった。佐藤は、原田に向かってこう説明をした。

「敵にやられた。墜落した時、搭乗員が一人、足を挟まれた。なんとか助けられないか」

足が機体とヤシの木に挟まっている搭乗員の姿が見えた。聞けば、「丸山」という偵察員だそうだ。墜落した時、ヤシの木に激しくぶつかったらしい。飛行機の尾部が引っかかってクルッとまわったのではないかと思われた。

機長は、すでに頭に貫通銃創を負って、こと切れていた。機長が死亡して墜落しながら、まだ生存者がいること自体が奇跡だった。

「うしろの座席がヤシの木に巻きついたみたいになって、そこへ片方の足が挟まってしまっていたんです。完全に固定されていました。関節のちょっと上の太股(ふともも)の部分がピシャッと挟まっていました。だから、見えないものの、相当内出血もしていたんじゃないかな。さっそく機体を動かそうとしましたが、あの大きな三人乗りの艦攻の尾部を引っ張ったって、動くもんじゃありません。二人でやってみましたが、とてもじゃないが無理でした。それで、島民を探して、ワイヤーでもロープでも持ってきて引っ張らせようじゃないかというので、探しに出たんです」

しかし、島民の家はあったが、彼らはとっくに逃げていなくなっていた。仕方なく原田たちはまた墜落現場に戻ってきた。

「今度は反対の方向に行こうじゃないか」

佐藤と原田は、そんな相談をしていた。その時、足を挟まれている丸山の容体が急変した。

「彼は、私たちの会話を聞いていて、ああ、もう自分はだめだなと、思ったんでしょうね。仮に足を引っ張り出せたとしても、最前線の戦地で、野戦病院もあるわけじゃない。ジャングルで、みんなが栄養失調で死んでいる中で、足が片方だめなら、とても生きられないことがわかったんだと思うんです」

それまで原田たちと言葉を交わしていた丸山は突然、顔色が真っ白になったという。

「もういい、俺はあきらめた。二人ともそばにいてくれ。佐藤さん、俺の爪と髪を切って母親に渡して、俺の最期を話してよ！」

そう言い終わると丸山は血の気が急になくなった。

「そのままガクッと逝っちゃったんですよ。ヤシの実に穴をあけて、中の水を飲ませたりしていたのに、それは突然でした。人間、あきらめるとすっと死ねることを、この時も教えてもらいました」

不思議だったのは、この亡くなった丸山というパイロットが、偶然にも長野中学の後輩だったことを原田は後年、知る。原田が、遺族にその最期の模様を伝えることができたのは、この時から六十年ものちのことである。

「日米の元兵士の交歓会がありましてね。その時、日本から行った人の中に、偶然、亡くなった丸山青年と同期で、しかも、同姓の名古屋の人がいたんです。その人が、丸山ならおれと同じ期の丸山だし、きっと長野中学を出た丸山に違いないということになりましてね。それで、六十回忌のちょうどお彼岸の日に遺族と会うことができたんです。やっぱり遺族には何も届いてなくてね。お嫁に行った妹さんたちも新潟からわざわざ来てくれました。亡くなった時のようすを初めて伝えられたんですよ」

意識不明の中での脱出

原田は、佐藤と二人でひと晩、お通夜をした。

それを終えて翌朝、海岸に出た二人は、日本軍の〝足跡〟を発見する。軍用煙草の「誉(ほまれ)」の吸い殻が落ちていたのだ。日本軍がここから上陸したことを原田たちは知った。

友軍が近くにいる――そう確信した原田は、周囲を探した。すると、

「三百メートルほど遠くにこっちを見ている兵隊がいることに気づいたんです。向こうは双眼鏡で見ていたらしいんですが、距離があるんで、こっちには機銃を向けているようにしか見えないんだ。私は拳銃を足に挟んで引っ張って、片方の手で弾を込めた。そうしたら、暴発しちゃってね。ダーンと大きな音がしたんです」

慌てたのは、その兵隊である。向こうは双眼鏡で見ているから、こっちが日本の飛行機乗りであることがわかっている。

「撃ったらいけねえぞぉ！　こっちも日本人だ！」

そんな叫び声が、かすかに原田の耳に入ってきた。原田はその時、初めて相手が友軍であることを知るのである。

彼らは、日本海軍の特殊潜航艇の兵たちだった。海岸から入ったジャングルの中にテントを二つ張り、そこを特殊潜航艇の基地としていた。

兵たちは、原田の傷を見て驚いた。それは、とても最前線で治療ができるようなレベルの傷ではなかった。

「私の腕を見て、これはだめじゃないか、ってみんな言いましたね。それで、彼らが持っていた薬をみんな私に使ってくれたんです。薬はつけてもらいましたが、それから蚊帳もないところに寝ているでしょ。ハエはたかる、ウジは湧く、蚊には刺されるで、今度は高熱を発するようになりました。あれは、マラリアとデング熱だったと思います。肝心の左腕も腐ってきて、馬肉みたいな色になってきました」

原田は仕方なく、海の塩水で傷を必死に洗った。海水には、殺菌作用があると信じて原田はそれにかけたのである。

だが、四十度を超える高熱は、やがて原田の意識を奪い去った。

「完全に意識不明に陥りました。都合、あそこには十日ほどいたと思いますが、途中から意識がなくなっていますから正確にはわからないんです。最初は、テントのまわりに、ときどき栄養失調の兵隊が紛れ込んできて倒れるんですよ。そうすると、基地の十五、六人の兵隊が自分たちの食料を持っていって、かわいそうだからって食べさせてました。でも、栄養失調は固いものを食べたら、すぐ死んじゃうんです。まず、(死ぬのは)早かったですよ」

また、敵の制空権下での基地隊員の苦労は並大抵のものではなかった。まず、ご飯を炊くにも細心の注意が必要だった。煙が出るとたちまちグラマンの標的になるのである。

「それで、燃やしてもわりあいに煙が出ないヤシの実の油でご飯を炊いていましたね。これに火をつけて、竹みたいなものを拾ってきて燃やすんです。竹も案外、煙が出ない。なかなか知恵があるなと思って見ていました」

指揮する少尉が、海軍兵学校出ではなく、学徒上がりの優しいインテリ少尉だったため、原田は最後まで丁重に扱われた。しかし、さすがに「佐藤機に残っている二人の遺体を火葬に付し、遺骨を守りたい」という原田の願いは聞き入れられなかった。

「それは、到底無理だ」

少尉の申し訳なさそうな言葉に、原田もあきらめざるを得なかった。

「私が熱で意識不明になったあと、潜水艦か何かが救出にガダルカナルにやって来たらしいんです。なんでも夜、エスペランス岬というところに入ったようです。かなり距離があったらしいんですが、それを知った兵隊さんと佐藤さんが、三人で私を押したり担いだりしてそこまで連れていってくれたらしい。それで、夜、潜水艦に乗せてくれたんです。でも、私は意識がないから、覚えていない。それで、佐藤さんも私もガダルカナルから脱出できたんです」

のちに佐藤は、特攻で命を落としている。原田のガダルカナルからの生還は、まさに奇跡的なものだった。

原田は、特殊潜航艇の基地にいた兵たちも、おそらく助かってはいないだろうと推測する。それほどガダルカナルからの撤退は困難なものだった。

原田が意識を取り戻したのは、ベッドの上でのことだ。気がついたら、明るい部屋の中で、白いシーツのベッドの上に自分がいたのである。

咄嗟(とっさ)に原田は、「捕虜になった」と思った。次の瞬間、そこから逃げようとしていた。

「ベッドから起き上がって、逃げようと身体を動かそうとしたら、ストーンと下に落ちちゃったんだ」

ガタン！

大きな音がした。隣の部屋から看護婦が飛んできた。

「どうしたんですか！」

看護婦は原田に向かって叫ぶ。白衣を着た日本の女性だった。

「えっ、いや。ここはどこですか」

原田はその声を聞いて、ああ、よかった、捕虜じゃねえ、と思ったのである。

「ここはトラック島の第四海軍病院です。兵隊さん、安心してゆっくり寝てください」

自分よりやや年上ぐらいの看護婦は、優しく原田にそう告げた。

「やっとこっちも落ち着きを取り戻してねえ。いったい何日、自分が意識を失っていたのか見当もつかないですよ」

ああ、俺は生き残ったんだ――その思いが原田を包み込んでいた。墜落した時からのことを考えると、生きていることが不思議だった。

「ガダルカナルでの栄養失調者たち重病患者をいっぱい第四海軍病院に収容してある

から、それを収容して病院船は呉に帰る、と言われました。その時にもう准士官の資格を持っていた私は、准士官の進級の年限が来ていたみたいで、指揮官になれと言われたんですよ。何をするんだ、と聞いたら、名前だけでも指揮官になって、栄養失調の兵隊に、何も食べちゃいけないということを話してくれと言うんです。せっかく助かる命を失ってしまうから、と。医務官が言っても、兵隊さんがそれを聞かないって言うんです。まあ、その程度ならやりましょうって、兵隊たちに言いましたよ。自分の身体は熱でふわふわしているのに、言うだけは言わせてもらいました。でも、私自身が呉に帰りついたら、まったく動けなくなっていました。呉の病院へ運び込まれた時は、もう担架でしたよ」

原田の身体は、本人が想像する以上に重傷だった。

「飛行機が落ちた時に、胸をしたたか打っていた。最初、血が溜まってね、その血が引いたら、そのまま胸膜が癒着しちゃったらしいんです。呉海軍病院で一か月入院し、次に横須賀海軍病院に移ったが、もう癒着しちゃって、歩くのに十メートルぐらい行っちゃ、休む、という状態になってしまいました」

ケガの方も大変だった。

「左腕を吊ってたら、今度は伸ばすのが難しくなってね。痛くて痛くて伸ばせない。

それで、患部を湿布して温めちゃ、ギューッ、ギューッてやられるんだ。その時、バリバリッ、バリバリッって音がしてね。とうとう伸びるようになりました」

　霞ヶ浦で飛行教官となった原田は、後進の指導にあたった。そんな原田に朝鮮の元(ウォン)山(サン)海軍航空隊への転属命令が出たのは、昭和二十年の戦争末期のことである。

「元山空からは、どんどん特攻隊が出ていましたからね。古いパイロットがいなくなってしまったそうです。それで私に辞令が出たんです。しかし、飛行長の河本広中中佐が霞ヶ浦で、〝お前、元山へいま行ったってこの寒いのにだめだよ。暖かくなるまで延期するぞ〟と言って、私を行かないようにしてくれたんです。あのまま元山へ行ったら、最後に特攻隊として出ていたかもしれないですね」

　さまざまな幸運に恵まれて原田は、奇跡的に戦争を生き抜いたのである。

第四章

特攻第一号「敷島隊」指名の真実

フィリピン沖海戦に出撃する特別攻撃隊を見送る戦友

関行男・海軍大尉

特攻指名の瞬間

「おまえ、行け」

その時、若者の顔は変わらなかった。カンテラの薄明かりがその十九歳の若者を照らし出していた。だが、表情の変化は読みとれない。

「とにかく状況が状況だから。大西瀧治郎も来てるし、そこで（特攻が）決まった。各飛行隊から一名ずつ出すということになったから、うちとしては、おまえやれ。あとにつづくから」

昭和十九年十月十九日夜、フィリピン・ルソン島のマバラカット基地。第二〇一航空隊の戦闘第三一一飛行隊長、横山岳夫中尉（当時、二十七歳）は、部下の大黒繁男・上飛兵を自分の部屋に呼び出し、そう告げた。

ヤシの葉で屋根が葺かれた簡単なバラック建ての中の一部屋である。広さは六畳分にも満たない。小さな机と椅子だけがある横山の部屋に大黒はやってきた。

立ったままの大黒に横山は、そう命令を発したのである。横山の身長は百七十三センチだ。大黒はやや低く、百六十八センチほどだっただろうか。中肉中背の精悍な若者だった。

「わかりました」

簡潔な横山の申し渡しに対して、大黒はそう答えただけだった。大黒は顔色ひとつ変えないまま、横山の命令を受けたのである。

大黒が横山の部屋にいたのは、十分ほどである。大黒は淡々としていて、終始、表情を変えることがなかった。

やがて、横山に一礼すると、大黒はそのまま部屋を出ていった。うしろ姿を見つめる横山の側にこそ、苦悩が満ちていたかもしれない。

特攻生みの親、大西瀧治郎・第一航空艦隊司令長官が、初めて特攻命令（第一航空艦隊命令）を発令したのは、翌日のことだった。

〈二〇一空司令ハ現有兵力ヲ以テ体当リ特別攻撃隊ヲ編成シ、十月二十三日迄ニ比島東方海面ノ敵航空母艦殲滅ニ任ゼシムベシ。本攻撃隊ヲ神風特別攻撃隊ト称ス。司令ハ今後ノ増強兵力ヲ以テスル特別攻撃隊編成ヲ予メ準備スベシ〉

「二十五番」と称される二百五十キロ爆弾を零戦に搭載し、敵空母に体当たり攻撃をかける――直前におこなわれた台湾沖航空戦での大打撃により、フィリピン・レイテ沖での日本海軍水上部隊の上空掩護がほとんど不可能になっていた日本は、ここに神風特攻を決定した。

それは、出撃そのものが死を意味する「必死」の戦法であり、大西自身が「邪道」とも呼んだ作戦である。

〈敷島の　大和心を　人とはば　朝日に匂ふ　山桜花〉

出撃する特攻隊の名称は、本居宣長のこの古歌からつけられた。「敷島隊」「大和隊」「朝日隊」「山桜隊」という名の由来である。

横山は、部下の大黒にこの最初の特攻隊の一員として特攻することを命じたのである。

大黒に命令を発した翌日には、横山はミンダナオ島のダバオ基地に飛んでいる。ここから別の特攻隊を出撃させるためである。そのため、横山は実際に大黒が敷島隊の一員として出発する場面を目撃していない。

敷島隊を率いる関行男大尉は十月二十一日、二十三日の二度の出撃をおこなったが、いずれも敵艦隊を発見できず、帰投した。敵空母に向かって敷島隊が見事に突入を果たすのは、十月二十五日のことである。

ダバオ基地から横山が帰ってきた時、すでに部下の大黒は突入を果たしていた。

「敷島隊は見事、突入を果たしました」

マバラカット基地へ戻ってきた横山は、そう報告を受けた。

「あいつ……よくやった……」

十九歳で見事に任務を果たした大黒の姿を横山は思い浮かべた。大黒は敷島隊の一員として〝軍神〟となった。だが、それはあまりに若すぎる「死」だった。

特攻に指名される側のつらさと葛藤(かっとう)は、想像を絶する。だが、これを命じる側にもまた、苦悩が伴った。

横山は、それを知る貴重な生き証人である。横山は海軍兵学校に昭和十一年に入校し、十四年に卒業した「海兵六十七期」にあたる。

大正六年七月十六日生まれの横山は、真珠湾攻撃七十周年の平成二十三年、満九十四歳を迎えた。

あれから七十年近い歳月が流れた今、横山は当時のことをどう振り返っているのだろうか。あの時の指揮官の中で唯一、存命している横山のもとを私が訪ねたのは、平成二十二年の梅雨明け間近の頃だった。

　福岡県下の田舎街の古い一軒家に住む横山は、黒いジャージに白の綿シャツを羽織ったいかにも飾らない老人だった。短く刈った頭髪は後退し、鼻の下には白い髭をたくわえた横山は、ぎょろっとして、それでいて、包み込むような優しい目を持っている。

「ああ、あの時のことですか。そりゃ、忘れられませんよ。とにかく可哀相だった」

　横山は、特攻指名の時のことをこう述懐した。

「一番初めのときに、大西瀧治郎が〝特攻をやるぞ〟と言うて、それで二〇一空副長の玉井（浅一）さんが、〝それじゃやろう〟というわけで、決まったわけですよ。それで二〇一空は飛行隊が四隊あるから、一名ずつ出せとなったんですよ」

　しかし、この四隊の飛行隊のうち飛行隊長は二人しかいなかった。

「あの時ね、飛行隊長は指宿（正信）さんと私だけだった。ほかに鈴木（宇三郎）さんとかおったけど、途中で全部死んだんですよ。だけど飛行隊はありますからね、おそらく先任下士官か何かに言うて特攻隊員を出させたと思うんですよ。でも、私のところは、私が一名選んで出したわけです」

　それが大黒繁男だった。戦地とはいえ、准士官以上の建物と下士官兵のものとは、別々だった。准士官以上はだいたい個室を持っている。横山の部屋に、大黒はやって来た。

「私は大黒を部屋に呼んで、一対一で言いました。大黒はね、私の二番機ですよ。まだ若いのに優秀だったですよ。直接、私が言いました。〝おまえ、行け〟と」

おまえ、行け――すなわち、それは「おまえ、死ね」と言うことである。横山にとって、それは心ならずも発しなければならない命令だった。横山は、今もそのシーンが頭から離れないのだ。

「各部隊があるでしょ。どこも一番若い人が食事の時に当番に出るんですよ。うちにはその若いのが二人おった。だから二人でいつも食事当番しおった。その一人が大黒です。しかし、大黒は実力があったですよ。ずーっと私の二番機でついて来ていましたからね……」

横山に指名された時の大黒の表情は、どんなものだったのか。

「特別な表情はなかったですな。わかったっていうような顔をしてた。別に抗うこともないし、淡々と、ただ〝はい、わかりました〟と言ったと思います」

大黒のあの時の顔は、忘れられません、と横山はまた呟いた。

「私はね、何人ぐらい、部下に直接〝行け〟と言った人がおったか、非常に疑問に思いました。言うのは難しいし、きついですよ。一番末端というのは言われた通りすればいいわけですな。末端の指揮官というのは〝やれ〟と言うのが仕事です。しかし、途中の人はほとんど関係ない。だから、末端の指揮官はきつかったですよ」

まだ十九歳に過ぎない大黒繁男は、こうして横山によって指名され、敷島隊の一員として出撃していったのである。

「そのあと、私にある十三期の予備学生が〝私にも特攻をやらしてください〟と言って志願してきました」

横山はそう述懐する。第一隊である大黒たち敷島隊が戦果を挙げた直後のことだった。

「私は、細かくは覚えてはいないんですが、その時、その予備学生には〝行くのなら一緒に行こう。今日はやめとけ〟と言ったらしいんですよ。戦後、ある時にその予備学生が私に会いに来て、〝実はこういうことを隊長に言われて、（そこで生き延びて）今の自分があるんです〟と言っていました。その人は終戦後、いろいろ活躍していますす。少し英会話ができたしね。それが私の隊にはほかにはおりませんでした。英会話ができるから、いろいろやってもらった男です」

兵たちの生と死。それは、紙一重のところで、こうして分かれていった。

横山は、大黒を特攻隊員として指名したあと、ミンダナオ島のダバオ基地まで飛んで現地の指揮官となり、そこから特攻隊を送り出した。その時、横山は、こんな指示を部下に出している。

「燃料は行き一時間分、帰りも一時間分ある。高度二千メートルで一時間東進しても敵が発見できない場合は引き返せ。仮に戻れない場合は、燃料がなくならない間に陸地に不時着せよ」

横山は具体的にそう告げたのである。

「送りだして終わり、ではなく、帰還方法まで指示しました。この時、部下は敵が見つからずに実際に帰ってきています」

結局、横山はダバオで朝日隊、山桜隊の二隊を特攻に送りだした。だが、横山にとって、自分が直接、指名した大黒のことの方が強烈な記憶として残っている。

「大黒は、愛媛の出身でね。若くして死んどるから、当然、妻も子供もいない。子供もないわけだから、ご遺族といってもご両親ぐらいなわけですね。戦後、何年か経って、愛媛の西条（さいじょう）でやった慰霊祭に行きましてね。そこで大黒のお姉さんにも会いました。でも、〝私はこういう人間で、大黒に特攻を命じたのは私です〟と名乗ったんですが、先方があんまり関心なかったような気がしました。祀（まつ）りも、主催者が県としてやっているように見えて、個人はもう、ちょっとあさってになるわけですな。ですから私なんかが行っても、会長も全然、知らん顔してましたな。その時は、当時の先任下士官と一緒に行きましたが、二人とも早々に引き上げて、以後、行っていません」

自分が特攻に指名した大黒繁男のことを横山が今も忘れられないのは、彼の運命を自分が決めてしまったことにある。


「どうだ、やるのか、やらんのかっ！」


横山が大黒に特攻出撃を命じた夜、マバラカット基地の二〇一航空隊の本部には、数十人の戦闘機乗りが集められていた。

「どうだ、やるのか、やらんのかっ！」

彼らに向かって、第一航空艦隊二〇一航空隊の玉井浅一副長（中佐）は、そう叫んだ。一同からは何も声が出ない。玉井はその時、

「やるのか、やらんのかあ！」

もう一度、そう叫んでいた。それは、追い詰められた日本海軍指導部の焦りが凝縮されたかのようなシーンだった。

部屋の広さは五、六十平米しかないだろう。戦闘機乗りたちが肩を寄せ合って直立不動の姿勢をとる中、玉井は、

「今から重要な作戦任務を指示する」

と前置きして、凄(すさ)まじい訓示をおこなったのだ。

「諸君の日々の空戦も、敵の五十八機動部隊の攻勢がますます増大し、わが方の現有機数では、もはやいかんともし難い厳況にある。ここで、わが方の打つ手は、一つしかない。ここ一、二週間、比島の制空、制海権を確保すればこの戦いに日本は必ず勝利する。そこで貴様たちの零戦に二十五番を爆装し、敵空母に突っ込んでもらいたい。この戦争の勝敗は、貴様たちの双肩にかかっている！」

それは、あまりにも衝撃的な発言だった。神風特別攻撃――歴史にその名を残す無謀にして非人間的な特攻作戦が、それは、初めて兵たちの前に「姿」を現わした瞬間だった。

二百五十キロ爆弾を爆装し、機体もろとも突っ込むという作戦にその場に集まった誰もが言葉を失った。無言の部下たちに玉井が叫んだ「どうだ、やるのか、やらないのか」というのは、「どうだ、死ぬのか、死なないのか」という意味と同じだった。

一人前のパイロットとなって、六百時間、さらには千時間を越して技量を磨くパイ

ロットたちの望みは、敵と戦い、何度でもこれを叩き、打撃を与えることである。

だが、一回で「爆弾と一緒に死ね」という作戦に賛成できる隊員はこの時、一人もいなかったといっていい。

「なんという無駄な使い方をするんだ。何のためにパイロットになったんだ」

そんな思いが戦闘機乗りたちの頭を駆けめぐったのは当然だった。しかし、軍隊では上からの命令は絶対だ。

沈黙が流れる中、玉井がさらに「やるのか、やらんのかあ！」と怒声を上げた時、彼らは、顔は下に向けたまま、右手の拳をゆっくり突きあげ、くぐもった声で、

「はーい」

と言っている。納得はしていないが、仕方がない、という意味で、一同はそう答えたのである。

命令ならば行くしかない。彼らは軍人としてそんな悲壮な決意を固めたのである。うつむいたまま声を出し、拳を突き上げた彼らを見た玉井は即座に、

「ようし、わかった。明日から、四人ずつ徐々に繰り出す」

と語っている。

横山によって特攻隊員に指名された大黒がこの場にいたかどうかは、不明だ。時間

的に大黒がここにいても不思議ではないので、横山から指名を受ける前に、大黒が特攻のことを知っていた可能性はある。

その場にいた人間の証言をもとに、私が文藝春秋二〇一〇年十月号「九十歳の兵士たち」(第一回「特攻」)に記述したこのシーンへの反響は大きかった。これまで流布されてきたものと、それはまるで異なるものだったからである。

昭和三十八年八月に発行された『神風特別攻撃隊の記録』(猪口力平(いのぐちりきへい)・中島正(なかじまただし)共著、雪華社)は、当時、直接、特攻作戦に関わった幹部による手記である。そこには、この場面がこう書かれている。

〈集合を命じて、戦局と長官の決心を説明したところ、感激に興奮して全員双手(もろて)を挙げての賛成である。彼らは若い。彼らはその心のすべてを私の前では言いえなかった様子であるが、小さなランプ一つの薄暗い従兵室で、キラキラと目を光らして立派な決意を示していた顔つきは、今でも私の眼底に残って忘れられない。その時集合した搭乗員は二十三名だったが、マリアナ、パラオ、ヤップと相次ぐ激戦で次から次へとたおれた戦友の仇討(あだうち)をするのは今だと考えたことだろう。これは若い血潮に燃える彼

らに、自然に湧き上がった烈しい決意だったのである〉

著者の猪口力平はこの時、大西の先任参謀であり、また中島正は第二〇一航空隊の飛行長である。共に大西の下で実際に特攻隊編成をおこなった幹部だ。彼ら命じた側の手記や証言では、飛行隊員たちは、いずれも自ら進んで特攻を志願したことになっている。

特攻によって死んだ兵士の数は、終戦までに実に三千九百十人（海軍二千五百六人、陸軍千四百四人）にも及んでいる（『大日本帝国の戦争2・太平洋戦争』毎日新聞社）。

およそ四千人という膨大な数の若者を特攻死に至らせながら、その作戦を考案し、遂行した側は、多くが生き残り、戦後も自衛隊の幹部等に迎えられ、出世を遂げた人間が少なくないのは事実だ。

部下を命令で特攻死させておきながら、自分たちが戦後ものうのうと生きていることを彼らはどう思っていたのだろうか。そのためには、隊員たちの方が特攻を「熱望し、志願した」ということにしなければ、自分たちが生き残った言い訳ができないはずである。

「是非、特攻させてください」

多くの若者が幹部に対してそう特攻志願したことになっているのは、命じた側のそういう事情によるものと思われる。

受け入れられなかった作戦

大黒に特攻出撃を命じた横山岳夫は、もともと「特攻」という手段に賛成ではなかった。それは、横山が水上機の出身ということも無縁ではないだろう。

水上機、すなわち海面で離発着する水上機は、当然ながら零戦のような艦上戦闘機とは異なる。水上機は空中戦用につくられたものではないからだ。

「(戦争で) 攻めて行く時は、水上機は必要なんですよ。敵陣には味方の飛行場がないわけです。たとえ滑走路がなくても、水上機は水面で離発着できるんですからね。でも、撤退作戦では、出番があまりないわけですな。水上機はもういらんということになって、厚木(あつぎ)の航空隊に行きました。昭和十八年の四月か五月頃ですかねえ。そこで、〝零戦に代われ〟って命令されたんですよ」

水上機から、零戦への突然の転向だった。

「私なんか傑作なもんでね、〝二式水戦に乗っていた〟と言ったら、〝あ、そんならたいしたことないから、乗れ〟って、指導も何もないままいきなり零戦に乗らされたんですよ。もっとも操縦席に入っても、全然変わらんわけですね。水上機は水の上を離発着するので、車輪のかわりにフロート（浮舟）がついとるだけですからね。ただ零戦の性能がいいので、やっぱり、初めて乗った時はびっくりしましたね」

どこが違っていたのだろうか。

「馬力の手応え（てごた）というんですかな、まったく違いますな。やっぱりフロートがついとると、抵抗があるから馬力が伝わりにくいわけですな。例えば零戦はレバーを入れるとすぐサーッと出るしね。スピードも全然違います。操縦しやすかったですね。ただ、離陸して、ふっと飛行場を見たら、飛行場が狭いわけですよ。今までは、水上機でしょう。海は広いですからね。それと比べたら、（陸の滑走路は）きわめて狭いわけです。〝ありゃ、ここに着けにゃいかんのか〟って、最初の時にびっくりした記憶がありますね」

しかし、零戦には、多くの元搭乗員たちが指摘するように致命的な欠陥があった。

「日本が飛行機でなぜ負けたか。性能も多少はあるかもしらんけど、問題は通信装置、電話連絡、これに尽きると思います。日本のは飛び立ったら連絡ができず、ばらばらになります。アメリカは違います。例えば必ず二機で一緒に行動する。ということは、二機の間で連絡がよくとれないとできんわけですよ。やっぱり通信屋の問題なんですね。初めは格闘戦で勝ったけど、アメリカはこれじゃ駄目だ、負けると思ったから別の手を考えたわけですな。戦争が始まってすぐ感じたのは、敵さんは二十ミリ機銃なんか付けてなかったこと。十三ミリを初めから六丁。日本のは十三ミリ、初めは一丁かな、のちに二丁になったけど。あとは二十ミリでしょう。撃つ弾がポンポン、ポンポンですよね。すぐ撃ち終わってしまいます。アメリカはそんなもんじゃない。向こうのは初めからグアーッですよ。こっちの二十ミリというのは当たれば凄いが、当たらなかったら何もならん。つまり、初めにスイスからエリコン社の二十ミリを買ったのがまずかった。威力があるっていうんでね。実際、戦ってみると、十三ミリで十分だったわけですよ」

厚木から木更津基地へ、さらには最前線のペリリュー島へ、と移動を繰り返す横山は、やがてフィリピンのマバラカット基地に落ちつく。

ここで、横山は爆撃の訓練と研究をおこなった。

「結局、私のほうは〝爆弾を落とせ〟で、その訓練をしておりました。急降下爆撃というのは弾を落とすまでに被害が大きいわけですな。一つはそれがあって艦爆隊がダメになった。これで爆弾を落とすためには今までのやり方では同じように被害が大きいから、いかにして効率よく爆弾を落とすかというのを研究したんですよ。こっちも経験がないから、既成概念にとらわれず、自由に研究できるわけですな。で、今までの斜め四十五度からの急降下爆撃ではなく、命中率を上げるために、真っ直ぐ降りる。つまり、真上から真っ逆さまに降りようっていうことに辿り着いた。それしかない、と思いました。そういう方法を考えて、その訓練を一生懸命やっていましたね」

飛行機というのはスピードが出ると、どうしても機首が上がる。それを押さえるのに苦労するのが操縦である。ましてスピードが極限まで速まる垂直の急降下は、まともにやったら〝真っ直ぐ突っ込む〟ことが困難だった。

「機首が上がるから、真っ直ぐに降りるつもりでも、難しいんですよ。突っ込むと、また操縦桿が重くなるしね。だから目標を定めたら、裏返しになる方法があるんですよ。裏上になって、そのままスーッと降りるんです。そうすると爆弾を落とす時にちょうど垂直になる。そういうやり方なら可能だとわかった。これも訓練を繰り返すことで覚えたんですよ」

その成果を確かめるべく、横山は昭和十九年十月半ば、レイテ沖の敵機動部隊を目指してマバラカット基地を出撃している。

「十機ほどで行きました。そして、敵が航空母艦のまわりを駆逐艦とか巡洋艦がグルッと守っている輪形陣を見つけて襲撃しました。それで、訓練通り、真上からの襲撃をやりました」

凄まじい防御砲火が横山たちを襲った。〝アイスキャンデー〟と称される曳光弾が、機体の近くを激しい勢いで通り過ぎていった。

「急降下で高度五百メートルのところで爆弾を落として、それで機首を引き上げると海面すれすれになります。あのへんになると、味方を撃ってしまうので、さすがに弾が飛んできません。しかし、こっちは持ってる爆弾が六十キロ二発。六十キロじゃ当たってもたいしたことないんだ。当たったのもありましたが、爆弾が小さいから、敵にたいした被害はないわけですな。私のも、まあ当たったけど、煙が出たぐらいで終わりました」

横山機も、翼の端とプロペラの根元など、三か所に被弾していた。

「（機体から）脚は、片一方が出るしね。しばらくしてから収めたら、入ったのでよかったようなものだが、案の定、着陸の時にはその脚が折れました。まあ、あとで、ベテラン搭乗員に、そういうときは脚を出さんで降りろって言われましたがね。そうするとプロペラが曲がるだけですむ、ってね」

幸いに、この時は、全機が帰投している。

「帰ってきてから、中島正・飛行長に〝次は二百五十キロとか、大きな爆弾で本番をやりましょう〟と進言しました。しかし、その時には、もうすでに特攻用に改造した二百五十キロの爆弾を積める飛行機が出てきていました。そしたら〝あなたのところに回す飛行機はない〟と断わられました。そして特攻隊が始まりました」

横山は、中島飛行長が上層部に横山の意見をどう伝えたかは聞いていない。だが、横山がこの時、特攻とはまったく別の攻撃法の研究をおこなっていたことは事実だ。しかし、上層部はこれを受け入れなかった。

「戦況が劣勢に陥り、〝これじゃいかん〟というわけで、玉井さんと指宿さんが大西瀧治郎に言うて、飛行部隊を特別に訓練させてもらった経緯があったと思うんですよ。しかし、それでトラック島沖で全滅に近い被害を受けたわけですね。大西瀧治郎と玉井さんがどれだけ話し合ったかわかりませんが、私の想像ですが、〝どうせ墜とされるのなら、こっちから先に突っ込め〟という話が出てきたんじゃなかろうかと、思いました」

搭乗員の消耗によって戦闘機部隊の弱体化は覆いがたいものになっていた。甲飛十期を主体に訓練をしたものの、トラック島沖でも全滅に近い状態を呈していたわけである。

「まあ、甲飛十期生そのものが実際には初陣ですもんな。だから成果はあんまり期待できないわけですよ。それで、〝もうどうしようもない〟〝それならしゃあない〟というんで特攻になったんじゃなかろうかと思いますね。だから、特攻の初めは甲飛十期生が中心だった。ただレイテの、とにかくフィリピンの戦いに勝利を収めないことにはどうしようもないという、そういう止むに止まれぬ想いだけが先走ったわけですよ」

横山の研究した爆撃法は結局、受け入れられず、逆に神風特攻という戦法が始まってしまうのである。そして、その横山が、部下である大黒を特攻指名しなければならないという、皮肉な立場に追い込まれたわけである。

考えつづけた大黒の死

「敷島隊の指揮官に指名された関大尉は、私より海兵の二、三期下です。二〇一空に、特攻の始まる二、三週間前に来ました。二〇一空には四つの飛行隊がありました。隊に入ったらどこかの飛行隊につくわけですよ。彼は艦爆出身だから、当然、私のところに来るなと思ったら、最初から別格ですよ。こちらに挨拶に来るわけでもなかったしね。ということはね、二〇一空に来た時そのものが、もう特攻が決まっておったと思いました」

横山飛行隊長に対して、上層部から特攻についての相談は何もなかったという。その意味でも、横山が特攻に「賛成でなかった」のは当然だった。

「とにかく特攻の立案者が誰だったかっていうのが、戦記物で末端の話ばかり出てるけど、上の人がどういうふうなことを考えたかというのは、全然出ないですもんな。あれもおかしいと思います。責任というのはね、やっぱり上層部です。末端の方は美談ですませるかもしれませんが、かなわんですな。大西さん自体もね、負けたらどうするかということは考えてなかったんじゃないかと思いました。負けた場合を考えたら、誰がやっても最後までやるという結論にはならんと思うんですよ。結局、ぎりぎりまで戦ってから原子爆弾で手をあげたんだけど、結果、惨憺たるものですもんな」

特攻をやっても、「勝てる」という見込みはまずなかった。そこに問題があったと横山は思う。

「あとのことは考えてないわけですな。あとは誰かがやってくれるだろうと、それだけですよ。結局、やったあとの結末がないわけです。われわれも軍人ですから、戦死は、つき物だからそりゃ覚悟してますけどね。でも、〝行って死んでこい〟っていうんなら、それなりの結果は欲しいわけですな。犬死ににになっちゃいますもんね。だからね、さんざんに訓練やった挙げ句に突っ込むのならまだいいけど、全然経験してないことをいきなり〝やれ〟っていうわけでしょう。これは言う方も言う方だと思いますね。それで勝敗が引っ繰り返るならいいですよ。でも、そんな見込みはまずないんだからね。行くだけが、つまり死ぬことだけが目的ですね。これはひどいですよ」

それは、大黒に出撃を命じた横山飛行隊長の、悔やんでも悔やみきれない思いが凝縮された言葉だった。

「解せないのは、もう初めからですよ。戦争の初めから。戦争を立案した人が何を考えておったか、と思うんですよ。勝つか負けるかは、戦争であるかぎりは必ずあるわけです。このへんだったら、もう止めたほうがいいとか、ね。そのへんの負けた場合の追求がなかったような気がしました。やはり驕りがあると思うんですよ。もっと別な言い方をすると、戦争するでしょ。大きな団体がやるわけですな。一番きついのは誰かというと、末端の兵と末端の指揮官ですよ。中間にいる人間は、伝声管なりで言えばいいわけですよ。ところが末端の指揮官というのは直接言わにゃいかんわけです。例えば特攻でも、普通なら、並べておいてから名簿を読みます。上の人は名簿に名だけ書いて流せばいいわけですもんな。面と向かって〝おまえ、行け〟と言った人が何人おるか。言う人は辛いですよ」

　横山は、大黒に「おまえ、行け」と言った辛さを今も忘れていないのである。

　その後、横山自身の命も、翻弄された。

「あの頃は、現地の飛行機の消耗がひどくてね。飛行機を補給してくれ、という要求を出すけれど、輸送部隊が途中で飛行機を壊すわけですな。要するに、輸送部隊が未熟だから、そんな状態になっていました。だから時々、わざわざ飛行機を取りに帰らなければならなかった。昭和十九年の十一月だったと思うが、その取りに行く途中で、私は腸チフスになったんですよ」

　沖縄まで行ってそこで発病した横山は、ようやく横須賀の海軍病院まで辿り着く。ここでおよそ一か月の間、横山は生死の境をさまよっている。

「大変な目に遭いました。ずっと、人事不省の状態ですよ。海軍病院に入って、あれ特効薬はないわけですな。どうするかというと、注射を大量にして排泄するんですよ。一リットルの食塩水を股に一日に二回、点滴で注射するわけですよ。全部で二リットル。それで、小便で出すわけです。特効薬はないが、それでなんとか助かった」

　治療は、半年ほどつづいた。

「チフスにならなかったら、二〇一空にずーっと在籍していて、後釜がおらんから、消耗（戦死）するまではそのままだったでしょう」

横山は結局、終戦を朝鮮半島中部の東海岸にある元山航空隊で迎えている。元山空は、飛行隊を二隊有する特攻要員の練成部隊だったが、終戦時、本隊は霞ヶ浦の谷田部空に移動しており、第二飛行隊のみが元山空に残されていた。終戦と共に指揮系統が乱れ、本隊との連絡は完全に絶たれていた。

「昭和二十年八月十九日早朝にソ連の軍艦が元山港に入りました。残存部隊の指揮官は私でしたが、このままではソ連軍に接収されると予想して、特攻要員として元山に残っていた五十名を脱出させる計画を立てました。接収関係者に知られないよう、私は彼らに指示を与えました。三分おきに単機ずつ離陸して、最初は低空、そして次第に高度を上げて二千メートルを維持して朝鮮半島を南下、対馬海峡に達したら九州が見えるので、そのまま博多の飛行場を目指して、ここに着陸せよ、と」

無事、全員を脱出させ、最後に横山自身も元山を飛び立った。

「あとで聞いたら、その日の夕刻、ソ連軍が元山空に入り、残っていた者は抑留されたそうです。結果的に特攻要員の五十名全員を脱出させた判断は正しかったと、あとになってわかりました」

ここでも横山は、自らの判断といくばくかの幸運によって抑留を免れ、無事、内地いただろうか。

帰還を果たしている。では、横山は、もしあのままフィリピンにいたら、どうなって

「ずっとそのまま戦地におったら、いずれ特攻に行くチャンスが来たかと思いますね。さっき言うたように、戦争というのは上の人は言うだけです。一番下の指揮官と兵隊さんが一番きついと思います。実際に行動に入るわけですから。それを言った時のつらさが、いまだに忘れられません。特攻に関していろいろな本が出るけれども、上の人が〝ここが間違ったんだ〟というような本が、今に至るも一冊も出らんですもんな」

横山は、最後にしみじみとこう語った。

「二〇一空で一番可哀相だったのは後始末ですよ。内地に帰れないで残った搭乗員もおる。それは地上戦で全部戦死しましたからね。二〇一空の後始末の記録にもあったけど、みんな行方不明です。それを見たら、マニラ戦で戦死しているのが相当おる。飛行機で死ぬならまだしも、地上戦で死んでいる。内地に帰ってこれた人はまだいいわけですよ。私も含め、いろんな形でみんなそれぞれが今も戦友の慰霊をやっているのも、自分を納得させる手段でしょうな。自分が生き残ったことへの申し訳なさ、というんじゃなく、結局、突き詰めた場合、多くの若い人を意味なく殺したわけです。

やっぱりある程度は反省なり供養なりは考えな、人間じゃないですよな」

海兵出身者の多くが戦後、自衛隊などに職を求める中、横山はそれに背を向けて一民間人として暮らした。それは、特攻第一号「敷島隊」の大黒繁男を指名した自分の過去を常に考えつづけていたからかもしれない。

第五章

重慶爆撃から特攻までの生き証人

後部飛行甲板に体当たりされ、
黒煙を上げる米空母・ベローウッド

海軍航空隊の重慶爆撃

異様な光景

「ここは士官の来るところではありません」

暗闇の中から、いきなりそんな声が飛んできた。しかし、声と共に姿を現した兵士の顔に、一瞬で申し訳なさそうな色が浮かんだのは、それがかつての自分の直接の部下であったことと無縁ではないだろう。角田和男(つのだかずお)海軍少尉（当時、二十六歳）は、目の前に立ちはだかった若者の表情を見て、そう思った。

昭和十九年十月三十日夜、フィリピン・セブ島のセブ基地。ヤシを葺(ふ)いた粗末な三角小屋を前にしてのことだ。そこは特攻に出撃して行く搭乗員たちの宿舎になっていた。それは、上空からは見えないように藪(やぶ)のなかに造られていた。

「士官が来たら止めるように、みんなに頼まれて私が番をしているんです」

厚木航空隊教官時代の部下教員の一人だった倉田というその若者は、角田に向かってそうつけ加えた。

その日、セブ基地を発進した特攻隊「葉桜隊(はざくら)」は素晴らしい戦果を挙げていた。空母一隻大破、軽空母二隻を小破、戦艦一隻にも一機命中――それは、「見事」というほかないものだった。

角田は、葉桜隊の直掩を命じられ、しかも、戦果を上空からしっかりと確認してセブ基地まで帰ってきた。

若者が特攻で命を散らし、しかし、その命と引き換えに敵に大きな打撃を与えた一部始終を、角田はその目でしっかりと捉えてきたのだ。哀しさの中にあるとはいえ、若者たちの勇気と潔さを心から褒めてやりたいと思った。しかし、厳粛な思いで基地に戻ってきた角田は、ある光景にショックを受けた。

「葉桜隊の特攻成功を受けて、夜、セブ基地で士官たちがビールを開けて、中島正・飛行長以下、みんな大宴会をやっていました。飛行場から離れた小高い山の中腹の西洋館です。戻って来たばかりの私もそこに最初呼ばれたんですが、とても祝杯を上げる気分になれなくて、畑中という予備士官と二人で、搭乗員宿舎の方で泊まろうと思って、そっちに行ったんです。搭乗員宿舎は飛行場からちょっと離れたところにありました」

それが、ヤシを葺いた三角小屋だったのだ。藪の中にあったその小屋に入ろうとした角田に闇の中から声がかけられたのである。

しかし、倉田は角田の顔を見て、きっと「この人ならいいだろう」と判断したに違いない。彼は、だまって角田を小屋の方に導いてくれた。

だが、その小屋の中の風景は、角田が生涯、忘れられないものとなった。

電気もなく、薄暗い中に、ぼーっとカンテラの明かりが灯っていた。床には板があって、その上にゴザを敷いただけだ、そんな中で、明日は特攻して行く若者たち十人ほどが胡坐をかいて車座になっていた。

カンテラは、小さな缶詰の缶のなかに廃油を入れて、これに芯を少し浸けたものだ。それが、狭い三角小屋の板の間に、四個か五個置かれていた。明かりはそれだけだった。

一斉に、扉を開けた角田の方を彼らが振り向いた。鬼気迫る、ぎらぎらした眼つきだった。

角田は、ぞっとした。いや背筋が凍りついた、と表現した方がいいかもしれない。特攻で明日、突っ込んでいく兵士たちの前夜の姿がそこにはあった。死を間近に控えた青年たちの思いが、その視線には凝縮されていた。

角田は、言葉を何も発せられなかった。

「彼らは明日、突っ込まなくちゃいけないということは、理性的にはわかってるんですが、やはり夜暗くなると忠誠心ばかりでなくて、恐いというような雑念も眼をつぶるといろいろ出てくると思うんですよ。いくら覚悟を決めていても、やはり人間ですから……。本当に眠くなるまでは、一緒に死ぬ仲間たちと起きて眼を開けているんだということではなかったかと思うんです。ただ、そんな姿は、飛行長や隊長には見られたくない。自分たちは、喜んで特攻で死んでいくと思ってもらいたい。だから、こういう悩んだ姿は、士官には見せたくなかったんだと思います」

それは、角田だからこそ、そこまで行くことが許されたものであり、扉を開けてもらえたものに違いない。だが、あまりの異様な光景に、彼らに声をかけることができなかった。角田は言葉そのものを失ってしまったのである。

「私はその日の昼間見た葉桜隊の話も、何もできなかったですね。もうそのまま、扉を閉めて、元の士官室の方へ帰りました。とても口を開くことのできる状況じゃなかったんです」

角田はその時、昼間出ていく前の葉桜隊の姿を思い出していた。

「直掩を任された私は、葉桜隊の連中と一緒にいました。出発前に、ちょうど昼近かったもので、もらった弁当を上で食うのは大変だから、出かける前に食っちゃおうっていうんで、指揮所を出る前に食べたんですよ、ぱさぱさした缶詰の稲荷(いなり)ずしでしたね。それとサイダー一本もらいましてね。その時は、みんな嬉(うれ)しそうに、ほんとに子供が遠足にでも行く時に食べるように、笑いながら冗談言って食って出たんです。そういう光景を私は昼間、見ている。それが、実はその前夜はこういう顔してたっていうことを私は初めて知りました」

角田には、その落差がたまらなかった。

「隊員たちは、自分はサイダーだけ飲んで、すしは送りに来てくれた整備員に渡して、それも冗談めかして〝俺食えねえよ。おめえにやるわ〟なんて笑いながらやっていました。人に弱みは見せないわけですね。でも、やっぱり前の晩は、一緒に死んでいく仲間だけが集まって、最後まで起きとこうっていうことだったと思うんです……」

そこに角田は足を踏み入れてしまったのである。だが、そういう兵たちが挙げた戦果を受けて、一方の士官室では乾杯、乾杯をやっていたのだ。

「天皇陛下万歳ですよ。二回も三回も万歳やりながら、そのたびにビールで乾杯していました。私は居たたまれなくなりました」

茫然（ぼうぜん）と立ち尽くした角田は扉をしめて、そのまま無言で去っていった。脳裡（のうり）には、昼間に目撃した葉桜隊の見事な特攻シーンが何度も繰り返し浮かんできた。

〈葉桜隊の場合は計画通り、その通り行ったただ一つの例だった〉

のちに特攻を命じた側の中島正が書いた『神風特別攻撃隊の記録』（猪口力平との

共著）で、葉桜隊はそう記述されたほどの成功例だった。

「葉桜隊」の執念

その葉桜隊の戦果とはどんなものだったのだろうか。

角田は九十三歳を迎えた現在も、その鮮烈な光景を昨日の出来事のように記憶していた。

「葉桜隊は、第一小隊三機、第二小隊三機のあわせて爆装六機でした。第一小隊の一番機は山下（憲行）一飛曹で甲飛の十期生、十九歳です。空母のリフトを狙ったと思うんですが、飛行甲板の真ん中よりちょっと前にぶつかった。二番機の廣田（幸宣）一飛曹も甲飛の十期で、十九歳。これは戦艦を狙ったんですが、煙突には入りませんで、煙突の後ろ十メートルぐらいのところにぶつかりました。煙突の後ろの砲塔の硬いところに、おそらくぶつかったんじゃないかと思います」

角田の観察は細かい。

「三番機は、櫻森（文雄）飛長、丙飛十六期で当時十七歳です。これは一番機が狙ったリフトを目指しましたが、途中で火を噴いた。三千メートルから突っ込むんですが、千五百ぐらいの時、激しい防御砲火で火がつきましたですね。でも、火ダルマになりながら、航空母艦の後部甲板に命中して、爆発しました。よくぶつかったと思います」

凄まじい闘志と気迫で、彼らが特攻していったことがわかる。

「ところが戦後のアメリカの資料を引用したという人の本なんか見ますとね、相手は〝墜とした〟って書いてあるんです。たしかに墜としたことは、機銃弾を受けて爆発しましたからね。でも、落ちた場所は甲板だったんですね。おそらく一番機が空けた穴を狙ったと思うんですが、やっぱりちょっと見えにくかったんでしょうね。自分は燃えていますから」

第二小隊はどうだったのか。

「第二小隊の一番機は、崎田（清）一飛曹、これも甲飛の十期で、十九歳ですね。やっぱり大型の航空母艦にぶつかっていきました。二番機は山澤貞勝・一飛曹。これも甲飛の十期です。これは小型補助空母の甲板にぶつかりました。三番機は鈴木鐘一・飛長です。彼は徴兵なもんで、歳がいちばん上だった。それでも二十一か二ぐらいじゃなかったかと思います。やはり彼も大型空母の飛行甲板の中央にぶつかりました。その時に敵は、大型の正規空母『フランクリン』、小型の補助空母『ベローウッド』、そして他にも一隻いましたから、これらへ突っ込んでいったわけです」

それは、次から次へという波状攻撃だった。命中のたびに敵艦は猛火に包まれた。だが、そのシーンの裏には、若者の「死」が確実に存在した。戦果を確認する角田の胸に重い鉛のようなものが詰まったのは当然だった。

しかし、戦死するのはなにも特攻隊員だけではない。

「あの時はまず、二機の零戦が制空隊として先に出ていました。制空隊といってもわずか二機ですよ。これは、大川（善雄）一飛曹と新井（康平）上飛曹でした。二人は、乙飛の十六期と甲飛の九期なんです。これがまず飛び出して、敵の機動部隊を発見したら、近寄っていって敵の上空を飛んでいる直掩機にわざと見つかって逃げる役目を負ってたんです。しかし、難しいのは、全速で逃げ切っちゃいけない。つまり、なるべく遠く、しかも葉桜隊が来る反対側に、追いつかれるように逃げて、適当に離れたところで空戦に入るんです。つまり、敵の上空を直掩しているやつらを全部その二機が引きつけて空戦をやるわけです。その空になったところへ爆装隊が突っ込んでいくという作戦でした」

基地を出る時、まず制空隊が離陸し、三分過ぎたら第一小隊爆装隊、また三分置いて、第二小隊爆装隊が出る、と細かく離陸時間は決められていた。

「私は第一小隊爆装隊と共に出ましたが、この計画がうまくいって、敵の上空直掩機は本当に反対側に連れ出されていました。まともに敵機動部隊の上にぶつかりましたよ。上空に敵の直掩機がいなかったんで、見事に突っ込むことができたんですよね。私は二機で直掩にいきましたが、隊長機がエンジンの故障で途中で帰っちゃいましたから、私一人でついて行きました」

敵を引きつけた制空隊二機はどうなったのか。

「もしうまくいって爆装隊の突っ込むのを確認できたら、帰ってきてもいいということだったのですが、相手が多ければ最後まで空戦を続けることになっていました。その通り最後まで空戦した二人は帰ってきませんでした。結局、敵機動部隊の上空から帰ってこれたのは、私と第二小隊の直掩機の二人でした」

昭和十九年十月は、まだ神風特攻が始まったばかりで、アメリカ側にも準備が整っていなかった。

「三千メートルほど上から見てると、敵の輪形陣が一目で見えるんです、あの時は、天気はいいし、状況は特にはっきりわかりました。私、視力が特別いいんです。ですから、どの飛行機がどこへぶつかるという瞬間まで、上から見ることできましたよ。爆装隊六機が全部当たるっていうのはすごかったと思います」

初期におこなわれたこの神風特攻が大きな戦果を挙げたことが、特攻を加速させることになったことは間違いない。しかし、その夜、セブ基地に戻った角田が目撃した光景は、あまりにも衝撃的なものだったのである。

「大義隊」の見事な攻撃

特攻していくかぎりは、大きな戦果を挙げなければならない。そのためには、「どこ」を狙うかは細かく決められていた。

「仮に敵の航空母艦を見つけたら、まずいちばん弱いリフトを狙うんです。飛行機が上がったり降りたりする昇降機がありますね。これにぶつかると、そのまま一番下の格納庫まで抜けることができるんです。リフトを狙えというのが基本中の基本です。でも、三千メートル上空からでは、リフトがどこにあるか、なかなかわからないものです。もし一番機がリフトを狙っても沈まなかったら、その開けた穴を狙えとなります。相手が空母ではなく、戦艦の場合は、煙突のなかへ真っすぐ突っ込め、と。煙突に突入すると、爆弾は機関室まで突っ込んで爆発することができますから、いちばん効果が高いんです」

角田が忘れられない特攻隊に「大義隊」の面々もいる。角田は、昭和二十年五月四日、台湾・宜蘭から出た特攻隊・第十七「大義隊」の直掩もおこなった。沖縄・宮古島南方にあったイギリス機動部隊を攻撃するためである。

「この頃になると、特攻への敵の警戒は厳しいものでした。敵の電探（レーダー）を避けるために、最初から低高度で十メートルぐらいの高さでいったんです。私は台湾の宜蘭から出ました。飛び上がってすぐ高度十メートルで這うようにして、海水の水しぶきを巻き上げるように行きました。すると、一番機が下がりすぎましてね。航跡が海面に白く残るほどの高さになりました。ボートが走ったように五十メートル、百メートル近く航跡が残ったんですよ。海面がプロペラの風に叩かれて、白い波が残るわけです。そしたら、みんな喜んじゃってね、真似するんですよ。さらに低く海面すれすれに飛ぶと、三条の航跡が残る。こっちはびっくりしちゃいました。せっかく敵の電探を避けて十メートルで飛んでいくのに、こんな航跡を残せば、もし相手に見られたらすぐわかっちゃいますもんね。それに海面に近づきすぎると、爆弾を抱いてますから危ない。戦闘機乗りは座席に座った瞬間から戦場です。これはいけないと思って、私が上がれって手真似をして、やめさせました」

それは、兵たちの遊び心だったのだろう。これから死ににいく特攻隊員といっても、実年齢はまだ二十歳前後に過ぎないのである。どこかに若者らしいユーモアがあった。

「おそらく彼らもそういう気持ちだったと思うんですがね。最後の遊び心だったんでしょうね。四機は私が誘導しなくても、敵を自分で見つけてくれました。一番機の谷本（逸司）中尉が合図して高度を上げだした。この時は大型空母が二隻、中型空母が二隻、それに護衛の駆逐艦がいて、型通りの輪形陣でしたね。四機それぞれが目標を定めたようで、四方にばらばらになりました。まだ早いと思いましたが、私は四機すべての直掩をするわけにいかないので、一番機の谷本中尉のあとについていくしかなかったですね」

間もなく角田は、一番機の谷本が敵の航空母艦に見事、命中するところを目撃する。

「確実にぶつかるところまで見たのは、一番機の谷本機だけなんですよ。葉桜隊の時は、上から見てるから、すべて手にとるように見えていました。しかし、この時は、谷本機以外は、振り返って見るしかなかった。でも、それぞれが航空母艦に突入していました。確実に二機、爆発したところを見ています。空母のどこへぶつかったかまでの命中位置は、こっちの高度が低いのでわからなかった。しかし、四機目は見失っちゃいました。ぶつかる瞬間は確認できなかったんですよ。ただ、敵の大型空母が間もなく、たぶん時間的には一分以内だったと思いますが、また大爆発を起こしました。

私は四番機がぶつかったんじゃないかと思ったんですが、確認まではできなかったですねえ」

角田が直掩した特攻隊の命中率は信じられないほど高い。ほかに直掩した時のようすはどうだったのだろうか。

「私が直掩した経験は、何回もあります。でも、敵に会わなかったり、天候が悪かったりして、引き返した回数は十回以上になります。広い海の上で、ただ朝見つかったという電報だけで、空母に行きあたるのは難しいですよ。相手は動いていますからね。最初の頃は、こっちの偵察機が味方が来るまで待って、相手は変針したとか、あるいは何ノット、どっち向いてどうだということまで電報で送ってきてました。しかし、この頃になると、もう敵を見た時だけなんです。何時何分、敵発見、そうすると逃げちゃいます。まごまごしてると、敵に撃ち落とされちゃいますからね。電報を受けて特攻隊がそこに行くまでに、少なくとも六時間ぐらいはかかります。そしたら、どこにいるかわからないですよね」

重慶への爆撃

千葉・館山で大正七年十月に生まれた角田は、日中戦争では、南京陥落後の国民政府の首都・重慶を何度も爆撃した経験を持ち、ラバウル時代には、ソロモン諸島の攻防戦で生死の境をくぐり抜け、さらには、特攻が始まって以降、直掩と呼ばれる特攻機の掩護を何度もおこない、最後は自らも特攻隊員となって出撃直前に終戦を迎えた元パイロットである。

昭和九年六月、角田は十五歳の時、第五期の海軍予科練習生になっている。館山航空隊のお膝元の出身だけに、空への憧れが小さい時から強かった。

「一度、少年航空兵を受験しましたが、国語の点が足らず、一年後にふたたび挑戦したんですよ。翌年、合格したときは、〝これで一人前になれたな〟と思いましたね。人生、成功したような気分で嬉しかったですよ。もちろん、国のために、という思いもありますけど、うちは父親が、私が五歳の時に亡くなっていましてね。とにかく貧乏百姓ですから、親の世話にならなくて、早く一人前になるっていうことが、一番の希望でした。母親を少しでも助けたかったですよ。戦争になれば真っ先に死んでいくところですが、不思議に〝死〟というものを意識していなかったですね」

角田の初陣は、空母・蒼龍に乗艦しての南支（中国南部）の南寧攻略をおこなう時の陸戦協力である。昭和十四年十一月のことだった。

「広西の沖に蒼龍が行って、そこから飛行機を飛ばして協力したんですね。あの作戦は、陸軍は広島の第五師団が主力でした。敵前上陸して、彼らが南寧を占領するまで広西の沖に蒼龍がいて、われわれが航空支援をおこなったんです」

南寧飛行場の爆撃や、援蔣ルートの物資補給を断つため、あるいは敵部隊の攻撃に角田らはフル稼働した。

角田もまた零戦が登場した時の印象は強烈だ。

「零戦の安定のよさには驚きました。操縦桿(そうじゅうかん)から手を放しても、ほぼ真っすぐ飛ぶんです。軽く押さえてる程度でよかったので、操縦が楽でした。車輪を格納できるようになっていたしね。それまでの飛行機は脚が出っぱなしですよね。旧式のやつに乗ってた私たちにとっては、飛び上がったら脚が入るというのは、すごいことだと思いましたよ」

零戦の特徴は、やはりその抜群のスピードにあった。

「速すぎて困るくらいだったですねえ。空闘やってもね、あまりスピードがありすぎて、弾を撃つ暇がないほどでした。撃とうかなと思うと、相手にたちまち近づいちゃって、うかうか撃ってられない。仲間もみんな言ってましたね。撃とうと思ったら、近づきすぎてぶつかりそうになった、って」

その時点で零戦が世界最高の飛行機であることは間違いなかった。しかも、

「それまでのは弾があたっても敵の機体に穴があくだけで、たとえば向こうの燃料タンクなどに当たらないと、爆発しなかった。でも、零戦は両翼にそれぞれ二十ミリがついてましてね。この威力が凄まじかった。当たると爆発しましたね。七・七ミリは座席の目の前にあります。これはプロペラの回転のなかを通っていきます。二十ミリはB17とかB24などの大型機の場合でも、当たれば墜とせたと思いますね」

角田が零戦で初撃墜を記録したのは、昭和十五年十月、成都上空でのことである。

「あれは漢口から成都に八機で行った時なんですが、朝の八時頃に漢口を出て、成都の上空に着いたのは、もう昼の十二時頃だったと思います。ここで敵がばらばらに飛んでるのを発見したんです。ソ連製の複葉の戦闘機と、『フリート』という練習機が飛んでいました。飛行訓練をやっているところに、たまたま私たちが遭遇したんだと思います。追っかけると零戦はスピードが抜群ですから、あっという間に追いついて、撃ち落としました。空戦というよりも、飛んでるのを追っかけて撃ったという感じでしたね」

角田は零戦で何度も重慶爆撃を敢行している。重慶は、南京陥落後、蔣介石が国民政府の首都を置いた地である。長江の奥にあり、天然の要害といわれた重慶には、日

本陸軍もなかなか近づけなかった。日本軍が選択した作戦は、空からの攻撃だった。

「さあ、五、六回、重慶に爆撃に行きましたかね。私が行った頃は、重慶の飛行場のある手前の方、つまり長江の西南側は、ほとんど瓦礫（がれき）の山になっちゃってましたね。まるで〝廃都〟でした。それに比べて外国の公館があった長江の反対側はきれいなものでした。何十という外国公館があり、それぞれの公館が爆撃されないように、自国の国旗を屋上に大きく描いていたんです。かなりの高度からでも見えるように、大きい屋根全体に国旗がペンキで描かれていました」

それは華やかで見事なものだった。

「壮観でした。おそらく中国の要人は、こういう外国公館のどっかに隠れているんじゃないか、という感じがしました。爆撃を受けていた中国人が住む川の南側の方は、一軒もまともな家は見られなかったですね。私は、高度五十メートルぐらいまで下がって、何かないかと思って見るんですが、なかったですね。人っ子一人見つからなかったです」

そんな零戦にも、大きな欠陥があったという。

「零戦は、電信機がほとんど使えなかった。支那事変の時の九六式艦上戦闘機の場合は、お互いの飛行機同士や、それから母艦、戦艦、巡洋艦あたりとも交信できました。

でも、零戦になってから、一回も通信できなかったですね。これはうちばかりでなくて、どこの部隊でも、そうだったようです。仮引き渡しで海軍がもらうときは電信機は積んであるんですよね。でも実際に戦地に行ったら、のちのラバウル戦線あたりでも、みんな下ろしちゃってました。使えないもの積んでいってもしようがないですからね」

零戦の致命的欠陥――それは、多くの搭乗員が語るように〝通話不能〟にあったのである。

「だから、あとは飛びながら、お互いが手真似、顔の表情を受けてやるしかなかったですよ、基地との連絡は、もう飛び出したら、あとは帰ってくるまでできないんです」

そのために多くの悲劇が生まれたという。

「私が知っているのは、ガダルカナルでの話ですね。夜中に陸軍が飛行場を占領したという連絡があったんですよ、それでラバウルから十機近くがガダルカナルに向かいました。陸戦協力のためです。しかし、出発して間もなく、先の情報は誤りで、まだ占領していないという電報が陸軍から来たんですね。ところが、戦闘機は出ちゃったあとです。一度出撃すれば、零戦には連絡はつかない。つまり呼び戻すことができないんですよ。それで二神(ふたがみ)という中尉が飛行場に着陸しようと思って着陸態勢に入ったところで、敵にガーっとやられてしまいました。帰ってきたのは一機だけで、ほかはみんな墜とされてしまったんです。海軍というところは、もっと研究すればいいのに、中島飛行機の使えない電信機を最後まで積んでくるんですよ。こっちにしてみたら、使えないものを積んでもしようがないんですがねえ」

結局、その時は捕虜を一人とられ、生還者は一人のみという最悪の事態となってしまったのである。

「これは、着陸するために誘導コースを廻(めぐ)って、みんな脚出して、まさに着陸しようとする時に上からグラマンにやられたんです。火を噴いたんでね。下は陸軍がもう占領していると思ったもんですから、一人は落下傘で降りちゃった。ところが、下には陸軍じゃなくて、敵さんがいて寄ってたかって押さえ込まれちゃって、捕虜になったんです。空戦をやって逃げ帰ったのも一人いるんですが、彼はその後、北千島の占守(しゅむしゅ)島(とう)で戦ったり、それから台湾沖からフィリピン沖でも戦い、最後はフィリピンで戦死しました。結局、この中で、戦後まで生き残ったのは、捕虜になった一人だけでした」

撃たれて喜んだ「任務」

角田が個人で墜とした敵機はおよそ十五機。しかし、共同撃墜した数は、ゆうに百機ほどになるという。

「私が空中戦で一番敵を墜としたのは、やはりガダルカナルです。ラバウルの第二航空隊時代ですね。ラバウルから飛び立って、ガダルカナルの上空で空中戦をやりました。これは何十回行ったかわからないですね。二空は艦爆との合同の航空隊なもんですからね、制空隊で行くことはなくて、ほとんど直掩（ちょくえん）が多かったですけどね」

角田は、撃墜する相手の顔を見たこともある。

「昭和十八年の四月頃、これは空戦中じゃなくて、空襲に来たP38を一時間近く追っかけていったんです。ブーゲンビル島のブインからニュージョージア島のムンダまで追いかけました。安心して帰っていたところを後ろから思いきり近づきましたら、相手は驚きましたね。こっちは逃げられちゃいけないと思って、だいたい五十メートルぐらいまで近づいて、まず弾を最初逸（そ）らして、右上方へ曳光弾（えいこうだん）を撃ち込んだんです。相手が〝まさか〟という感じで振り返ったところを座席に撃ち込みました。顔色まではわからなかったですけど、驚いたようだったですね。まさかあそこまでくっついてくるとは思わなかったでしょうから。その時、振り向いた白人青年の顔は今も思い出します」

振り向いた瞬間に、零戦の二十ミリ機銃が火を噴いたのである。凄まじい音とともに、座席はバラバラに分解され、墜ちていった。

「近かったですから、こっちが敵機の破片を浴びるぐらいでした。自分の方から突っ込んで避けたという感じですね。運が悪ければ自分に敵の破片が当たっていたかもしれません。はっきり敵の顔を見たのは、その一回ですね」

角田は、不時着も何度も経験している。

「不時着も着水もありますよ。不時着の仕方もいろいろありますけど、飛行場内のときもあったし、十回近くはあるんじゃないでしょうかねえ。着水は一回だけです。着水したのは、昭和十七年の十一月十四日です。ガダルカナルへの最後の輸送船団を十隻護衛して行ったんですが、ガダルカナルが近づいてきたときに、敵の編隊がやってきたわけです。この時、日本側の上空直掩は私をはじめ七機しかいなかった。だが、相手はB17の爆撃隊が二十機前後、それに小型の急降下爆撃機が二十数機、さらには同じTBFアベンジャーがやはり二十機ばかりいました。全部で六十機ぐらいいましたね」

それに向かったのは、たった七機。多勢に無勢である。しかし、言い訳などは通用しない。とにかく任務は下にいる輸送船を守ることだ。

輸送船には、多くの兵士が乗っている。彼らの命をなんとしても守らなければならなかった。角田は、ＴＢＦアベンジャーの雷撃機に向かった。

ガダルカナル島の五十キロほど北西にあるラッセル諸島付近でのことだ。角田はこの時、死ぬという極限の場面に、人間の肉体と精神がどうなるかを感じとったという。

「私は高度を下げて雷撃機に向かいました。相手は二十機近くもいる大型機ですから、とてもだめだと思って、相手の一番機に体当たりするつもりで、相手が来る前へ前へと、私はまわったんです。横から突っ込んでも相手の損害は一機だけですが、真正面から相手が抱いている魚雷にぶつかって誘爆させてやれば編隊ごと打撃を与えることができます。私はそう思って相手の真正面から向かっていったのです。〝ぶつかる〟と思った時、頭がカーッとしました」

突っ込もうとした瞬間、つまり〝死〟の刹那に受けた感覚を角田はこう表現する。

「血がのぼったんだと思います。すると心臓がきりきりっときました。激しい痛みでした。私は意気地がないんですよ。後年、心筋梗塞を起こした時、きりきりーっと心臓が破裂するほど痛みました。その時、戦争中のこの経験を思い出しました。いよいよ死ぬっていう時は、こうなるんだ、と思いましたね」

敵の編隊に突入する刹那の激しい心臓の痛み――それは、体験者にしかわからないものに違いない。

「表現するなら、心臓に錐でも突っ込まれたような痛さですね。私は、特攻隊で突っ込んでいった人たちも、ああいうふうになったのではないか、と思うんですよ。あの状態が長かったら、心臓麻痺を起こした人がいるかもしれません。でも、私みたいに意気地なしじゃなくて、そのまま行ったかもしれませんけど、私の場合は、あれが続いたら確実に心臓麻痺になったと思いますね」

敵は、魚雷の誘爆を狙った角田の突入を必死で回避した。

「こっちが前から前からといくんですが、相手はふっと逃げるんですね。それからまたやり直して真正面に向かって、何回もやってるうちに、相手が九十度ぐらい左に逸れて行っちゃったんです。それで役割を果たすことができました」

だが、角田はただちに直掩していた輸送船団の方に引き返している。あくまで目的は、輸送船団を守ることにあるからである。

この時、角田は固い決意をしていた。

角田の高度は、わずか五十メートル。敵は四千メートルの上空である。まともな空戦はできない。角田は、敵編隊と自分が守るべき輸送船との間に入り、〝こいつらに自分を撃ってもらおう〟と考え、それを直ちに実行に移したのだ。

「その時は本当に冷静で、ただ任務を果たそうと、敵に下から向かっていきましたね。こっちから二十ミリを撃つと反動で速力が落ちてしまうので、私は撃たずにまっすぐ向かっていきました」

輸送船団を守るために角田はまっすぐ敵に向かって突き進んでいった。

「敵が私を撃ってきた瞬間は嬉しかったですね。私が撃たれるということは、その間は輸送船は安泰だということですからね。嬉しくて、ふわーっと胸が膨らむような感じでした。あんな嬉しいことはなかったですね。がんがん、がんがん撃たれて、上からも、横からも、撃たれた時は音が聞こえるんです。ドラム缶を叩くような音です。それでも嬉しくて仕方なかったですよ。敵の弾は、翼にもエンジンにも当たりました。ただ幸運なことに座席には入ってこなかった。こっちは、敵を引きつけて役割は終わったということで、下りていくわけです。直掩の任務は、相手を墜とすよりも、船なり味方の飛行機なりを守るためですから。代わりに私に向かって弾を撃ってもらうことの喜びは大きいです。彼らは私を攻撃するために向かってくる時、爆弾を抱えたままでは交戦できませんから、爆弾を落としますよね。それで、私は目的を達したのです」

撃たれるだけ撃たれた角田は、やがて海面に向かって下がっていった。

「敵は、私が墜落したと思ったと思います。エンジンが止まりましたが、幸いに舵に異常は生じなかった。脚も出さないで、そのまま、少し速力をつけていきました。そして海面に着くちょっと前に頭をずーっと起こして、そのまま滑り込むように入ったんです」

海面を二、三百メートル滑ったところで機体は衝撃もなく止まった。風防をあけて海に飛び込むと、うねりが意外に大きく、まわりがほとんど見えなかった。

「その時は、こりゃ大変なところに降りたなと思いましたね。しかし、駆逐艦の方では、こっちが空戦をやってるときから見ていたそうですから、すぐに来てくれました。おそらく三十分とは経ってなかったと思います」

果たして角田が撃たれた時に感じた嬉しさというのは、何だったのだろうか。それは国のために〝役に立てる〟という感情だったのだろうか。

「軍人ですからね。自分の任務が達成できて、輸送船は助かるし、国のために役に立った、という気持ちだったと思います」

それは、ほかには誰にも知られない「一人だけの世界」のことだ。つまり、自分だけの〝喜び〟にほかならなかった。死ぬという刹那の心臓の痛みと、逆に任務を達成できるという時に感じた表現できないほどの嬉しさ——角田は、まったく逆の「二つの経験」をこの時、したのである。

「特攻隊員たちは高度三千メートル、四千メートル上空から突っ込んでいきます。その時は最初、おそらく胸を固くして突っ込んでいくと思うんですよ。私のように意気地なしでなくとも、心臓に錐を差し込まれるような痛みを感じたかもしれません。でも、よし、これでぶつかるという何秒か前には、やっぱり嬉しさで胸がいっぱいになったんじゃないかとも思うんです。ですから、特攻で死んでいった仲間に対して、可哀想だとか、そういう気持ちはありますが、その時は、彼らはおそらく胸膨らまして逝ったなあ、とも思うんですよ」

それは、数多く見てきた仲間の死に対して、角田自身が納得しようと到達した結論だったかもしれない。

角田は、自身もまた「特攻隊員」として終戦を迎えている。

「私は終戦のあの玉音放送、聞いてないです。あの八月十五日は台湾で沖縄へ最後の特別総攻撃、〝魁（さきがけ）作戦〟というんですが、台湾の全飛行機が一億玉砕の魁でいくということで、爆装して試運転を終わって出撃を待ってました。前の日に命令を受けましてね。その時に残っている飛行機は爆装して、全部いくということになっていました。だいたい五十機ぐらいあったと思うんですが、宜蘭、新竹、それから石垣島のほうに分散していたのを、あの時は最後の特攻だということで、すべて宜蘭に集められたんです。それで、それぞれが全部目標を決めて、どこの中隊はどの戦艦を狙う、どこどの母艦をやる、ということを決めていました。エンジンをかけて待っていたのは八月十五日午前十一時頃でしょうかね。上の人は、たぶん十二時から重大放送があることを知っていたんでしょうね。その場で待機ということで翼の下に降りて、ずーっと待ってましたね。長かったですよ。午後の二、三時頃までそのままいました。それで私たちには（玉音放送の中身を）何も知らされないまま、〝今日の出撃は取り止め〟ということになりました」

それは、台湾の暑い暑い夏の日だった。

「私は、まず特攻機の直掩をやって、それが突っ込んだらすぐ帰ってきて、今度は自分自身が爆弾を抱いて出直すことになっていました。目標は、沖縄に停泊中の敵艦船ですから、もう見逃すことはない。確実に全機突っ込めるという思いだったですね。沖縄に停泊しているやつを全部攻撃するわけでね。私は、戦艦を狙うことになっていました」

いよいよ「今日、死ぬ」というその日、太平洋戦争は終わった。角田は、こうして命を拾ったのである。

遺族との慰霊の旅

「あなた、よく部下たちを突っ込ませて平気でいられますね」

「なぜあなたは生き残っているんですか」

角田は戦後、時々そんな声をかけられたことがある。

「よく戦友会なんかで、ご遺族にそう聞かれることがあります。俺の兄弟、あるいは息子は突っ込んで、どうしてあんたは生き残っているんだ、ということです。ご遺族の人たちは、生き残っている私たちに複雑な思いがあると思います。それは特攻する側と、それを直掩隊として守る任務との違いをよく説明しなくちゃわかんないんですがね。理解してもらうまでには時間かかりますよね。でも、嫌がって逃げる人がいますけど、私は見てきた事実と、信じたものをご遺族に伝えるのがこちらの役目だと思いますから、遺族を訪問して、わかってもらえるまで話をします。戦後随分、ご遺族を訪ねさせてもらいましたよ」

直掩した特攻の「葉桜隊」については、その死から三十年以上が経過した昭和五十二年、角田は遺族に彼らが特攻する瞬間のことを伝えている。

「誰しも自分の家族というか、ゆかりの者が死んだ時の模様というのは、やっぱり知りたいですよね。私が直掩した葉桜隊と大義隊は、最後にぶつかって火ダルマになるところまで見届けていますから、報告できます。それが昭和二十年の沖縄戦あたりになると、特攻戦死となっても、見届けた人はいない。帰って来ないから死んだんだろうっていう判断で、全部、布告になっていますね。でも、突っ込んでいったならば、最後その人がどこで、敵艦のどのへんにぶつかったというところまで見てやんなくちゃ、直掩隊の任務を果たしたことにならないと思いますね」

角田は、多くの遺族に真実を伝えつづけた。訪ねて来る人、あるいは靖国神社で会った人……そういった人々まで入れると、角田は戦後、百五十人以上の関係者たちと連絡をとったという。特攻する前夜のぎらぎらした目、あるいは死んでいくことへの葛藤（かっとう）、そういう特攻隊員たちの姿を実際に見ている角田は、できるだけ正確に彼らの死の状況を遺族に伝えることを使命としてきたのである。

角田が忘れられないのは、葉桜隊で戦死した櫻森文雄の父親だ。昭和五十二年、櫻森の父親と角田は、一緒にフィリピンのレイテ島に行った。

「櫻森さんのお父様は、黙って私の話を聞いてくれました。あの方とは一週間近くフィリッピンのセブからレイテをずっと歩きました。穏やかな方でした。農業をやられている方でしてね。宮崎県の人なんですが、のちに県の遺族会のバス旅行で、日本中の神社仏閣をずっと回って、茨城県を通る時、水戸でわざわざ途中下車して、うちへ来てくれたんです。櫻森さんは九十五歳ぐらいで亡くなりましたが、奥さんは、つい最近、百五歳で亡くなったんです。子供が十七歳で戦死していますからね。当時はお父さんお母さんもまだ三十八、九歳だったんでしょうね」

角田は、よく思う。自分の本当の人生はあの終戦の瞬間に終わったのではないか、と。そしてその後は、

「仕方なく惰性で生きているようなものではないか」

と、どうしても考えてしまうことがあるという。時々、かつての戦友たちにも、そういうふうに言ってきた。だが、終戦から六十六年もの長い年月を経た今、そんな話ができる戦友たちはほとんどいなくなってしまった。

自らのあの強烈な体験が、歴史となりつつあることを角田は感じざるを得ないのである。そして、生きている限り、自分がその目で見、その耳で聴いた真実を後世に伝

える「使命」を果たす気持ちを新たにしている。

第六章　桜花・神雷部隊の猛者たち

神雷桜花 11 型練習機投下の瞬間
（搭乗しているのは松林重雄少尉）

別盃の地に立つ石碑（鹿児島県鹿屋市）

〝ホンチャン〟と〝スペア〟

東京商科大学（現・一橋大学）の学徒出陣組である松林重雄（九〇）は、海軍が開発した航空特攻兵器「桜花（おうか）」での出撃を待ちながら、終戦を迎えた一人だ。

桜花は、機首部におよそ千二百キロもの徹甲爆弾を搭載し、母機に目標まで三万メートルの地点まで運んでもらい、そこで切り離されて目標物に突っ込む特殊攻撃機だ。火薬式ロケットによる噴射でスピードは時速六百四十キロにも達し、あっという間に敵艦に突入を果たすことができる。単なる噴進（ふんしん）爆弾と違うのは、なかに実際に搭乗員が一人乗り込み、その搭乗員が誘導して目標に体当たりする点にある。

いわば、〝人間爆弾〟である。大型艦を一撃で沈めることを目的に開発された究極の非人間的兵器とも言える。

太平洋戦争末期の昭和二十年、主に、一式陸上攻撃機（一式陸攻）の下部に搭載されて、全五十五機が切り離され、それと同数の五十五人が戦死した。その桜花の搭乗員として訓練をおこない、出撃を待ちながらついには「終戦を迎えた」のが、松林である。

松林は祖父も父も三井銀行に勤めた銀行員一家に育った。大正九年九月生まれで三男一女の四人きょうだいの二男だ。

「一番上が姉、次が兄、それから私、下に弟の四人です。お袋は昭和十三年に腹膜炎で四十七歳で死んだんです。私がちょうど東京商大予科を受ける時でした。死ぬ時に、お袋が父親に、〝私は何もできなかったけれども、男の子を三人残したから〟と言ったらしい。こっちは、内心忸怩(じくじ)たるものがありますがね。商大の予科に入った時には、お袋はもう亡くなってたんです。私は学徒出陣で、三か月繰り上げての卒業です。一橋で、卒論書かないで学士になったのは、われわれ十九年組が唯一ですよ。私は出陣学徒壮行会の神宮へも仲間とズベッちゃって行ってないし、頭髪もそれまでは伸ばしていて、入隊の前日に切りました。私は歩くのがいやで海軍を選んだのに、海軍は歩かない。すべて駆け足でした。移動は全部駆け足。まあ、〝生まれた時が悪かった、仕方がない。一丁やろか〟ということで海軍に入りましたね」

松林が学徒出陣によって横須賀の第二海兵団、いわゆる武山(たけやま)海兵団に二等水兵として入ったのは、昭和十八年十二月十日のことだ。のちの海軍第十四期飛行予備学生の一人だった。

「あの頃、海兵団への道が遠くてね。入隊する時、カバン持って駅から三時間も歩いた記憶があります。一月半ばまで新兵として訓練やって、予備学生採用試験を受けて、それに合格して、土浦海軍航空隊に移ったんです。だから、それまでは、ジョンベラ（注＝水兵が着る水兵服の襟のこと。水兵服を指す）を着てたわけです。夜、ハンモックで寝てたら、下士官が〃つわものよ、眠れ〃とか言って、〃いずれお前たちは士官になるけれども、海に出たなら凪ばっかりじゃねえぞ〃〃嵐の時に気をつけろ〃と脅かすわけです」

海軍では、拳で殴っているうちは、まだ可愛い方である。

「蹴っ飛ばしたりね、海軍魂注入棒というバットで殴られる。私は少尉になってからも、海軍少佐から神ノ池海軍航空隊でぶん殴られました。ある晩、一期上の十三期（飛行予備学生）の連中がガンルーム（士官室）で宴会やってたことがありましてね。それで呑んで騒いで机の上で踊ったのがいた。それが、たまたま週番士官でやって来た海軍少佐に見つかったんです。〃何やってんだ貴様ら、海軍の巡検を知らんか！〃って言われました」

怒った海軍少佐は、

「いま騒いでたの、出て来い！」

と、面々を睨みつけた。シーンとなったが、十三期の人間は誰も出ていかない。

「海軍ってのは、誰かが出ないと駄目です。馬鹿だね、〝私です〟って言って十四期の僕が出ていった。〝そうか、貴様か〟って、ポカポカポカポカッて殴られて、〝明日、士官室に来い！〟ですよ。私は、それが終わってから、十三期の連中のところに行って、〝あんた方、なんだ。誰も出ないじゃないか。明日来い！って言われたけど、俺は知らねえから、あんた方でなんとかしてもらうから〟って言った。翌日、私は寝室で寝てました。そしたら、十三期のやつが来て、〝まっちゃん、そう怒るなよ。渡辺っていうのがついていくから行こうよ〟って言うんだけど〝行かねえよ〟って言って寝てた。あとで、どう収めたのか知らないけど、私はお咎めなしでした」

少尉となっても、松林たちには、まだ海軍名物である〝修正〟という名の殴打が加えられていた。学徒出陣組のつらさがそこにある。

「海軍兵学校出の士官は、〝ホンチャン〟、私ら予備学生は〝スペア〟って呼ばれていましたからね。ホンチャンとは、文字通り、本物という意味で、スペアというのは、消耗品のことですよ。予備学生になってからでも上には〝一年やそこらで帝国海軍士官になれると思ったら大間違いだ。海軍魂を仕込んでやる〟って言われては、ぶん殴られてね」

博多航空隊時代は、特にやられた。訓練は〝飛行作業〟と呼ばれたが、これに真剣味が欠けていると判断されたら、たちまち修正の対象とされた。

「月を見ろ。この月を見て貴様たちの親は泣いてるぞ。今日の飛行作業はなんだ！　今日のざまは帝国海軍軍人として恥ずかしい。本日は糞の出るほど修正するから、分隊士、お手を拝借！」

ある日、水上機基地だった博多海軍航空隊の格納庫の前のエプロン（駐機場）に松林たちは整列させられ、分隊長にそう告げられた。次の瞬間、一期上の十三期の分隊士たち四、五人がバラバラバラッと出て来た。

「あの時、十四期の予備学生が全部並ばせられたから、八十人はいたと思う。二十人が四列ですよ。それで一発ずつ殴られていきました。分隊長は海兵の七十二期ぐらいで、おとなしい人だったけどね。分隊長が八十人全員をやったら手を痛めるので、分隊士、お手を拝借！　というわけで、分隊士に殴らせたわけです」

学徒出陣組は、やはり学生気分が抜けないのでなかなか軍人っぽくならなかった。そのために殴る口実を必要以上に与えていたのかもしれない。

「私ら、ある日こっそり、士官用の風呂に行ったわけだ。それで入ってたら、後からひとり来たんだよ。終わって服着たら、そいつ中尉だったんだ。〝いやあ、裸っていいもんだ〟って言ってね。まあ、私らは、そういう感じで学生気分が抜けなかったからね、ぶん殴られてもしょうがないね」

べらんめえの指揮官

松林たちが海軍少尉に任官したのは、昭和十九年十二月のことだ。博多航空隊でのことである。

桜花の募集があったのは、ちょうどその頃だった。

「特殊兵器で、生還は期し難い。志願するかしないかは、自分で決めろ。あとで分隊長のところへ届けろ」

この時、「桜花」という言葉も、それが何であるかの説明もないまま、「生還が期し難い特殊兵器」というだけで募集がおこなわれたのだ。

松林は、その時のことを今も覚えている。

「たしか朝礼の時に言われました。庁舎のどこか広めの部屋でした。博多空では各自の適性判定に従って、われわれは戦闘機組、艦爆組、艦攻組、さらには中型陸上攻撃機の中攻組に分別されていました。その中の戦闘機組だけが集められ、志願が募られたんです。四十人ぐらいいましたね。発言したのは〝マムシ〟というあだ名がつけられていた司令だったと思う。苦虫をかみつぶしたような顔でね。蛇のマムシみたいだから、そう呼ばれていました」

生還を期し難い特殊兵器――いくら神風特攻が始まっていたとはいえ、命がなくなるというその言葉は、独特の響きを持っていた。それでも、ほぼ全員が志願し、うち十五人が指名を受けた。松林もその一人である。

「私も、進んで志願しました。死にたくないとは思いませんでした。もう、とっくに覚悟してますからね。天皇陛下のため、とよく言われるけど、実際には、やっぱり〝家族〟かな。当時はまだ独身だから、家族とか、彼女とか、そういうもののために、われわれがやればいくらかいいだろうと、そういう思いで志願するんでね。だって、こっちは死ぬことを求められている。卑怯者だと言われたくないという気持ちもあるし、一種の諦観もある。男ならやらないかん、という教育の中で育ってるからね。あの頃は、もう戦争に負けることはわかっていました。自分たちは、生まれた時が悪かったんだ、と心の中で覚悟していましたから」

それは、それぞれが「生還を期し難い特殊兵器」への決死の覚悟を固めた上での志願だったのである。

桜花の訓練がおこなわれたのは、第七二一海軍航空隊の訓練基地「神ノ池航空隊」

である。現在の茨城県鹿嶋市にある。昭和十九年十一月、ここに訓練基地が設置され、航空特攻兵器「桜花」の極秘訓練がおこなわれていく。

そこは、空から鹿島灘と利根川、そして霞ヶ浦、すなわち海と川と湖が見渡せる絶好の訓練地だった。

「私ら博多航空隊の十五人が神ノ池基地に行ったのは、昭和二十年一月十二日か十三日です。われわれ十五人と、鳥取の第二美保航空隊から来た十五人を加えて計三十人です。第二美保空の連中は、十三期の人間が指揮官でついて来た。で、私らより先に入ったらしい。私らは誰もついてないで、博多から十五人で出ていった。それで、博多の駅で〝ここでいったん解散しよう。みんなそれぞれ家に帰って、日を決めて宮城前に集まろう〟と話し合った。それでみんな解散しちゃったんだ。そして、その約束した日に、宮城前に集まって、十五人になって、それで神ノ池に行きました。ところが、神ノ池に着いたら〝貴様ら、何やってたんだ！〟となりましたね。というのは、博多航空隊から〝今、出たから〟という連絡が入っててね。それで、なんで着かないんだ、とんでもねえ野郎たちだ、って言って、総員ぶん殴られた。士官室からも来たし、よってたかってポカポカやられました」

こうして松林たちは、初めから厳しい洗礼を受けた。〝生還を期し難い特殊兵器〟

の訓練のために基地に向かう途中である。誰だって家族に最後の別れを告げたくもなるだろう。しかし、そのために到着が遅れたとなると、待つ方は黙ってはおられなかったのである。

「第二美保空から来た連中もね、やられたらしい。〝何とか少尉以下十五名〟と言ったら、〝何だそれは！〟と言ってポカポカぶん殴られたそうです。〝士官は一人一人申告するんだ〟っていうわけ。〝兵隊根性が抜けてねえ〟っていうんで、やられたんです」

しかし、それらの出来事も、実際に桜花を見た時の衝撃に比べれば、いかほどのことでもなかったかもしれない。

「最初に見た時は、〝えっ、これに乗るのっ！〟と思って、驚きました。なにしろ、魚雷に翼と風防をつけただけのものなんです。全長は六メートル、翼を含めた全幅は五メートル、全高が一・一六メートルの小さなものです。千二百キロもの火薬を頭部に詰め込み、動力は尾部に入れられた固形火薬ロケット三本だけです。これらが、それぞれ九秒間しか噴射しないというんですよ」

神雷(じんらい)部隊の飛行隊長は、野中五郎(のなかごろう)少佐である。入校時は海兵六十期の面々と同じだったが、病気のために一年留年となり、海兵六十一期となった。さまざまな逸話を残している野中少佐に松林が初めて挨拶に行った時の記憶は鮮烈だ。

「お若ぇ身空に、ご苦労さんでござんす」

野中は松林たちに向かって、いきなりそう挨拶したのである。桜花に搭乗するというのは、そのまま「死」を意味する。その搭乗員を志願してきた松林たちに、〝お若ぇ身空に……〟という言葉が野中の口から飛び出したのである。

「たまげましたね。べらんめえだからね、あの人は。それで、今度は桜花隊の分隊長(第三分隊)に挨拶に行ったら、こっちは、湯野川守正中尉といってね、海兵の七十一期です。この人も、私らに〝これが帝国海軍の最後っ屁だよ。いっちょうねげえやす(願いやす)〟と、挨拶しました。これは、野中さんの影響で、みんなべらんめえになっていたんでしょう。湯野川中尉は、麻布中学の私の一期下だったことがあとになってわかりました。いやあ、すごいところに来たな、って思いましたね」

ここには、二つの部隊があった。桜花そのものの部隊である「桜花隊」と、これを目的地まで搭載して運ぶ母機(主に「一式陸攻」)の「神雷部隊」である。野中は神雷部隊であり、湯野川は桜花隊だった。

野中は、口調だけでなく姿にも特徴があった。

「野中さんは比較的、小柄で、今で言うと百六十五センチぐらいでした。髪の毛を長髪にして、ダラーンとしてました。一種のざんばらです。だから、時々、前髪が垂れる。それを後ろにかき上げるわけです。驚いたのは、頭のてっぺんに一握りの毛を刈り残して、飛行帽をとると、それが風になびいている隊員を見た時でしたね。〝あれ、何だ？〟って思ったら、〝特攻刈り〟といって、出撃の時にそれを遺髪として残していくとのことでした。私、この時、〝特攻髷（まげ）〟っていうのを初めて見たんですよ」

湯野川の上官である飛行長の足立次郎少佐は、海兵六十期で野中とは入校時の同期だ。海兵時代から野中とは親友として行動を共にしていた。

その足立が野中について、後年、こんな文章を残している。

〈彼（注＝野中のこと）とひさしぶりに、神ノ池基地でいっしょになった私は、そのうわさの指揮ぶりをはじめて、目のあたりに見ることになったのだ。

まずおどろいたのは、彼の飛行隊の指揮所に「南無八幡（はちまん）大菩薩（ぼさつ）」と大書した大きな幟（のぼり）が、おりからの寒風に翩翻（へんぽん）としてひるがえっていたことだった。

それに指揮所の前に、大きなやぐら太鼓がそなえてあった。

「いったい、これはなんだ？」

というと、「飛行隊員の集合のときにこれを打ちならすのさ」とすましていう。さらに指揮所のまえには、墨痕あざやかに「野中一家屯所」と書かれた看板がかけられているのには、まことにおそれいった。

その隊員たちの日常の会話にもいわゆる、やくざ気質の言葉がちょいちょい出てくる光景は、まことに異様でもあり、またユーモラスでもあった。

しかし、これらも時日がたつにしたがって、その真の姿がわかってきた。彼の隊には、軍隊という組織のなかにおける秩序と規制と団結をこえた、本当の一家的なつながりがあり、部隊の士気はいやがうえにも盛んであったのである〉（『人間爆弾と呼ばれて　証言・桜花特攻』文藝春秋）

野中の兄・四郎は、二・二六事件の折、五百名の部下を率いて警視庁や桜田門一帯を占拠したリーダーの一人だ。父親は陸軍少将、兄二人が陸軍将校で、野中五郎本人は海軍少佐という軍人一家である。松林は偶然、この野中家を知っていた。

「私は目黒で長年住んでたけど、目黒駅から上大崎長者丸のわが家への途中に野中四郎という二・二六事件の首謀者の一人の家がありました。私はそれ、知ってたからね。野中さんは、〝兄貴が二・二六で、とんでもねえことをしでかしやして……〟とべらんめえでよく言ってましたよ」

野中の独特のキャラクターは、異彩を放っていた。

野中が率いる第七二一航空隊の第一神風桜花特別攻撃隊「神雷部隊」が神ノ池基地から鹿児島の鹿屋基地に進出し、ここから敵空母部隊を目指して出撃するのは、昭和二十年三月二十一日のことである。

この三日前の三月十八日からアメリカ軍は九州を中心に激しい空襲をおこなっている。この時の航空戦によって、日本は神雷部隊を護衛する飛行機が決定的に不足しており、野中は、「出撃しても作戦が成功する可能性は極めて薄い」と、桜花を切り離す地点まで「とても到達できない」ことを予想していた。

野中ら現場の反対にもかかわらず、特攻作戦を主導する第五航空艦隊の宇垣纏司令長官の強い意向により野中らの出撃は決定した。結果は、野中の予想通り、桜花「十五機」を搭載した一式陸上攻撃機を含む「十八機」は、目標地点に到達する前に、待ち構えていたアメリカのF6F戦闘機に迎撃され、全滅した。

たとえ桜花が一発で大型艦を沈没させる破壊力を持っていたとしても、敵艦隊がいる地点まで行くことができなければ、それはただの無用の長物に過ぎなかった。

滞空時間「三分」の訓練

それでも桜花の訓練は続いた。

桜花の発案者となった大田正一(おおたしょういち)・特務少尉の名前をとって〝マルダイ（丸大）〟と呼称されていた桜花の訓練は、それそのものが命がけである。訓練中に殉職者が出るのも珍しくなかった。

たった一度の突入のための訓練である。高度三千メートルまで行って切り離され、猛スピードの中、機体をコントロールして目標を捉(とら)える訓練だ。その感覚を身につけるには、一度は実際にマルダイに搭乗しなければならなかった。

もちろん、訓練で搭乗員が死ぬわけにはいかない。それは、あくまで「訓練」であって「本番」ではない。そのため、桜花の訓練には、機体の下にソリが装着され、それで滑走して着陸を果たさなければならなかった。だが、スピードのついた機体をコントロールするのは、容易なことではなかった。

「訓練で殉職者は出ましたよ。胴体にソリがついていますが、ものすごいスピードで着地しますからね。二千メートルぐらい滑走して、それでようやっと止まるんです。

接地した瞬間に、衝撃でバウンドすることもある。スピードが速いから、そりゃ命がけだ。最初の頃は、爆弾の代わりに、機体のタンクに水を入れていました。前のタンクも後ろのタンクも水。これを抜くと、機体が軽くなって着陸する。私らが神ノ池に来る前のことだけど、海兵出の大尉が、前のタンクの水を先に抜き、それで急にバランスが崩れて落ちてしまったそうです。もちろん殉職です。着陸のために飛行場に入って来て、ああ、大丈夫だと思ったら、急に頭を上げ出して、それでそのまま、ストンと落っこちたようです。だから、私らが神ノ池に着いた頃は、〝水はやめろ〟というんで、かわりに砂を入れるようになっていました」

殉職の危険性があまりに高い訓練だけに、それは「何度もできる訓練」ではなかった。しかし、これを回避することもできない。たいていの場合、それは「一回」だけだった。一回やれば、あとは〝出撃準備完了〟とされるのである。

もちろん、松林たちも実際に桜花に搭乗してその訓練をおこなっている。

「乗る前は、みんな褌を替えました。そのまま死ぬかもわからないからね。私の三つ前にやった者は、実際に死にました。訓練は、切り離されてから、もの凄いスピードになります。でも定位置着陸を保つため、飛行場のまわりを旋回するんですよ。高度三千メートルで母機から切り離された時のスピードは、だいたい百七十ノット（約三百十キロ）ぐらいかな。それで、滑空していって飛行場に入るところで百二十ノット（約二百二十キロ）ほどになると思います。ソリがついているから、これで胴着（胴体着陸）をやるわけです。そのまま二千メートル走るんですから本当の命がけです」

自分の目の前で起こった事故を、松林は忘れられない。

「あれは、切り離しがなかなかできなくて、それで、母機がバンクして振り落したらしい。それで離れたんだが、その時の姿勢がへんな格好になってしまってね。立て直そうとしたけど、結局、滑走路エンドの林に突っ込んじゃった。林から飛び出したところが畑の畔（あぜ）みたいになっていて、そこにぶつかって停まりました。こっちは、飛行場の指揮所で見てるから、トラックに乗って、すぐ駆けつけましたよ。行ったら、体を右にしている姿が見えたんで、〝ああ、良かったなあ〞と思ったんだけど、近くに寄ったら首がパクっと切れてました」

それは、凄惨（せいさん）な姿だった。

「風防が飛んでしまって、たぶんそれで切れたんだろうと思います。かろうじて皮一枚でつながっていましたが、ほとんど千切れそうになっていました。もちろん、息はありませんよ。翼で林の中の松の木なんかをぶった切ったと思うけど、桜花自体は、そのままの形でありました。彼は甲飛十三期の下士官で、まだ十七歳ぐらいだった。

いつもは、母機が、バカーンって破裂させて桜花を落っことすんだけど、たぶん桜花をつるしている懸吊機かなんかの調子がよくなくて、バンクして振り落としちゃったんだと言われました。その晩のお通夜も忘れられない。軍医が、彼の首を据え直して、そのまま首のところだけに包帯をぐるぐる巻いた。そうやって身体をもとの姿に戻して、お通夜をやりました……」

普段は零戦で突っ込む訓練を繰り返していた松林も、桜花での訓練を一回だけおこなった。本番では、目標物との距離三万メートル、高度六千で投下される特殊兵器である。少なくとも火薬ロケット三本の噴射が生みだす猛スピードを一度は体験しておかなければならなかった。

「頭には、スポンジが入ってるバンドを巻きました。頭をぶつけてもクッションになるように巻くんです。当時は受験勉強に打ち込む学生向けに考案された〝エヂソンバンド〟と称するものがありましてね。一種のバンダナ様のものです。それに似ているので私たちはこれをエヂソンバンドと呼びました。桜花の訓練はいろいろ条件が揃わないとできないから、私らは普段、零戦で突っ込む練習ばっかりやってました。これなら行けるな、という時に桜花の訓練で乗る順番が決まります。それで、無事、訓練が終わったら、〝出撃を待つ〟ということになる。あとは、本番だけっていうことです。桜花は、操縦席なんていったって、計器盤が三つか四つぐらいしかないんです。だって、魚雷というか〝爆弾〟に羽をつけただけで、飛行機じゃないからね。傾斜計、高度計、速度計、羅針儀、それに投下合図の赤ランプぐらいですよ。ソリの幅は、二十センチぐらいかな。着地した時に滑るようになってんだけど、これが一本だけですよ」

松林の滞空時間は「三分」だった。切り離されて着陸するまでの時間である。

「(母機から)桜花に乗り込む合図は〝進路に入ります〟というものです。それまで、こっちは一式陸攻の操縦席の後ろの指揮官席に座っている。山本五十六さんが撃墜されて死んだのもその席ですよ。その機長の合図に〝おう〟と応えて、下に乗り移りました。床の搭乗口を開き、下の桜花の風防を二、三度蹴って、落ちないことを確かめ、風防を開けて乗り移りました。それで、座席にある落下傘を着装して、風防を閉めるんです。本番では落下傘はないけど、訓練の時はつけるんですよ」

そうやって待っていると、最後の合図が来る。

「終わりマークが、〝ト・ト・ト・ツー・ト〟という音とパッパッパッという点滅のランプで合図が来るんです。それで、ボカンっと切り離されるわけ。神ノ池は第一飛行場と第二飛行場がある。切り離されたら、飛行場から目を離さないようにして、旋回する。あそこには池（神ノ池）や利根川もあります。僕は、もし飛行場への着陸がだめだったら利根川に降りようと思っていました。仲間が地面に落ちて、首が切れている姿を見てますからね。あとから聞いて驚きました。ところが、水ってのは、ある高度から行くと陸地と同じなんだってね。あとから聞いて驚きました。とにかく、怖くて遠まわりすると着陸までの距離が足りなくなるし、逆に近くから行くと、今度は高度がありすぎて降りられない。あの時は、覚悟してやりました」

聞きしに勝る猛スピードだった。だが、風を切るビュービューという音のほかは、意外に静かだった。下には神ノ池や畑が見え、平和そのものの日本の風景が広がっていた。

「これで俺も着陸すれば出撃要員にリストアップされるのか」

松林は、そんなことを考えながら、操縦桿を握っていた。松林の乗った桜花一一型訓練機は、火薬代わりに砂を詰めており、重さが千六百キロもある。

九十ノットに減速した陸攻から高度三千メートルで投下され、そのまま五百メートルほど〝落下〟し、やがて、頭部が下がって速度も増していく中、飛行場のまわりを旋回し、着陸に入るのである。着陸に入る時の速度ですら、まだ百二十ノットもあった。

「着陸して静止するまですごい揺れですから、風防内でガクガクと揺れる頭をエジソンバンドで保護しました。幸いに私の乗った桜花は無事、静止しました」

松林は、こうして訓練から無事〝生還〟することができたのである。事故と隣り合わせというより、それは、事故が「当たり前」という特別兵器の訓練だった。

部隊では、「距離三万、二万、五百、五十メートル！」と、グングン近づく敵艦のスライド映写がおこなわれ、その感覚を地上でも養っていった。

「次の者は明日進出」

沖縄戦開始後は、夕食時、当直がそう言いに来て、数日後、氏名と戦果が新聞に出るということが繰り返された。ガンルーム（士官室）の食堂は次第に空席が多くなっていった。

「私は夢で〝松林少尉、明日進出！〟という声に飛び起きて、びっしょりになった冷や汗を拭ったことが何度もあります。それに、敵の艦橋が近づき、〝距離五十メートル！〟という大写しになった映像に、思わずハッとのけぞって目を覚ましたこともありますよ」

人間である以上、死を覚悟して志願した松林にしても、その苦悩から逃れることはできなかった。

訓練さえイチかバチかというこの過酷な兵器は、多くの悲劇を生んでいる。

「僕らと同じ十四期の者が、訓練から走って戻って来て〝おい、人を殺した〟って言う。どうしたんだ？　って聞くと、着陸したら、前に子供が三人いたと言うんだ。一人は真っすぐ逃げて、二人は左右に逃げたそうです。真っすぐ逃げた一人をなんとか避けようとしたけど、すごいスピードの上、車輪ではなくソリだから、曲がることもできない。それで、滑ってって、マルダイの右の翼の先が、子供に触っちゃったって言うんだ」

それは、航空隊の近所に住む子供だった。基地に入り込んで、遊んでいたところに恐ろしいスピードで桜花が滑走してきたのである。すぐに兵隊から「子供が倒れていました」という報告が入った。即死だった。

「それで、航空隊幹部と本人が謝りに行った。そしたら親はね、〝あなた方のやってることはわかっています。だから息子のこともしようがないです。お国のためだと思っています〟と許してくれたんです」

桜花訓練の知られざる犠牲者である。

生き残った若者たち

覚悟はしていても、彼らも〝いざ出撃〟という時は揺れている。

「十三期のある中尉ですが、神ノ池から宮崎県の富高航空隊に行って日章旗持って、特攻出撃するために宿舎を出たそうです。出撃の時には、宿舎からトラックに乗って飛行場に行くわけです。その中尉は、トラックに乗った時に、〝おかあちゃん、海軍が俺を殺すんだよっ〟って怒鳴ったと聞きました」

　また、こんな例もある。

「十三期の二人の中尉がいてね。桜花隊の大尉がその片方を特攻指名した。でも、指名された方は、その大尉の分隊じゃなく、もう片方が大尉の分隊だったそうです。当然二人とも、指名されるのは大尉の分隊の中尉だと思っていたんです。それが違っていた。宿舎に帰るのに二人で歩いてたら、指名された側の中尉が、いきなりもう一人の方を振り向いてね。それで、黙ってポカーンっとぶん殴った。私は殴られた側から聞いたんだけどね。やっぱり、思いがけず自分の方が突然指名されたんで、なんか堪え切れないものがあったんじゃないかって言っていた。ポカーンって殴って、また黙って歩いたって。それぐらい、特攻隊っていうのはいろいろ悩みがあるんです」

生還を期し難い特殊兵器を自ら志願した松林は、出撃の命令を受けることなく、神ノ池基地で日々の特攻訓練に励んでいた。

「配給がね、ひと月に日本酒一本、サントリーの角瓶一本、ビールが三本、それと葡萄(ぶどう)酒が三本ありました。それに小豆だとかおでんの缶詰とかもくれるわけだ。そういうのを、みんな一人ひとりもらうから、食いきれない。それで、〝今日はお前の〟〝今日はお前の〟って交代にやってると、いつもそういうのが食えるわけだ。三十人もいるんだからね。順番で出してもひと月あるわけだ。志願して八カ月もそういう出撃を待つ状態ですよ。酒でも飲まなきゃ、やってられないわね」

松林が生き残ったのは、たまたま本土決戦要員として残されたからである。だが、出撃する前に戦争は終わった。

「野中さんたちの第一回の出撃が全滅で終わってしまった。だから、今度は〝バラバラにやろう〟といって、やり方を変えるんです。それでも、実際に成功したのは、二、三しかなかったはずです。大半は、途中で迎撃されて、母機もろとも手前で落されています。桜花にもいろいろ改良が加えられていきますが、戦果は小さかったですね」

記録によれば、確実とされる桜花の戦果は、駆逐艦一隻の撃沈のみである。十回に及ぶ桜花特攻の戦死者は五十五名、これを運んだ神雷部隊の攻撃隊・戦闘隊の戦死者は三百七十五名にのぼっている（『海軍神雷部隊』海軍神雷部隊戦友会）。それは、犠牲の大きさに比べて、あまりにも見合わない戦果だった。

松林は、そのまま神ノ池基地で終戦の玉音放送を聞いた。聞きとりにくい放送だった。

「何だかよくわからなかった。とにかく〝（戦争が）終わった〟ということだけはわかりました。この時、厚木航空隊の連中が暴れましてね。僕らのところにも〝まだ戦争は終わっていない〟〝決起だ〟というアジが来た。厚木から飛んで来て、上からアジビラを撒いたりしたんです。それで、これは騒ぐといかんと、〝すぐ解散！〟ということになりました。飛行機のプロペラを外して、みんな飛行機が首を落としたみたいにされてね。それで終戦一週間目に解散し、われわれは帰らされちゃった。米一升だけ持たされてね」

生き残った実感が湧いてきたのは、しばらく経ってからのことである。

「復員して時間が経ってから、だんだん〝ああ、俺は命が助かったんだなあ〟と思った。当時、町は物騒でね。辻強盗やら何からいろいろあったんですよ。でも、こっちは、そういうものが全然怖くなかった。死ぬのは、何ともないしね。〝来たら、ぶち殺してやる〟と思ってました。ところが、不思議なもんでね。時間が経ってくると、だんだんそういうものが怖くなってきたんです。一人でそういうところを歩くのが怖くなりましたよ」

それだけ戦争中は狂気の人となっていたのだろう。生き残った松林は、死んでいった戦友たちをどう思っているのだろうか。

「やっぱり、死んだ人に申し訳ない。うしろめたいですよ。いまの日本を見ていると、特にそう思う。このざまは何だ、こんなはずじゃなかった、と。私は生き残っちゃったからね、死んだ奴に、本当に申し訳ない、と思います」

そう言いながら、松林はユーモアを交えて、こう続けた。

「僕たちの世代は、若い時は、〝若者は死んでください、国のため〟でしょ。今は後期高齢者とか言われて、〝年寄りは死んでください、国のため〟です。なんか僕たちの世代は、生きてるのが、悪いみたいでね」

多くの仲間の死を見ている松林には、やはり特攻を命じた側への独特の思いがある。

「桜花隊で、海兵出身者は一人しか死んでいない。あとは全部、兵隊と予備学生。もともとわれわれは彼ら〝ホンチャン〟の〝スペア〟ですから。特攻を命じた側も生き残っているでしょ。フィリピンから引き揚げて、神雷部隊、鹿屋付きになったその当事者の一人が、戦後インタビューで、喋（しゃべ）ってるのをテープで録（と）ってあるが、こんなことを言っていました。〝特攻隊を組織することになったら、その時に転勤を願い出た分隊長がいる。そこへ空襲があって、みんな逃げて退避したんだ。空襲が終わって帰ってきたら、そいつだけ戻って来ない。死んでた。不思議ですね〟なんて、厭味（いやみ）ったらしく言っていた。〝特攻行くのが嫌で転勤を願い出たのだけ、死んだ。私は、禅を多少やってたから、死は何でもない。早いか遅いかの違いですよ。ワハハ〟なんてね。あれを見て、あの野郎、〝大修正〟が必要だって、同期のみんなが怒りましたよ。特攻隊も、結局、〝帝国海軍はここまで戦ったんだ〟と言うためだけのものだった。死んでいった仲間には、本当に申し訳ない、という思いしかないですよ」

「一式陸攻」の生還者

桜花を搭載する側の一式陸攻に搭乗していた生き残りに宮崎県延岡（のべおか）に住む長浜敏行（ながはまとしゆき）（八四）がいる。

桜花と共に二度出撃して、長浜はいずれも生還している。

昭和二年三月一日、二男三女、五人きょうだいの長男として生まれた長浜が海軍に入隊したのは昭和十八年八月のことだ。

「延岡尋常小学校から延岡中学校に行きましてね。延岡中学三年の昭和十六年十二月に真珠湾攻撃がありました。どうせ戦争には行かないかん。それなら、泥田の中を這いずりまわる陸軍よりも、飛行機は格好いいし、楽だろうなあと思って、それで飛行機乗りになろう、と思ったんですよ。兵隊に行ったら死ぬとか、そういうことは、ほとんど頭になかったね。まだ子供だったからね」

長浜は、もともとパイロットに憧れた少年だった。

「小さい時から空に憧れていたのは、日本初の民間パイロットが、後藤勇吉さんという方で、延岡小・延岡中の先輩にあたるからなんですよ。この方は、三十三歳で事故死されました。小学校の入学式の時、ふと見たら、講堂の横の壁に、片一方壊れたプロペラが飾ってあるんですよ。それから飛行士の写真が掲げてあった。それを見てびっくりしてしまった。現物ですからね、大きいんですよ。後藤勇吉さんが事故に遭われた時の実物のプロペラでした。それまでも飛行機に乗った人は何人もおるらしいんですけど、国として航空士の制度を決めて初めての一等飛行士、つまり一等操縦士の免許を貰った人です。入学式の時に、校長先生がそのことを話したわけですよ。だから、私たち子供は、最初から空の方に目が向いてたわけです」

長浜が、軍に入りたいと意識し始めたのは、小学校の三、四年生からだ。

「盧溝橋事件があって、支那事変が始まったんですよね。当時、私の母は、日本赤十字社の看護婦だった。始まったらすぐに、母親に召集が来て、支那に渡りました。負傷したり、病気になったりした兵隊の看護にあたるためです。出征というと、普通は兵隊さんばかりです。父親は戦地に行っても、母親は家に残って子供の面倒を見るというのが当たり前でしょ。でも、うちは反対でした」

長浜家では父親ではなく、母親の方が出征してしまったのである。

「親父は、郵便局の保険課長をしてましてね。二歳の妹は、母親を恋しがって泣き叫びました。いちばん母親が恋しい時期ですから仕方ありません。なぜ母が戦争に行かなければいけないのか、あの頃は本当につらかった。親父も苦労しましたね。食事を満足に作れないし、子育てもせないかん、郵便局の課長の職もせないかん、ということでね」

母親は二年間、戦地で看護活動に従事し、やがて病気になり、除隊して帰って来た。

「お母さんよ。いま帰ったよ」

母は、そう言って妹を抱きしめた。しかし、妹は知らん顔で、何の反応も示さない。

「きっと母を恨んでいたんではないでしょうか。泣き叫ぶ自分を置いていったんですからね。今度は、母親がつらくてね、母の方が泣きました。それから半年後に、その妹が腸チフスにかかって、たった数日で亡くなりました。まだ四歳でした。肺炎を併発したらしいです。胸もちょっと悪かったみたいでね。母は狂ったようになりましてね。毎日毎日、妹の墓に行って、墓を抱きしめてるんですよ。雨の日は墓に傘をさしかけたまま、泣きよるとですよ。その時、私は中学一年でした。もう母に掛ける言葉はなかったですねえ。後ろから〝母さん!〟っちゅうて、抱きつくしかなかった。それしか私にはできなかったですよ。ああいうつらいことはホントなかったですね……」

延岡中学に入った長浜は、国防色の制服、編み上げ靴にゲートルを巻いた姿で学校に通った。一年の時から配属将校によって軍事教練が正課としておこなわれていた。三年生からは、銃剣を着用しての戦闘訓練も始まり、「進学コース」「軍人志望コース」「就職クラス」の三つに分けられて授業がおこなわれた。

「当時、体力章検定っていうのがありました。初級・中級・上級ってあってね。百メートル、千五百メートル、手榴弾投擲(しゅりゅうだんとうてき)、俵担ぎ、それを担いで走る競走、百メートル競泳などがありました。いくつもの項目があって、それぞれに基準がありました。そして合格以上が初級・中級・上級で分けられました。初級に合格するのは、三年生で十分の一ぐらいでしたかねえ。すごく厳しいんですよ。私は、三年で初級になりました。初級になると、制服の襟にバッジをもらってつけます。バッジは、金・銀・銅ってオリンピックと同じなんですよ。初級は銅です。外側が桜みたいなやつですね。これは中学生にとって、誇りなんです。バッジをつけてると、みんな一目置くんですよ。そりゃあ総合体力なんですからね。足も速くなけりゃいかん、持久力もあり、投げる力も必要、それに水泳も速くなけりゃいかん、というわけですからね。三年でもらうのは、一クラス四十五人の中で、三人か四人だったですかね」

愛国の思いに燃えていた長浜が甲種飛行予科練習生の試験を受けたのは昭和十七年、延岡中学四年の時だった。だが、親の反対を考えて、学校との間で秘かに受験の話を進めていた。

「親父に打ち明けたのは、十一月のことです。〝甲飛を受ける〟って言ったら親父はびっくりして、〝待てっ。なんで親に相談せんのか〟と、反対されました。しかし、願書を海軍省に出したあとですから、もう取り消せんわけですよ。学校で書いとったからね。それで、親父は〝バカ者!〟と怒りました。でも、みんな、国のために頑張るぞ、という気持ちだったですねえ。国を思う気持ちが今とは違いますからね。毎日のように支那での戦争の状況がニュースで出るし、一か月おきぐらいに支那戦線から兵隊さんが帰ってきたりしてましたからね。遺族が喪服を着て帰る姿を町でよく見かけたもんですよ。その姿を見たら、みんな両脇に並んで最敬礼して、兵隊さんの遺骨を迎えたもんです。もちろん、出征兵士を見送ることも多かった。そんな世の中でしたから、早くお国の役に立ちたい、と自然に思っていました。正直、死ぬのは若者の務めぐらいにしか思ってなかったからね」

長浜に合格通知が来たのは、昭和十八年の二月だった。満十六歳になる直前である。

「親戚(しんせき)がですね、親父を取り囲んで〝一人息子を航空隊のパイロットに出すとは何事か〟と責めましてね。親戚中が集まって、親父をよってたかって問い詰めた。弟が二歳ごろに早く亡くなっていたので、子供の中で男は私だけだったんですからね。その時、親父は、〝今の日本を見てみろ。皆、兵隊にとられているじゃないか。本人が行きたいと言うとるのに、その希望を無視できるか〟って言ってくれました。残っていても、いつかは兵隊にとられるわけですからね。親父も気持ちは複雑だったと思いますが、親戚中の反対を押し切って〝お前は自分の思う道を進め〟っちゅうて許してくれたんです。母は、日赤の従軍看護婦として、本当の戦地のつらさを知っていますからね。だから、母は黙って〝頑張ってあんたは行きなさい〟と言うだけでした。母は複雑な気持ちだったと思いますよ」

猛烈なしごきの中で

長浜の入隊は昭和十八年八月一日だった。十六歳の長浜は、父に付き添われて鹿児島に行き、甲種飛行予科練習生第十二期生（後期）として鹿児島海軍航空隊に入った。

「私は昭和二年の早生まれで、大正十五年生まれと一緒でした。十八年の四月に入ったのは、大正十五年生まれの連中なんですよ。私たちは昭和二年だから八月に入ったわけなんです。ところが卒業は一緒です。卒業は十九年の三月。四月に入った人は甲飛十二期の前期。私たちは後期。そういう風になったんです」

航空隊で二日間、大歓迎を受けた長浜たちは、父兄たちが帰った途端、予科練の厳しさを思い知らされた。

「お前たちのあの甘えた態度はなんだ！　娑婆（しゃば）っ気を抜くために、これから軍人精神を叩（たた）きこんでやる。一人ずつ前へ出ろ！」

態度を豹変（ひょうへん）させた先輩たちは、こう叫んだ。

「足開けーっ」

「手を開けーっ」

「歯を食いしばれーっ」

それから、海軍精神注入棒という名のバットで、一人一人の尻を力まかせに引っぱたいていったのである。いわゆる「バッター制裁」だ。

その痛さは半端なものではなかった。一発で尻が紫色に腫れ上がった。

「俺は進路を間違えた。パイロットの養成機関が、こんな野蛮なことでいいのか」

悔しさと痛さで、長浜はその夜、眠れなかった。

制裁はその後、どの航空隊にいっても繰り返された。長浜は連帯責任でバッター制裁を「七人」で受けた時のことをこう述懐する。

「搭乗員っていうのは洗濯は自分でせんならんのですけどね。たまたまこん時、六か月ごとに靴下を交換してくれる時にあたっていたんです。そん時にですね、前もって洗濯して乾かしとかないかんわけですよ。だから、前の晩に洗濯しよったですよ、そしたら乾いとらん。それで、乾き切ってないやつを三足入れたですよ。それがばれて怒られましてね。連帯責任になったんです」

たったそれだけが制裁の理由だ。だが、それは苛烈なものだった。

「一人十本ですよ。この時は、気を失いかけて倒れるぐらいきつかった。私は五本目ぐらいにちょっと後ろを見たんですよ。そしたら〝こんのやろう、教員ば振り返りやがって〝っちゅうて、それからまたきつく五本やられました」

　後半の五本はさすがに耐えられなかった。

「七本目ぐらいにね、足がくにゃっと曲がってしまってね。そしたら〝何をやっとるー、このやろう〟ってまたやられてね。終わるまでかろうじて立ってましたけど、それからぶっ倒れました。意識はありましたけどね。腫れ上がって、軍医に診てもらったら、〝骨折まではいってない〟と言われました。さすがに二日、休業をもらいました。やる側は、先輩で甲飛の五期でした。准士官一歩手前の連中です。七人を一人でやったです」

　やられる側も衝撃をやわらげるために、さまざまな工夫をした。しかし、それが裏目に出る時もあった。

「少しでもショックをやわらげようと思ってですね、尻にタオルを二枚ぐらい入れたやつがおったんです。そしたら、打った時の音が違うんですよ。普通は〝バサッ、バサッ〟って音がするんですけどね、タオルを何枚か重ねたのはね〝パーン〟って音がするんですよ。音が違うからすぐわかるんですよね。そしたら〝てめえ、なんか入れやがってー〟って、それを外されましてね。そいつは、たしか二十発ぐらいやられたんですよね。やっぱり途中で倒れましてね。倒れたら洗濯桶（おけ）で水をバーっってかけられて、目が覚めたらまたやられて、結局、全部で二十発やられたんですよね。それで入院したですもんね」

パイロットとしての成長

鹿児島海軍航空隊から茨城県の谷田部海軍航空隊に移り、ここで〝赤とんぼ〟と呼ばれた九三式中間練習機での飛行訓練が始まった。〝鬼の谷田部〟か〝地獄の筑波〟と称された基地である。

長浜が予科練習生を卒業したのは、昭和十九年三月である。

「谷田部空に操縦で行けたのは二百人ぐらいでしたかね。ここで四か月、訓練に励みました。宙返りや垂直旋回など、自在に九三式中間練習機を扱えるようになりました。卒業飛行での霞ヶ浦航空隊への往復飛行で、二十七機の大編隊の一番機の栄誉を与えられました。振り返ったら、たくさんの飛行機が翼を連ねて私のうしろについて来ました。その時は、本当に嬉(うれ)しかったですね」

戦況は風雲急を告げていた。実用機訓練のために、長浜が豊橋(とよはし)海軍航空隊に入ったのは、サイパンが玉砕したあとの昭和十九年八月のことである。

　サイパン陥落で日本の絶対国防圏は破られ、日本全土が空襲の危険に晒されていた。航空パイロットの大量養成は急務だった。

「ここで九六式陸上攻撃機の訓練に入りました。上海事変の時に渡洋爆撃機として東シナ海を渡って、中国を爆撃して世界中に知られた飛行機です。それまでの〝赤とんぼ〟とはスピードやパワーがまるで違っていました。豊橋を離陸してから天竜川渓谷の山肌を縫うように飛行したり、愛知の海に浮かぶ船をめがけて模擬の雷撃訓練などをおこないました。爆撃訓練や夜間飛行、推測航法の訓練などをやっていきました」

　いよいよ卒業も間近となった昭和十九年十月、長浜たちは突然命令を受けた。

「今日の飛行作業は中止する。飛行練習生は宿舎に集合するように」

　何事か、と長浜たちが集合し、整列していると飛行隊長がやって来た。

「現在の戦況は、皆も知っての通りだ」

　飛行隊長は一同の顔を見渡しながら、そう口を開いた。

「開戦当初の連戦連勝の勢いも、ミッドウエーの敗北以来、じりじりと押されたままだ。日米の工業生産力の差はいかんともしがたい。もはやこの戦争に勝てるかではなく、どうすればこれ以上負けずにすむかということを必死に考えているのが実情である」

飛行隊長は、長浜たちの顔を見据えてこう続けた。

「この状況下で、この度、フィリピンで画期的な戦法が実施された。関行男大尉が指揮する爆装零戦攻撃隊がアメリカ空母数隻を撃沈するという大戦果を挙げたのである。これによって、敗北に歯止めをかける希望も出て来た。ただし、この戦法はいうまでもなく、〝生還〟を度外視した必死必中の体当たり攻撃であるっ」

一同は、金縛りにあったように動けなくなった。生還を度外視した必死必中の体当たり攻撃——それは、出撃がそのまま死を意味する〝一度きりの攻撃〟にほかならない。

「この攻撃を頼めるのは、攻撃精神が旺盛(おうせい)で、愛国心に燃えた貴様たちをおいてほかにはない」

そこまで一気に告げると、飛行隊長は、

「これは命令ではない」

と言った。長浜たちは次の言葉を待った。

「しかし、私は貴様たちに全国民に代わってお願いする。日本の今の状況を、どうか救ってくれ。特別攻撃隊を志望する者は、教官室の前にある箱に、氏名を記入して投函(とうかん)するように」

全国民に代わってお願いする。日本の今の状況を、どうか救ってくれ。

その言葉は、まだ十代の長浜たちの胸に強烈に響いてきた。

「……」

誰も言葉を発しなかった。練習生たちは、凍りついたようにただ立ち尽くしていた。

「俺はアメリカと戦うために必死で訓練して来た。それをたった一回で死ねというのか。いったい今までの練習は何だったんだ」

長浜の頭には、そんな思いがぐるぐるとまわった。初陣が、こともあろうに〝特攻〟というのである。長浜は愕然（がくぜん）としていた。

その夜の宿舎は異様だった。二階建ての練習生たちの宿舎から、〝音〟というものが消えたのである。誰も言葉を発しない。

体当たりで死ぬことを志願するか、否か。

そんなことを他人に相談などできるはずもなかった。長浜には、故郷の風景や、両親や妹たち、友だちのことが脳裡（のうり）に浮かんできた。

「まんじりともしませんでした。みんな同じです。寝るのはハンモックですが、そのハンモックがゆらゆら揺れてですね。〝ああ、みな寝れんなあ〟と、私にもわかりました。お互い話したりはしません。修学旅行だとか遊びに行くとかだったら、みんなワイワイ喋(しゃべ)るでしょ。ところが特攻に、〝おおい、行こうかあ〟なんて言えんですもん。自分で悩んで決めるしかないですもんね」

ひと晩じゅう長浜は悩み抜いた。

「ああ、俺は進路を間違えた。やっぱり大学へ行けばよかったか……」

いろんな思いが出てきて、結論が出ない。

しかし、男として「特攻もでけん腰抜けじゃった」と笑われるのだけは嫌だった。そうなれば、たとえ特攻にいかずに生き残っても、これから先の自分の人生は「ない」とさえ思えた。

「仕方がない。これが自分の運命だ」

どれだけ時間が経ったのか長浜にはわからない。しかし、考えに考えた末、長浜は「志願」を選んだ。「これしか方法はない」と自分を納得させたのである。

自分が身を捨てることで、両親や妹たちを守ることができるならそれでいいじゃないか。日本を守れるなら、それでいいじゃないか。俺一人の命で、アメリカの乗組員数千人を道連れにできるなら、男として本望ではないか、と。

長浜は、覚悟をこめて自分の氏名を書いた紙を投函した。長浜の親友四人は、あとで聞いたら、みな志願していた。いや、ほとんどの練習生が志願していたことをのちに知った。

家族のため、国のために自分の命は捨てる。それが長浜たちが辿り着いた結論だった。

実用機教程を卒業した長浜は豊橋海軍航空隊を去った。そして、宮崎基地で訓練していた攻撃七〇八飛行隊という特攻隊に配属されたのは、昭和十九年十一月末のことだった。まだ十七歳に過ぎなかった。

「一式陸攻は、図体が大きいですからね。昼間じゃすぐやられますから、夜間の雷撃・爆撃が求められていた。それで、私らは夜間訓練で猛烈に鍛えられました。これを二か月ほどやって宇佐海軍航空隊に移りました」

その間、長浜は、交代で鹿島の神ノ池基地に飛び、桜花の投下訓練に参加している。

「最初に桜花を見た時に、〝(桜花の)搭乗員は人間だ。いつ具合が悪くなったり、ケガをしたりするかも知れん。そういう状況になった場合は、副操縦士のお前が桜花に乗るんだぞ〟と言われたですね。私は一式陸攻の副操縦士ですから、私が（桜花に）乗ることもあるということです。まあ、いずれにしても駄目だなあ、と思ったですね。

桜花は、うしろにロケットが三本ついとるだけですからね。ロケットの作動時間もですね、一本がわずか九秒ですよ。一本やるとブワーッと飛びますけどね、たった九秒ですよ。私が、神ノ池での実際の桜花投下訓練に参加したのは、昭和二十年の一月頃だったと思いますね」

神ノ池基地にやって来た時、長浜もまたほかの隊員たちと同様、七二一飛行隊の隊長、野中五郎少佐に強烈な印象を受けている。

「野中さんは、（訓示の時）ダダンダダンダン、ダダンダダンダンって陣太鼓をやらせるんですよ。それで、式台に上がる。そうして開口一番、〝おう、愛すべき下士官、兵どもよ！〟って言うんです。最初からこれですからね。僕たちは何か幕末の新撰組に入ったような気分でしたね。野中さんは、背はそれほどでもないが、がっちりした人だったですね。なんか言うて、野中さんが叱るでしょ、それで言い訳するとね、〝ばかやろう！　言い訳すんな。言い訳すりゃ俺の兄貴は死なんで済んだんだ〟って言いました。お兄さんが、二・二六事件の首謀者で、そのお兄さんが、言い訳せんで死んだらしいです。だから、野中さんは〝男なら言い訳するな〟と、よう言ってましたね」

昭和二十年三月、出撃に備えて宮崎から大分の宇佐基地に移っていた長浜たちは、三月十八日、いよいよ九州方面への空襲を強める米軍に対する出撃がきまった。長浜はたまたまこの日のメンバーからは外れた。しかし、延岡中学からの佐藤という同級生が選ばれていた。

朝十時、別れの盃（さかずき）を交わす「別盃（べっぱい）式」の用意ができ、隊員は全部格納庫の前に集合していた。親友の佐藤は長浜のもとに駆け寄り、声をかけた。

「行くことになった」

佐藤は短くそう言った。同じ故郷を持つ同級生である。佐藤は、自分が左腕にはめていた腕時計を外してこう言った。

「これ、親父に渡してくれ」

差し出された時計を受け取った長浜も、いつ出撃になるかわからない。彼にもまた死が間近に迫っているのだ。しかし、親友の最後の頼みを断るわけにはいかない。

「わかった。お前の最後の思いは、俺が親父に詳しく話すから……」

別盃式の直前、二人はそんな会話を交わしていた。整備兵たちが桜花をそれぞれの一式陸攻に積み込み、その試運転のエンジンの轟音（ごうおん）があたりを支配していた。

その時である。

突然、ダダダダダダという鼓膜を突き破るような音が響いた。

「なんだ！」

振り返った隊員たちは、その時、信じられないものを目撃した。目の前にグラマンやシコルスキーなどの敵機が迫っていたのである。距離はわずか四、五百メートルだろうか。

「あっ」

長浜たちが声を上げた時は、もう機銃と爆弾が炸裂していた。

「ちょうど出発の直前ですから、一式陸攻とかエンジンをまわしとったでしょう。だから、全く誰も気がつかんかったですよ。飛行機の整備作業をしとった予科練の後輩たちがいた格納庫が吹っ飛ばされました。一発で四、五十人がやられました。私と佐藤は、そこを飛び跳ねるように逃げまわって、指揮所の裏の壕にかろうじて飛び込み、なんとか助かりました」

だが、被害は凄まじかった。飛行機はことごとく破壊されていた。桜花自体の爆弾が破裂しなかったことが奇跡といえた。

この報は第五航空艦隊司令部に衝撃を与え、それが三日後の野中少佐率いる神雷部隊十八機の成算なき出撃につながったのではないかと思われる。

この特攻兵器を効果的に使用するには、自らの制空権下でなければダメだと、現場の人間が考えていた通りの事態が進行していた。それでも、兵が「死ぬ」ことだけを目的化したような勝算のない作戦は、延々と繰り返されたのである。

本来、桜花を切り離したら神雷部隊は帰って来なければならなかった。つまり、最初は、彼らは特攻ではなかったのである。だが、三月二十一日の野中隊十八機の全滅によって、親機と桜花は「同じ運命である」ことがわかり、上層部の指示で、親機の部隊である攻撃隊も「特攻隊」の編成になった。

「それで私たちも特攻隊ということになったんです。だから、切り離したあと実際に〝親機も突っ込め〟と考え、それを実行に移した人たちもいたようですね。〝あいつが突っ込んで、俺だけおめおめと帰れん〟と、一緒に突っ込んだのが何機もおったようです。ただ、桜花を切り離すところまで行かず、ほとんどが途中でやられてますがね」

長浜たちは一旦(いったん)、北陸の小松(こまつ)基地に移らざるをえなくなる。

「この時、小松は特攻への後方の待機基地のようになっていましてね。攻撃を命じられた者は順番に鹿屋基地に進出して、鹿屋から特攻で出撃していくんです。私たちは宇佐がやられて一週間ぐらいして小松に移り、そこで進出命令を待つことになったんです。そのまま小松に二か月ほどおりましたかねえ。そして五月初めに進出命令を受けて、鹿屋基地にやってきたんです」

長浜にも出撃が迫っていた。鹿屋での宿舎は、鹿屋基地の西の端から三百メートルほど〝つづら坂〟と呼ばれる坂を下りたところにあった野里小学校である。相次ぐ米軍の爆撃で窓ガラスは壊れ、屋根にも穴が開いた無人の小学校だった。生徒たちはとっくに疎開しており、主に海軍の特攻兵たちが使う宿舎となっていた。

出撃命令は前日の朝、伝えられる。どういう飛行隊からどういう特攻隊が出て、沖縄、特に米軍の状況がどうなっているかという概要の戦況報告があったあと、

「では、明日の編成を黒板に記入する」

そう言って、翌日出撃する人間の名前がずらっと書き出されるのである。

当時の第五航空艦隊の司令部は、現在、特攻慰霊塔がある鹿屋の今坂町小塚丘にあった。

「毎日、飛行隊は全員集合してね。前に黒板があって、そこに書き出されるんです。いつも飛行隊長の横に黒板が用意されていました。いつかは指名されることはわかっていますが、いざ指名されると、それはいろいろ感情が湧いてきましたね」

遺書には制約が多く、書きにくかった。

「遺書に本当のことは書けないんです。なんちゅう航空隊におって、何をしてるかっていうことも、もちろん書けんのですよ。だから、どうしてもみんな同じような内容

になってしまう。私は、思いあぐねて遺書を書くのをやめ、野里小学校からだらだらと坂を上がったところにある林の中に行きました。朝日（あさひ）神社という神社のすぐ近くにある林です」

十八歳になっていた長浜は、誰もいないその林の中に入って行って、故郷の延岡の方を向き、両親や妹たちの名前を呼んだ。

「お父さん、お母さん！　いよいよ敏行も明日出撃することになりました。いままで何の親孝行もできませんでしたけども、許して下さい。どうぞお元気で！」

そして、妹たちには、

「お父さんお母さんをよろしく頼むぞ！」

そう叫んだ。頬を涙がとめどなく流れた。その夜、さまざまなものが脳裡（のうり）に去来した長浜は、眠ることができなかった。

重い沈黙に包まれた機内

長浜がいよいよ鹿屋基地を出撃したのは、昭和二十年五月二十五日朝のことだ。

離陸した時、一式陸攻は、なかなか高度を取ることができなかった。桜花はそれぞのものの重量が二・五トンもある。それに一式陸攻の燃料もある。積載重量が大きく、さすがの一式陸攻もその重みに耐えかねていたのである。これでは速度は通常の六割から七割にとどまるだろう。グラマンに急襲されたら、ひとたまりもない。

そんなことは訓練の時からわかっていたが、いざ本番の時の重みは想像以上だった。長浜は高度を高めるのに悪戦苦闘した。

「鹿屋基地を出撃する時、エンジンをフルにしてもそれでも足らんでですね。それで、オーバーブーストっていう〝禁止領域〟まで過給機を使って馬力を上げました。空気と混合したガソリンを無理やり圧縮して気管に押し込めて、パワーを増すんですけどね。たとえば千五百馬力ぐらいの馬力がこれで一時、二千馬力ぐらいにはなるんですよ。ところが、五分しか持たん。五分経つと、バンっとエンジン自体が破裂してしまうんです。そのオーバーブーストまでエンジンを酷使して離陸して、高度を取ろうとしましたが、なかなか難しかった。鹿屋を離陸すれば、間もなく薩摩(さつま)半島の開聞岳(かいもん)(標高九百二十四メートル)を通過します。しかし、この山の半分ぐらいしか高度が取れんかったですねえ」

開聞岳を過ぎると、東シナ海に出る。ここで、長浜が乗る一式陸攻は、機銃の試射をおこなった。搭載している機銃すべてに弾を込め、ダダダダーッ、ダダダダーッと、ひとつずつ試射をしていったのである。

「迫力がすごくてやはり身震いがしましたね。ここで弾が出ないような機銃があったら、その飛行機は引き返さなければいけません。そういうのはめったにありませんけどね。私は副操縦士ですが、当時は今と違ってメインが右、サブが左に座っていました。メインは操縦に専念する。サブの私はエンジンのスロットル・レバーとかフラップとか、そういったものの操作をする。偵察は、一番先の方にいました。電探を担当する電信員がちょうど真ん中付近にいてね。一式陸攻には、エンジンが二つあったので、搭乗整備員というのも一人乗っていたんですよ。もちろん機銃操作をやる攻撃員（機銃員）も一人います。標的が発見された場合に桜花に乗り込む搭乗員は、電信員の横にちょっと席を設けましてね、そこに座っておりました。操縦席の後ろあたりです。全部で七人、乗っていました」

七人を乗せた一式陸攻は、東シナ海の側に少し迂回（うかい）するようなコースを取って沖縄方面に向かった。敵との戦いが刻一刻と迫っていた。家族のため、国のため、と念じつづけてきた悲願の戦いが現実のものとなるのである。

だがこの時、長浜たちが向かう沖縄方面の空が俄（にわ）かに怪しくなってきた。

「急に雲行きがおかしくなってきて、奄美（あまみ）大島の近くからは、土砂降りになってしまったんです。全然視界がきかんのですよ。それは、上も下も横も真っ白になるぐらいの激しいものでした」

飛行機の中は重い沈黙に包まれた。

「無理だ。これでは攻撃はできん」

機長はそう言った。外を見ていれば、機長がいわなくてもそのことは皆がわかっている。

機長は判断した。

「仕方がない。これから（鹿屋へ）引き返す」

この日、出撃した神雷部隊七機は、一機を除いてすべて引き返すことになった。しかし、

「一機だけは、待っても待っても引き返してこなかったんです。これは、沖縄の宮古島出身の中尉の機でした。彼は、〝ワレ燃料続ク限リ、索敵・攻撃ヲ続行ス〟という内容の電報を残したまま、ついに帰還しませんでした」

長浜たちが鹿屋に帰ってきたのは、午前十一時頃のことだった。

「大事な桜花だから、これは捨てたらいかん。つけたまま帰ろうや」

機長の考えで桜花を〝抱いた〟まま、彼らはなんとか鹿屋に着陸した。敵を発見す

ることこそできなかったものの、虎の子の桜花を無傷で持って帰ってきたのである。

褒められるだろうと思った長浜たちは、ここで大目玉を食らった。

司令部に帰隊の報告に行った彼らは、いきなり「ばかものー」とブン殴られたのである。

「貴様ら、もし、滑走路で着陸し損ねて（桜花が）爆発したらどうなったか！　飛行場は使えやせんぞお！　そんなアホなことやる奴、おるかあ！」

そう言ってボカボカと殴られたのだ。

第五航空艦隊司令部と実施部隊との感情のずれはいかんともし難いものだった。

二度目の出撃はなかなか来なかった。ほぼ一か月、長浜たちは鹿屋で「次の出撃」を待ち続けた。することは何もない。

「みんな、ただ出撃を待つのは、たまらんわけですよ。だから夜、抜け出るんです。それで鹿屋の町まで遊びに出て、遊郭に行ったりとかするんです。五航艦（第五航空艦隊）司令部の中島中佐はそれがわかるもんだから、腹が立ってしょうがないんでしょうね。それでこっちの司令の岡村基春（おかむらもとはる）大佐にですね。〝こういうこっちゃダメです。フィリッピンでは、（特攻隊員は）もうちょっとしっかりしていた〟と、よく苦情を言いに来よったそうです。そしたら岡村大佐は〝そういうこともねえだろう。俺が命令したら、皆、勇んで死ぬじゃねえか。夜ちょっと抜け出すくらい大目に見てやれ〟と応えたらしいですけどね。でもやっぱり中島中佐はうんって言わんかったそうですよ」

ある日、こんなことがあった。長浜たちはその夜も鹿屋の町に出かけていた。すると、

「神雷部隊の搭乗員は直ちに帰隊せよー」

基地の神雷部隊のトラックがそう町じゅうに触れてまわっているのである。

「なにごとか」

長浜たちは、トラックに飛び乗ってただちに帰隊した。あちこちの遊郭から仲間が飛び出して来た。

「いよいよ出撃じゃもんねえ」

皆がそう思った。

「司令部前に整列」。そう言われて全員が整列した。その時、岡村大佐が司令部から出てきた。岡村が口を開いた。

「実はみんなに集まってもらったのは、思いがけない砂糖と小豆が手に入ったもんだ

から、ぜんざいを作った。みんなで食うてくれ」

そう言って、ポッと引っ込んだのである。

「なんじゃあ？」

長浜たちは肩透かしを食らった。仕方がない。それぞれが出されたぜんざいを食べた。長浜は真相をのちに知ることになる。

「これは岡村大佐の中島中佐に対するあてつけというか、デモンストレーションというか、そういうものだったそうです。〝俺が号令すれば、みんなバアッと、即座に集合して命令を聞くだろう。俺の命令はこれだけ行き届いてるぞ〟と中島に伝えるためのものだったらしいんです。〝だから中島、お前もがたがた言うな〟というわけです。私なんか、こりゃいよいよ明日は命はねえぞ、と帰ってきたら、ぜんざいだったので、ほんと肩透かしだったですねえ。これは、二度目の出撃の二週間ぐらい前だったと思います」

出撃に際しては、さまざまなエピソードがある。

ある日、いよいよ出発の時間が来たのに、整列の号令に一人足らなかった。

「こりゃ困った。代わりに誰か一人、出せ」

そう言われて、突然の指名を受けた者がいた。

「突然、〝お前、行け〟って言われたんですから、それがおったまげてですよ。そりゃその日になって、いきなりですから、たまらんですよ。だけど、なんとか〝はい〟って言ってトラックに乗り込んだんですよ。ほしたら、うしろの方からライフジャケットを持って〝そのトラック待てぇ!〟って走ってくるのがおっとですよ。一人足らんのが、そいつですわ。宿舎の野里小学校で眠っちょったそうです。目が覚めてハッと、〝あっ、おれ、今日出撃じゃった〟と気がついて走ってきたそうです。やっと間におうて、〝バカ者〟って言われてね。それで、代わりのやつはトラック降りたんですけどね。つづら坂のところでした。そこで身代わりの者が降りて正式なメンバーになりました。危機一髪出撃を免れたその男は、生き残りましてね。戦後、野里小学校の近くにある桜花隊の碑はですね、そいつが中心になって作ったんですよ。おそらくそういう思い出もあって建てたんでしょうねえ」

グラマンの急襲

二度目の出撃は、六月二十二日だった。早朝から鹿屋の空は晴れ渡っていた。南国・鹿児島特有の真っ青な空だった。

「ああ、今度は帰られんなあ」

長浜は覚悟を決めた。朝六時、長浜たちは全六機で鹿屋を離陸した。

この日も開聞岳の横を通り過ぎた。特攻隊員たちにとって、いわば生と死の境界に立っている山である。この日も桜花の重みに耐えながら、長浜らが搭乗する一式陸攻は、沖縄を目指した。やはり、前回と同様、東シナ海を通って迂回するようなコースをとった。

それは、離陸して二時間ほど経過した八時頃だっただろうか。ちょうど奄美大島の西側を通過しようとしていた時である。奄美を通過すれば、沖縄は目の前だ。

その時、長浜たちの遥か前方で、いきなり火の手が上がった。同時に、バーンという音が長浜たちの耳に飛び込んできた。

搭乗員全員がその方向に目を向けた瞬間、火を噴いてくるくると舞いながら落ちていく友軍機が見えた。グラマンの急襲である。

「敵だ！」

そう誰かが口にした時、自分たちの近くの機からも火の手が上がった。すでにグラマンは桜花を抱えた長浜たち一式陸攻の攻撃に入っていたのである。

ババババババ……

グラマンの機銃の音が聞こえた。その時、長浜が乗る機は、数機のグラマンに取り囲まれていた。長浜たちに直掩機はいない。誰も守ってくれる機はいなかったのである。グラマンは横から攻撃してきた。桜花を積んだ一式陸攻は、いわば鈍重な牛のようなものだ。スピードも普段の六割程度しか出ない。

グラマンに向かって、一式陸攻の機銃が火を噴いた。だが、多勢に無勢ということに加えて、グラマンのスピードと身軽さには、とても太刀打ちできない。

敵の凄まじい攻撃に、機体にババ、ババッという衝撃が走った。明らかに機銃が命中していた。図体のでかい一式陸攻だから耐えているようなものの、零戦などの小さな戦闘機ならあっという間にバラバラになっていただろう。

「落とされるぞ！」

上田という機長が叫んだ。エンジンの調子もおかしくなっていた。被弾したのが、エンジンの近くだったのかもしれない。

「桜花を捨てて、出直そう！」

機長は長浜たちにそう言った。操縦桿を握っているのは太田というベテランの操縦士である。長浜と階級は同じだったが、丙種飛行練習生の出身だ。甲種は中学出で、乙種は小学校出、丙種は水兵から上がってきた者たちを言う。太田は、水兵から上がってきただけあって年数が古く、抜群の腕前だった。

「出直そう」という言葉で、「よし！」という気持ちがそれぞれに湧き起こった。

そうだ。ここでみすみすグラマンに落とされる必要はない。出直して、こいつらを叩(たた)きのめしてやろうじゃないか。そんな思いがこみ上げてきたのだ。

桜花を落とす——重量二・五トンの桜花さえ切り離せば、一式陸攻も身軽になる。それなら、逃げ延びるチャンスも出てくる。

「桜花を落とせ！」

機長の命令が出た。桜花を落とすのは副操縦士たる長浜の役目である。

長浜は操縦桿の上についているボタンを見た。これを押せば、桜花は切り離される。桜花に搭乗員が乗っていないことを確認して、長浜はボタンを押した。小さな爆発音がして桜花は落ちていった。

こっちが撃ちまくる機銃の音と、追って来るグラマンの機銃の音が激しく交錯していた。

一式陸攻は急降下していった。海面すれすれまで降りれば、グラマンも攻撃がしにくくなる。〝目標〟を通り過ぎれば海面に激突するので、グラマン得意の反復の波状攻撃ができなくなるのである。グラマンの攻撃は、いくらか勢いが削(そ)がれてきた。

奄美大島のおよそ二十キロ東には喜界島(きかい)がある。長浜たちは、喜界島を目指して必死に逃げた。そこまで行けば、友軍がいるはずだ。

彼らの攻撃から逃れるには、今はそれしかなかった。喜界島が遠くに見えてきた。

ババババババ……追いすがるグラマンの機銃でいつ機体から火が噴くかわからなかった。

長い時間、逃げまわったような気がした。しかし、実際には、ほんの短い時間にすぎなかったかもしれない。喜界島になんとか辿(たど)り着きそうだった。

その時、喜界島から機銃の弾が飛んできた。それも、激しい弾幕だった。

「なに?」

機内は驚きと衝撃に包まれた。日本軍が守備しているはずの喜界島もすでに敵の手に落ちたのか。

(もう喜界島もアメリカに占領されたか)

長浜は絶望に捉われた。だが、もうどうしようもなかった。

「とにかく降りんと」

長浜は、そう呟(つぶや)いていた。喜界島の海岸には、不時着しようとすれば可能な草場のようなところがある。

たとえ敵に占領されていようが、仕方がない。不時着しかなかった。

操縦士の太田は、まっすぐ不時着できる場所に進んでいた。着陸には、最短でも八百メートルは必要だ。それだけの距離があるかどうかはわからない。

だが、太田は構わず強行着陸に入った。がたがたという振動と音が全身を包んだ。

「頼む、停まってくれ」

搭乗員たちの必死の祈りは通じた。一式陸攻は無事、停まり、着陸を果たしたのである。

だが、心配なのは、長浜たちを撃ってきた〝敵〟の存在である。飛行機から降りた長浜たちは、警戒しながら周辺を探してみた。そこには、零戦が八機ほど待機していた。

一式陸攻は強行着陸で脚（車輪）を傷めて動かなくなっていたものの、機体そのものは大丈夫だった。アメリカ軍に占領されたのかと思ったら、逆に零戦が八機もいたので、長浜たちは不思議に思った。

やがて海軍の仮小屋みたいな指揮所を発見した。長浜たちは、そこに怒鳴りこんだ。

「貴様らあ、仲間の飛行機を撃つとは何事かあっ！」

しかし、相手は平然とこう言った。

「ありゃあ、あんたたちを撃ったんじゃないですわ。気がつかんかったかも知れんけど、後ろにグラマンが三機、すぐ来とったんですよ。われわれは、グラマンを撃ったんです」

それは、二十五ミリの機関砲だった。そんな威力抜群の弾が当たったら、一式陸攻といえども、たちどころに火を噴いたに違いない。

「自分たちのすぐうしろにグラマンが迫っていて、それを追い払うために撃ったというので、こっちも納得しました。あとでわかったのですが、この日、出撃した六機の内、一機は離陸してすぐにエンジンの不調で鹿屋に引き返していたそうです。それで、私らが喜界島に不時着し、残り四機は、すべてやられたそうです。つまり、助かったのは私たちだけだったということです」

喜界島に不時着したのは、八時半。それは、三十分もグラマンの攻撃に耐えた末の奇跡の不時着だった。

喜界島の指揮所で飯を出してもらった長浜は、機体の脚の修理と燃料の補給もやってもらった。次の作戦のために、ただちに鹿屋に帰らなければならなかった。

「ここは、グラマンが朝と夕方、定期的に来る。グラマンの来ん時間が大体わかっとるから、もし帰るんだったらその時間を狙った方がいい」

長浜たちは、そう教えられた。聞けば、

「だいたい午後一時頃なら、敵さんは来ん。たぶん昼飯の時間だからだと思う」

とのことだった。午後一時なら、時間的な猶予はあまりない。ただちに長浜たちは離陸の準備にかかった。応急修理に過ぎないから、傷んだ車輪は出たままだった。これを出したまま、鹿屋まで飛ぶしかない。

「脚は動かんまま、なんとか離陸して、海面を這うようにして鹿屋に帰りついたのは、もう午後の二時半か三時頃だったですかねえ。私たちを見て、鹿屋の連中は、それはびっくりしたですよ。帰って来んから、当然、全滅やと思っとったわけです。ほうしたら、帰ってきたわけですからねえ。事情を話したら、みんな驚いておりました」

司令部へ行って報告した時、飛行隊長はしみじみとこう言った。

「ほりゃあ、運がよかったのう」

それが奇跡の生還であったことは間違いない。

この翌日の昭和二十年六月二十三日、沖縄を守備していた第三十二軍司令官の牛島満中将と参謀長の長勇中将が摩文仁の司令部で自決し、沖縄における組織的な戦闘は終結した。

菊水一号作戦から十号作戦まで続いていた海軍の沖縄特攻作戦は、ここに終了した。

それに伴い、沖縄への神雷部隊の攻撃は「打ち切り」となったのである。

三月二十一日、野中隊全滅から始まった神雷部隊の出撃は、四月一日、十二日、十四日、十五日、十六日、二十八日、五月八日、二十五日、そして六月二十二日を最後に終わった。この内、長浜は、五月二十五日と六月二十二日の二度参加し、二度とも生還したのである。

長浜はこのあと小松基地に戻り、そこから「不穏なソ連の動き」に対応するため、朝鮮半島の東海岸・慶尚北道（けいしょうほくどう）の迎日湾（ヨンイル）にある迎日基地に移動する。終戦を迎えたのは、ここでのことである。十八歳の長浜は、特攻を志願した自分が、戦争終結まで生き抜いたことが不思議でならなかった。

「生きていること自体が不思議でした。私は、鹿屋では宿舎の野里小学校のすぐ近くにあった朝日神社の横で、別盃（べっぱい）式を二度やっています。そして、それを終えてから、トラックに乗って飛行場に行くんです。出撃の別盃式の時は、必ず岡村司令が来るんです。あの方は、たとえ一人でも必ず来てくれた。岡村大佐は、離陸の時も滑走路のすぐそばまで来てくれて、一機一機に手を振ってくれてね。他の士官級、指揮官級は誰も来てなかったですね。いつも岡村司令一人だった。戦後、岡村大佐は鹿屋から沖縄周辺の海をずうっと船でまわってね。この辺だなあ、と思うところには花束を投げて、慰霊の旅をしたそうです。そして千葉の自宅に帰って鉄道自殺して、特攻隊と運命を共にしました。威張り腐った幹部が多い中、あの人は違っていました。心の温かい人だったと思います」

それも、はるか昔のことです、と長浜は小さく呟いた。

第七章

宇佐航空隊〝全滅〟の悲劇

宇佐市史跡に指定される城井一号掩体壕

日本初のジェット攻撃機・橘花

人生が凝縮される瞬間

戦友の瞳の中で、炎がゆらゆらと揺れていた。それは、その友が自ら火をつけた許婚者の写真を焼きつくす炎だった。

友は、言葉を発しない。

明日、特攻していく友とテーブルを挟んで向かい合っていた鈴木英夫（当時、二十三歳）は、自身もまた言葉を発することができず、ただその異様なシーンを息を呑んで見つめていた。

圧倒的兵力を有する米軍がついに昭和二十年四月一日、沖縄本島に上陸を開始。守備する日本側の第三十二軍（牛島満司令官）との間で熾烈な戦いが展開されていた。制空権、制海権を失っていた日本は、それでも神風特別攻撃を敢行し、連日、多くの若者が自らの命を捧げていた。米軍は、沖縄だけでなく、九州方面への空襲も強化し、特攻機が出撃する日本の航空基地を徹底して叩き、日米の戦争はいよいよ最終局面を迎えていた。

鈴木は東京商科大学（現・一橋大学）からの学徒出陣組である。

許婚者の写真に火をつけた戦友は、伊藤という慶応大学からの学徒出陣組だった。ともに予備学生十四期の海軍少尉だ。伊藤は翌日に、特攻出撃を控えていた。

大分県宇佐郡の柳ヶ浦村にあった宇佐海軍航空隊も、たびたび敵の艦載機による空襲を受けていた。昭和二十年三月半ば、鈴木たちは集合をかけられた。

「次の者は、志願書を提出せよ。一、身体強健ニシテ如何ナル激務ニモ堪エ得。二、家庭円満ニシテ後顧ノ憂イナシ。三、特攻隊熱望。同意する者は、署名捺印せよ」

いよいよ来たか。覚悟していた特攻がついに現実のものとなってきた。それは、志願という形式をとっていたものの、事実上、強制に近いものだった。鈴木たちは、全員が特攻隊志願書に署名捺印し、提出した。

四月に入って「特攻」は実施に移されていった。

宇佐空では、毎夕午後五時、明朝に発進する特攻隊の編成表が発表された。鈴木たちが暮らす学生舎と呼ばれる兵舎の中の壁に白い巻紙が張られるのである。

そこには、翌朝、出撃する特攻隊員の氏名が書かれている。自分の名前があれば、明日、出撃だ。鈴木ら全隊員の目は、数メートルの長さを持つ、その巻紙がするすると広げられ、壁に張られるようすに釘づけとなる。まさに運命の一瞬である。

鈴木はその光景が今も頭から離れない。声にもならない声が上がり、その場は壮絶な空間となる。指名された者のまわりに人が集まるが、当の本人は、もう、じっとはしてはいられないのである。

「張り出されるのは、私たちの住む学生舎でした。学生舎は、私たちの艦攻隊が西側半分を使い、艦爆隊が東側半分を使っているんです。巻紙が張り出されるのは、入口のすぐのところです。ここにみんな集まるんですよ、毎日、夕方五時が来ると、発表があることはわかっている。飛行作業（飛行訓練）を終えて飛行服を着替えて、それで、待っていると発表があるわけですよ。巻紙の大きさは幅三十センチぐらいで、これを横に張るわけです。それは、何メートルもの長さになります。なになに分隊、第一番機なになに、二番機だれだれ……って、ずうっと続いています。そこに名前が出ていたら、それで最後です。残りの人生が一挙に凝縮されてしまうのです」

自分の人生が一気に短縮し、死に向かって、いきなり猛然と突き進むのである。それまでは、同じ空間にいて、同じ立場だった人間が、一瞬で生と死に運命が分かれるのだ。早い遅いの差こそあれ、残る側もいずれは「死ぬ」ことがわかっている。だが、生と死が分かれるその瞬間は、あまりに残酷なものだった。

「発表は、ほぼ毎日です。これが、合格発表だったら別にいいんだけど、巻紙に書かれているのは、〝死〟を意味するものですからね。それが、どおーっと来るわけです。

みんな自分の名前だけを見てますよ。そうしたら、〝わあっ、あった〟って。それで終わりだよ。見た瞬間、誰でも顔色が変わります。名前のなかった側は、そりゃ人間ですから、ほっとする気持ちがなかったといえばウソでしょうね。明日、自分の名前があるかもしれないが、とりあえず一日の命の長さを得たという気持ちになるわけです」

いきなり、自分の人生の〝最後〟が区切られるのである。彼らはその時、いったいどういう行動をとるのだろうか。

「すぐにもう、自分の行李(こうり)をおろしてね、そして、整理を始めますよ。それで、遺書を書くやつは遺書を書くんです。日頃、自分たちが生活しているデッキがありますからね。ここでみんな書きます。夕方の五時に発表して、それからもう、あとはめちゃくちゃですね。われわれはデッキのところに座っていろいろ話をして、歌を歌ったりね。〝同期の桜〟などを歌うんですよ。その横で征(ゆ)く奴は書いているわけですよ。それから、みなで酒もがぶがぶ飲んで、酒に酔うっていうか、肩を組むもの、手をつなぐもの、まあ、何人かの頰には涙が光ってるということでね。夜中の一時、二時過ぎまで飲みますよ。眠くなったら寝るしね。ところが、朝四時ごろになると、もう飛行場から、ぶうーっと暖機(だんき)運転の音が響いてきますからね。エンジンを暖める音です。

それで、五時頃には集合して、そして間もなく出発ですよ」

学徒出陣組の同じ少尉の中に、鈴木には親友が三人いた。東京商大の鈴木を除いて、三人は慶応だった。多くの仲間がいるのに、なぜかこの四人は特に仲がよく、「上陸」という名の外出の時も、あるいは、飛行作業に明け暮れる日常生活でも、よく行動を共にして、さまざまなことを話し合った。

その一人、慶応出身の伊藤はスマートな男で、この時、すでに許婚者がいた。伊藤は、許婚者の写真をいつも大切に持っていた。

「その日、伊藤の名が巻紙の中にあった。伊藤はそれを確かめると黙って行李を下ろし、遺書を書き始めました。言葉など発しません。ただ黙って、書いていました。私は伊藤に声をかけようと思いましたが、とてもそれができるような雰囲気ではありませんでした」

その時、重い空気を打ち破ろうとするかのように、友人の一人が伊藤にこう声をかけた。

「おい、あの許婚者の写真をもう一度見せてくれよ」

だが、伊藤はそれでも言葉を発しなかった。そして、その写真を出すと、黙って、ロウソクの火にかざしたのである。あっという間に写真は炎に包まれた。鬼気迫る親友のようすに鈴木は言葉を失っていた。

「灯火管制の中ですから、明かりはロウソクしかないんですよ。薄暗い中で、遺書を書いたり、あるいは酒を飲んだりしているわけです。伊藤は、もう一度見せろという戦友の声に答えず、そのまま黙って写真をロウソクの火にかざしました。あっという間に、写真は燃えていきました。私はテーブルの反対側からそれを見ていました。真っ正面で一メートルも離れていません。その炎がね。それを見る伊藤の目に、ちらちらっと映るわけですよ。こっちはなんともいえないですよね。どんな気持ちで伊藤が許婚者の写真を燃やしているのか、と。伊藤は、そのまま淡々と出撃していきました。彼が出撃したあと、ぽつんと残された彼の行李がなんだか寂しく見えてね……」

彼らは、宇佐空から特攻の最前線基地である鹿児島の別の基地まで飛び、そこで最終的な特攻出撃の「命令」を待つのである。まだ夜が明けきらぬ早朝、宇佐空では征く者、送る者、全員が指揮所前に集合し、冷たいアルミの湯呑(ゆの)みに冷や酒が注がれ、別盃(べっぱい)式がおこなわれた。鈴木たち残るものは、そのようすを見守るのである。

この時、特攻隊整列の号令がかかる直前、出撃する石田という少尉が、なにかを白いマフラーの間からつまみ出した。

虱(しらみ)である。そこで石田は、意外な行動に出た。

その虱を石田は、見送りの戦友の首筋に落としたのである。そして、にっこりしてこう言った。

「連れていくのも可哀想だから、面倒を見てやってくれよ」

戦友もまた笑った。

「ああ。いいよ」

と。鈴木は、きりっとした顔から白い歯をのぞかせた。この時の石田の優しい表情を忘れられない。

「みんな出発する日はにこにこしながら、行きましたね。もう、すっきりしてるんです。今生への心残りというか、そういう思いを断ち切っているんですね。こっちも、よし頑張れ、俺たちもあとから行くから、と見送るわけです。石田も、じゃあ、征くぞ、って敬礼すると、そのまま出撃していきました」

哀しい別れの中に、土壇場でも発揮される人間の優しさとユーモアがそこにはあった。

土浦航空隊以来の仲間、慶応出身の島(しま)に、出撃命令が来たのは、四月三日のことだった。島は、〝上陸〟の時、いつも一緒だった。常に鈴木と行動を共にし、さまざまなことを話し合った仲だった。鈴木は翌朝に島が出撃するという前夜、粛然と訣別(けつべつ)の酒を飲んだ。

「悲しんではいけない。親友の出陣を祝ってやらなければならない」

そう心に決めての酒だったのに、鈴木は、涙が溢(あふ)れて溢れて止めることができなかった。淡々と酒を飲む親友の潔い姿を見て、鈴木には余計、悲しみがこみ上げてきた。

「貴様には感謝している」

島は、いよいよ出撃の時、鈴木にそう言った。胸には、誰かが贈ったのか、きれいに咲いた桜の一枝が挿(さ)されていた。島は、その桜を鈴木たちの方に振りながら離陸していった。ゆく春を惜しむように、宇佐は、まだ桜が満開だった。

当時、鈴木がつけていた昭和二十年四月七日付の日記には、こんな記述が残っている。

〈宇佐(うさ)八幡(はちまん)護皇(ごこう)隊(たい)出撃。

情勢はかくなった。

戰友は笑って壮途(そうと)についた。再び還(かえ)らざる聖なる旅に立ったのだ。感無量。

櫻三首。

同じ花　今日は勇士の　胸に咲き
はからずも　勇姿を飾る　櫻かな
背に挿せる　櫻に笑みて　友征きぬ

島征く。土浦以來一年間行を共にした戰友が遂に征った。昨晩壯行と訣別の酒を汲んだ。

悲しくはない、悲しんではならぬ、壯途を祝ってやれと心に言ひ聞かせても　淚の出て來るのをどうしてもとめる事が出來なかった。

吾々は軍人である。命を國家に捧げるを最高の名譽とする軍人である。訣別の淚は生ぬるい娑婆の殘滓かも知れない。しかし惜別の情は矢張り人間の心に淚を誘ふ。

今朝、彼は胸に櫻をさして敢然と笑ひながら征った。今日の自らは既に彼の壯途を心から祝ふ準備が出來てゐた。

貴樣に感謝してゐると一言殘して彼は機上の人となった。彼は櫻を力一杯振りながら離陸していった。

さよならと思ふ心に勇ましさ、雄々しさ、崇高さを喜ぶ心を宿して訣別の帽を振った。島は生きてゐる。今も彼の鼻にかかった歌聲が耳の底に響いてゐる。

送る身の　亂る心に　君振りし
　　櫻の咲きて　思い暖む〉

壊滅した基地

鈴木英夫は大正十一年一月四日、静岡県御殿場に男七人、女二人の九人きょうだいの末っ子として生まれた。実家は老舗旅館で、鈴木は小さい時から裕福に育てられた。沼津中学から東京商大予科に進んだ鈴木はボート部に所属し、青春を謳歌していた。

だが、暗転する戦況に、昭和十八年九月、政府は大学、高専の文科系学生に対する徴兵猶予を停止すると閣議決定し、学生たちが戦場へ向かうことが確実となった。十月二十一日、雨の降りしきる神宮外苑競技場で、出陣学徒壮行会が行われた。制服に制帽、そしてゲートル姿で三八式歩兵銃を担いだ鈴木たちは、それぞれの校旗を先頭に競技場を行進した。

十二月十日、鈴木は広島の大竹海兵団に入団した。予備学生登用試験に合格するまでは、二等水兵である。ジョンベラと称される水兵服を支給され、二か月後には、その登用試験が始まった。合格すれば、やがて少尉任官が約束されるので、鈴木たちは真剣だった。そして、同時に飛行機操縦適性検査が行われた。予備学生登用試験に合格し、飛行機適性も「A」と判定された鈴木は、希望通り、航空隊配属が決められた。

昭和十九年一月末から土浦海軍航空隊で厳しい基礎訓練が始まり、〝海軍精神注入棒〟による制裁や殴打などのしごきに耐え、鈴木は一人前の海軍軍人になるべくわが身を鍛えに鍛えていた。

「私たちには、せめて親兄弟、愛する人々を守るために、自分が死ぬのは仕方がないという思いがありました。これは、この時代に生まれた自分の運命だと思っていました。それが、祖国愛だというなら、それは非常に切羽詰まったものだったと思います」

土浦で四か月にわたってしごかれた鈴木は、五月二十七日、今度は鹿児島の出水海軍航空隊に着任し、中間練習機と称する複葉のいわゆる〝赤トンボ〟で、飛行訓練に入った。

戦局は悪化の一途を辿り、飛行搭乗員養成の時間的余裕はなかった。鈴木たちは一日も早く、「一人前の搭乗員」になるよう求められていたのである。

七月十九日に、サイパン玉砕の報を聞いた。その翌々日の七月二十一日、東條英機内閣が総辞職する。学徒出陣の壮行会で直接、東條の演説を聞いてから、わずか九か月しか経っていない。鈴木たちに衝撃が走ったのは当然だった。

出水での飛行教程が進み、編隊や特殊飛行、あるいは計器飛行などを終え、昭和十九年九月二十七日、鈴木は終業式を迎え、大分県の宇佐海軍航空隊に移った。

鈴木はここで艦上攻撃機、いわゆる雷撃をする艦攻隊員として実用機に搭乗することになる。鈴木が劇的、かつ衝撃的でさえあったさまざまな出来事にぶつかるのは、この宇佐空でのことである。

鈴木たちが九七式艦上攻撃機で訓練を繰り返していた時期、日米の戦力の差はますます広がっていた。十月下旬からは、フィリピンでの攻防で神風特別攻撃も始まり、「一機一艦」を合言葉に、自らの命をかけた肉弾攻撃が展開された。

特攻は、いうまでもなく一度の出撃で命を失う「必死」の戦法である。そのためいくら特攻要員を養成しても、数が不足した。損耗に損耗を重ねる、あるいは、人を人とも思わない上層部の方針は、多くの若者を死に追いやった。

九七式艦攻での訓練が激しさを増し、鈴木たちの操縦の練度が上がってきた途端、さっそく軍の指導部は、鈴木たちを特攻要員として志願させたのである。

それは、志願の形式をとりながら、事実上の「強制」だった。拒否できる雰囲気などこにもなかった。

昭和二十年四月初め、帝国海軍は、沖縄への特攻作戦「菊水作戦」を発動させ、その供給基地となった宇佐空は、連日のように特攻隊員を送りだしていた。

「次は俺の番だ」

親友たちの出撃を見送っていた鈴木は、そう肝に銘じた。


だが、鈴木にその特攻出撃命令が下りる前に事態は急変した。

昭和二十年四月二十一日、それはいつものように抜けるような真っ青な空がどこまでも広がる爽（さわ）やかな朝だった。

朝八時過ぎ、朝食を終えた鈴木は、海軍が接収していた近くの女学校校舎に向かっていた。基地の裏門を出て何分も歩かない場所にその校舎はある。

隊門近くの車庫では、二十人ほどの予科練の面々が、集まって朝食の弁当を食べていた。通り過ぎる鈴木に気がつくと、彼らは起立して敬礼をした。

鈴木が敬礼を返し、門を出て基地の塀に沿って歩いていた時である。

ドドドドドドドドン
いきなり猛烈な爆撃音と衝撃が鈴木を襲った。

（なんだ！）

そう思った時、鈴木の身体は宙を舞っていた。

基地の塀が爆風の直撃をいくらかでも防いでくれたのかもしれない。それでも凄まじい爆風は、鈴木の身体を道路の向こう側の田んぼの中に放り込んでいた。

幸いに、田んぼは道路から一メートルほど低い位置にあった。その高低差が鈴木の命を救った。鈴木の身体の上に、爆風によって吹き飛ばされた土や石、あるいは何かわからないさまざまなものが降り注いできた。だが、奇跡的に鈴木はケガを負わなかった。

「爆風ですっ飛んで、上からダーっと来たやつが、身体の上に落っこちてきたんです。でも、不思議なことにケガはまったくありませんでした。基地の塀がなかったら、当然即死していたと思います。Ｂ29は基地の塀の中だけを爆撃していました。爆撃の正確さに驚かされました。あの時、空襲警報ではなく、警戒警報は出ていました。でも、Ｂ29は高度が高いから、近づいていることに気がつかなかったんです。いきなりの爆撃で基地自体が壊滅しました」

無傷だった鈴木は、基地に戻った。つい数分前に自分に敬礼してくれた予科練の練習生たちが、無惨な姿となっていた。

「もうバラバラでした。全員即死というか、爆弾の直撃を受けて、身体自体がなくなっていました。十センチぐらいずつの肉片になっていたんです。もちろん顔なんかまったくわからない。判別なんて無理です。あたりじゅう、肉だらけですよ。血と肉だけです」

それは、地獄絵というほかなかった。血と肉が焼ける匂いが、鈴木の鼻孔を突いた。鈴木は基地の奥に向かって走った。

敵の正確な爆撃は、完全に宇佐空を壊滅させていた。あちこちに死体が転がっていた。指揮所や兵舎、格納庫など、あらゆる場所が燃えさかっていた。猛火と黒煙があたり一帯を覆う中、負傷者の苦しげな声が鈴木の耳に入ってくる。

「第二指揮所の前まで来た時、親友の一人が〝燃えている〟のが見えました。東京帝大出身の男でね、さっぱりしたいい男で、海軍用語で言う〝ハートナイス〟なやつでした。私が教えた北村喜八(きたむらきはち)の〝いくさきびしきときなれど、恋を女々しと言ふなかれ、きよらな恋は人の子の、熱き思ひの吐息ゆゑ〟という詩が大好きで、それをよく口ずさんでいた男でした。ついさっき別れたそいつが、腹を割かれて、めらめらと指揮所の前で燃えていました。名前を呼んでも反応はなかった。もう、はらわたが出てね、そこに火が移って、青い炎を出していたんです。それがぶくぶくと音を出しながら、ずっと燃えていました。もちろんすでに息はないけれど、凄惨な光景でした」

防空壕前で股を抉られ、倒れている別の戦友も発見した。慶応大学出身の彼は、一人っ子だった。そのため、母親が宇佐空の近くに下宿して、息子が外出の日に会うのを楽しみにしていた。〝上陸〟のたびに彼はいつも母親と会っていた。

まだ息のあった彼は、すぐに運ばれていった。

基地内の建物はほとんど破壊されており、隊の近くを流れる駅館川のほとりの洞窟へと運ぶしかなかった。だが、彼の命は長くなかった。

「手術を……手術を……」

時々、意識の戻る彼は、苦しい息の中でそう呻いていた。

だが、できることは何もなかった。施す術もなく、ただ見守るだけの鈴木たちの目の前で、戦友は息を引き取った。

「どうやってこのことを母親に伝えればいいんだ……」

真っ先に鈴木の頭に浮かんだのは、そのことだった。この時、一瞬の爆撃で宇佐空では、三百人を越える死者が出ていた。鈴木と同じ海軍予備学生十四期の仲間からも十一名の犠牲者が出た。

戦友の遺体を焼く作業は、つらいものだった。時折、敵機が落とした時限爆弾がドーンドーンと爆発する音を聞きながら、鈴木たちはこの哀しい作業に没頭した。

「爆撃で兵舎などがみんなぐちゃぐちゃになっていますからね。それらの焼け残った木を集めて、遺体が焼けるように組んだんですよ。その上に遺体を乗っけて、焼きました。河原でずーっと焼いたんです。ずーっとですよ。五体満足の遺体はまだいい方です。ばらばらになった遺体が多かったですね」

集団火葬によって何十本もの煙が立ちのぼっていた。駅館川のその無情な光景は、どれほど時が経とうが記憶から遠のくことはない。宇佐空〝壊滅〟――それは、あまりに突然の出来事だった。

このB29の急襲は、鈴木の運命を変えた。

特攻出撃を待っていた鈴木だが、その出撃そのものができなくなってしまったのだ。

上官や仲間がやられてしまっただけではない。特攻出撃するはずの飛行機が失われてしまったのである。特攻要員を選抜し、命令を下す側の司令部も致命的な打撃を受けていた。あらゆる機能が、宇佐空から失われていた。

鈴木の特攻出撃は、こうして不可能になった。

駅館川のほとりにある洞窟に寝泊まりしながら、あと始末をつづけていた鈴木に転勤命令が下ったのは、昭和二十年五月八日のことである。

転勤先は、茨城県の百里原（ひゃくりがはら）海軍航空隊（百里空）である。

「五月八日に転勤命令を受け、私は五月十一日に宇佐を出発しました。赴任する途中に一泊だけ家に立ち寄ることが許されましてね、それで五月十三日に久しぶりに御殿場の実家に帰ったんです」

突然の息子の帰省に家族は仰天し、喜んだ。父や母をはじめ、きょうだい、親戚（しんせき）が急遽（きゅうきょ）集まった。温かい家族に囲まれ、鈴木は酒を呑（の）んだ。もはや戦況がいかんともしがたいところに来ていることは、国民誰もが承知している。最前線で兵士として戦う息子が、二度と家の敷居を跨（また）ぐことができるとは、誰も考えていなかったに違いない。

「戦後、生き残って復員してきた私に、おふくろがこの時のことを話しました。〝あの時のお前は人間の顔をしていなかった〟って。死相が出たお化けのような顔だったよ、と。やっぱり、宇佐空で経験して来たことは、それだけすごいものだということだったんでしょうか。よほどの思い詰めた顔をしていたんでしょうね」

この時、兄が鈴木の耳元で小さく囁（ささや）いた。

「若い男と女とは惹（ひ）き合うものだ」

そのしみじみとした言い方に、鈴木は兄の温かい気持ちがよくわかった。鈴木は、一つ違いの従妹とは幼馴染みの仲良しだった。お互いの気持ちはよくわかっていた。彼女は、はるばる宇佐空へも鈴木の母と一緒に面会に来てくれたほどだった。

兄は、その彼女のことを言っていた。なんとか二人だけにしてあげたい、皆の前だけでなく、二人だけで話ができる時間をつくってもそれは誰に遠慮することもないぞ、そう兄が言ってくれているような気がした。

しかし、たったひと晩、実家に帰って痛飲する鈴木にそういう時間の余裕はなかった。

幻の特攻兵器「橘花」

百里空では、燃料も乏しく、ほとんどまともな飛行作業もできないまま鈴木は時を過ごしていた。そんな七月のある日、鈴木は分隊長室に呼ばれた。部屋に入ると、分隊長が立ち上がった。

「かねて覚悟はしていると思うが」

そう前置きすると、分隊長は鈴木にこう命令を伝えた。

「このたび貴官の七二四海軍航空隊、橘花部隊への転勤が決まった。ただちに転勤用意をするように」

転勤命令である。橘花部隊——それは、鈴木も聞いたことがない名前だった。

聞けば、この部隊は、全国の航空隊から精鋭隊員を集めて新設される特攻隊で、使用機は、ドイツのメッサーシュミットのノウハウを受けて作った双発のジェット機『橘花』だという。機首に五百キロの爆薬をつめて敵艦に体当たりする特攻兵器であり、日本初の純国産ジェット機でもあった。

桜花が目標地点まで一式陸攻に運んでもらわなければならないのに対し、橘花はジェットエンジンによって離陸し、最高速度六百七十キロで飛行し、そのまま敵艦に突っ込むというものである。名称は、京都御所・紫宸殿(ししんでん)の「左近の桜」「右近の橘(たちばな)」に由来して、橘花と名づけられた。

「別の特攻兵器の桜花というのは、自分で飛んでいくわけじゃなかった。飛行機から落下して、そして、ロケットで飛んで、目の前にある目標物にぶつかるものです。だから、これを運んでいく重爆撃機が必要でした。しかし、橘花は、その運ぶものが必要なかった。橘花は、ジェットエンジンですからね。沖縄に飛んで行くぐらい、わけないものだと聞きました」

すでに日本には、特攻機を掩護(えんご)する航空機もなくなっていた。ガソリンもない。そんな状況で、ジェットエンジンによって自ら飛び立ち、そのまま突入を果たすこの特殊兵器への期待は大きかった。しかし、それは同時に、追い詰められた日本の焦りを象徴するものでもあっただろう。鈴木は七月三十日、青森県の三沢海軍航空隊に着任した。

この時、三沢には、まだ橘花は到着していなかった。いや、正確にはまだ試験飛行さえ終わっていなかった。

昭和二十年八月一日。三沢基地の七二四海軍航空隊の開隊式がおこなわれた。

この時が来ても、鈴木たちにとって、ジェットエンジン、つまりプロペラのない飛行機はどうしても理解ができなかった。

「プロペラがなくて、なぜ飛行機が空を飛べるんだ」

「きっと高性能の小さなプロペラが内蔵されているんだろう」

鈴木たちは、そんな会話を仲間と交わしていた。座学で「噴射推進式エンジン」の説明を聞き、ようやく理解できたような気がした。

この部隊には、鈴木が見たこともないような異様な集団がいた。髪の毛を長く伸ばして特殊服に身を固めた迫力のある兵たちである。

「それが剣部隊です。全国の海軍部隊から柔剣道などの有段者や腕に覚えのあるものばかり集めて、組織された陸戦隊です。なんでも一式陸攻三十機に分乗し、夜間にサイパン、テニアン、グアムなどに強行着陸して、それで、敵をすべて焼き打ちする計画だったそうです。日本を空襲するB29などを、逆にこちらから行って、全部焼き払ってしまおうというわけです。三沢には、姉沼、妹沼という二つ湖がありましてね。そこで、鉄砲を頭の上にあげたまま、立ち泳ぎなどで進んでいく訓練をしていました。髪の毛もざんばらでね。敵の真っ只中へ着陸するから、普通の兵隊とは違った服装をしていました。すごい迫力でしたね」

敵の基地を急襲して敵機を焼き払う。そのために特殊な戦闘集団を組織して、秘かに訓練していたのである。やれることは何でもやる。日本は、そこまで追い詰められていた。

しかし、鈴木たち『橘花部隊』も、この異様な戦闘集団『剣部隊』も、ついに出番はなかった。彼らが出撃する前に、戦争自体が終わってしまったのである。

昭和二十年八月十五日、日本はポツダム宣言を受け入れて降伏した。

「戦争がもう少し延びれば、当然、私たちは橘花に乗って出撃していたでしょうね。できた順に行く、と言われていたので、九月が来たら、次々と行っていたと思いますね。橘花は結局、幻に終わってしまいました」

学生生活を突然切り上げての海軍での約二年間の生活。それは鈴木たちにとって忘れることのできない壮絶なドラマの連続だった。生き延びた鈴木は、基地で飛行機のプロペラを外す作業をしている時、「生きている」ということが不思議な、あるいは、そのこと自体に馴染めないような奇妙な違和感を感じていた。

八月二十九日、少尉の襟章を外して二本筋の戦闘帽をかぶった鈴木は、荷物を背負って復員していった。御殿場の実家より先に従妹の家を訪ねた。

彼女はいない。代わりに姉が出て来た。復員して来た鈴木の姿を見た姉は、

「まあっ、英夫さん」

そう言ったまま絶句した。その瞬間、鈴木はすべてを悟った。

「終戦の一、二か月前に、彼女は嫁いでいたんです。最後に実家に寄った時、私は、特攻隊が決まっちゃっていますからね。つまり生きて帰ってくることはなかったわけです。しかし、向こうはもう年頃になってきているし、こっちは戦争で死ぬことが決まっている。それで、あとで聞いたんですが、うちのおふくろが、〝英夫のことをおあきらめさない〟という手紙を出したそうです。向こうの両親にも、ね。それで、彼女は終戦のひと月か、ふた月前に結婚しているんですよ。僕はそれを知らなくて、戦争が終わって、実家より先に、まっすぐ彼女のうちに行ったんですよ、そうしたら、

お姉さんが出てきてね。その時、あっ、もう行ったんだな、ってわかりました」

その日の日記には、

〈故郷に帰るも、大きな感懐なし、すべてを失った祖国、自分は死ななかったが、燃えつきてしまったのかも知れぬ、とすると、これからは附録の人生か〉

と、鈴木は記している。

鈴木にとって、あの戦争とは何だったのだろうか。「附録の人生」どころか、戦後、鈴木は亡き戦友たちの無念を胸にがむしゃらに働き続けた。入社した商社『兼松』で社長、会長に昇りつめた鈴木は、今も「日本」のために何かができないかと、考えつづけている。

あの戦争とは何だったのでしょうか、と改めて私が聞くと、鈴木は黙って昭和二十三年に亡き戦友の追悼集（『我等忘レス』限家私定版・岸もと編集発行）に寄せた自分の文章『あの仲間たち』を差し出した。そこには、こう書かれていた。

〈生き残った僕が下手な同情をすれば、君達は冥界から声を大にしてこの様に僕を罵るかも知れないと思はれる。僕が今君達に同情の言葉を投げる事は或ひは卑怯な事であり、君達はこの僕に友情の謀反を感ずるかも知れない。
しかし、それでもいい、幸か不幸か生き残ったこの僕の眼にうつるものは君達のあの優しいお母さん達の淋しい姿なのだ。僕の今筆にのせる言葉は一個の弱い人間として君達のお母さんに対する止むに止まれぬ同情である。（略）
僕達は、重い勲章を一杯胸につけた死刑囚でしかなかった。死刑囚の考へる明日は、永久に陽の上らぬ明日であり、太陽の輝きは、及ばぬ空想の中で光るのみであった。しかしあの暗い毎日を、なんとか自棄に陥らず、互に顔を合せれば微笑みを交はし、口から飛び出すのは冗句であり、軍律といふ厳しい枠の中に、所謂娑婆気の存在を許し合へたのは、なんであらうか、やはりそれは友情であった〉

八十九歳となった鈴木は死んでいった友の笑顔が今も脳裡から離れない。

第八章

二度生還した陸軍特攻隊員の回想

四式重爆撃機・飛龍

陸軍航空兵の誕生

特攻によって若い命を散らしていったのは、海軍の飛行士たちだけではない。陸軍の航空兵たちも、終戦までにおよそ千四百人もの戦死者を出している。

大正十四年九月二日、長崎の浦上(うらかみ)で生まれた前村弘(まえむらひろし)は、陸軍の航空兵として特攻に二度出撃し、二度とも生還した人物だ。三男四女の七人きょうだいの三男である前村は、長崎に落とされた原爆によって家族のうち父と妹の二人を失っている。しかし、アメリカとの激闘の最前線にいた前村本人は、不思議な運命に導かれる形で生き延びた。

長崎は、国際港であると同時に軍港でもある。前村たち長崎の子供たちにとっては、軍艦は身近な存在だった。長崎市内の城山(しろやま)小学校から長崎商業に進んだ前村は、巨大な軍艦を目撃したことがある。戦艦武蔵(むさし)である。

「長崎というところは、軍艦を造ってるところでね。ちょうど私が長崎商業の三年か四年の時、戦艦武蔵が建造されていました。一般市民が利用する交通船というのがありまして、用があって交通船で横を通ると、そこに巨大な金属の簾(すだれ)がかかっているのが見えました。その交通船では、二、三人の警戒隊というか海軍兵が銃を持って、私たちお客を警戒しながら見ていました。二年ぐらいはそういう状態がつづいたんですよ」

その巨大さは、誰もが圧倒されるものだった。武蔵が進水したのは昭和十五年十一月のことだ。

「この時は島の方からくる同級生が、十二時過ぎか一時過ぎまで学校へ来られなかったですねえ。みんなストップさせられたんです。長崎の海は狭いもんだから、造船所から進水すると、必ず舳先をぐるっと変えないと向こう側の岸にぶつかっちゃうんです。だから、『土佐』という軍艦が進水した時は、それに失敗して、対岸に当たっちゃったらしいんだね。武蔵の時は、曳船のロープを使用して舳先を外に向けたらしいですよ」

そんな軍港の町で育った前村は、「海軍」にこそ馴染みが深かったはずである。それが、なぜ陸軍に入隊したのだろうか。

「たしかに海軍が身近だったですね。佐世保の海兵団や、大村海軍航空隊の水泳部の方々の参加を得て年に一回、水泳の競技会があったんですが、一緒に泳ぐと、だいたい私が勝つんですよ。長距離には特に自信があって、全国大会に出場したこともあります。だから、私が勝つと海軍の人に、よく抱っこされて、〝(海軍を)志願しろ〟って言われたもんですよ。それほど海軍は身近でした。それでも、陸軍の方にしたのは、初めての幹部候補生募集で、少しでも早く幹部になれるっていう、実に単純な理由だったと思います」

「陸軍航空特別幹部候補生募集」の広告が目に留まり、これに前村が応募したのは、長崎商業を卒業して上京し、東京・三田にあった住友通信工業という会社に入ってからのことである。前村は方向探知機や対空無線機などの製造にかかわる工程係を担当し、ここで一年半ほど働き、昭和十九年四月に入隊した。

「絶対志願しなければならないという雰囲気はなかったけどね、やっぱり、いつかは徴兵されるというのはありました。私が入社した時の一、二年先輩の人は、召集されてどんどんと兵隊に持っていかれている状況でしたからね。まだ私は十八ですから、十九になったら兵隊にとられると思ってました。それなら志願の方がいいかと思ったんですよ」

軍隊というのは、とにかく一日でも早い方が楽になれるところだ。早くいかないと少年兵扱いが長く続く。そんな時、陸軍が航空兵の特別幹部候補生(通称「特幹」)制度を始めることを知ったのである。

「これは、すぐに偉くなって将校になれるかもしれない。飛行機にも乗れるぞ」

そんな気持ちから前村は、早速これに志願した。

「志願したら、たまたま合格したので、入営する直前、工場長に〝入隊しなきゃならないから会社を辞めます〟と報告しました。そうしたら、怒られましてね。〝軍隊に行くばかりが国のためじゃない。会社で働くのも国のためだ〟と言われました。随分怒られて、〝入営を取り消せ〟とまで言われました。五十四、五歳のやかましい三田の工場長でしたがね。いま思えば、〝死に急ぐな〟ということだったんでしょうね」

入隊する時は、会社の同じ課の人々が、田町の駅前まで見送ってくれた。

「万歳、万歳」

彼らは日の丸の旗を振って、若い前村を励ましてくれたのである。

「いったん長崎に帰らなきゃならなかったからね。長崎でも近所の人が、みな〝万歳、万歳〟をやってくれてね。だから私は二回も見送りを受けたんですよ」

前村は、浜松にあった中部第九十七部隊という航空教育部隊に特幹一期生として入隊した。

「浜松には航空関係の飛行場が三つも四つもありまして、航空通信の部隊や、高射砲部隊もあったし、航空教育隊もあって、その上、戦隊まであったんですよ。今でも自衛隊が使ってる飛行場は、当時、飛行第七戦隊が使っていた飛行場そのままです」

航空兵の養成が急がれていたこの時期、前村たちが学んだ部隊の規模は大きかった。

「九中隊ぐらいありましたから相当の数です。うちの部隊は第三中隊でした。一中隊は九個班から成っており、一班三、四十人くらいいたので、一個中隊は三百人ぐらいだったと思います。それが九中隊ですから、三千人ぐらいの初年兵がいたのではないでしょうか。各班に四、五人古参兵がおりまして、指導してくれました。最初、整備兵としての関係の教育を基礎からみっちり受けました。八月に一期の検閲というのがあり、ここでみんなあちこちに転属になっていったんですよ。私は新しく初年兵が入ってくるからその教育を担当してくれと言われて残されました。三人だけでした。なんとか成績はよかったと思いますよ」

だが、特幹二期生に対する「初年兵教育」を命じられた前村は、どうにも退屈でならなかった。搭乗員希望であった自分が、初年兵教育を担当していては自分自身が成長する機会が失われる。十日ほど経った時、前村は兵舎の階段の下で、「空中勤務者募集」というポスターが貼ってあったのに気づいた。空中勤務者とは、すなわち飛行機に乗るということである。

「これだ」

前村は即座に班長に申し入れて応募した。

学科と適性検査の試験を見事に突破して、前村は浜松を去り、宇都宮陸軍飛行学校に移った。一期生は全部で百五十人だった。

余儀なくされた短期間の集中育成

「お前たちは、航法だ」

前村が宇都宮に着いて真っ先に言われたのは、その言葉だった。

「航法って何だ？」

前村は、航法という言葉を聞いたことがなかった。航法とは、海軍でいう「偵察」である。飛行機の位置を割り出し、針路を決める重要な役割を担う。

そもそも、主に陸地を飛ぶ陸軍では、パイロットが地形を見ながら飛行する〝地文航法〟という初歩的な方式がとられていた。だが、戦況の悪化によって海軍との共同作戦が増えたため、大海原の上で、自分の位置と進むべき方角を割り出すナビゲーターの養成が急務となったのだ。

航法がしっかりしなければ、飛行機は目的地に到達することができず、また基地に帰ってくることもできない。責任は、いうまでもなく重大だった。

「あの頃、〝航法〟という言葉が、まだ流布されていなかったし、そもそも、航法を勉強した人間がホントに数少ないんですよ、私は少し色弱があったので、操縦でなく航法にまわされたようです」

　昭和十九年八月から年末までの間、前村は、寝ても覚めても猛勉強と猛訓練に明け暮れた。わずか五か月の短期養成だった。

　前村は必死で勉強した。まだ十九歳である。吸収力は大きかった。

「昭和十九年十月には台湾沖航空戦があったでしょう。そのとき海軍も陸軍も、飛行機が方向を間違えて、燃料がなくなって海の中に落ちたのがずいぶんあったらしいんです。それでなおさら陸軍も航法のできる人間をたくさん作らなきゃいかん、ということになったようです。部隊には、区隊長の少尉さんが四、五人いましてね。班長さんもいました。昼間は飛行訓練、夜は教室で計算の勉強。夜中に叩き起こされ、星の観測だとか、そういうものもやりました。天測航法の勉強です。丸い計算盤というのがあって、逸見式の計算尺を丸くしたやつですけどね。こういうのは、七つ道具で必ず持ち歩いてました。航法は方位を細かく測定して角度を出しながら割り出しますから、大変なんですよ」

十一月の末には、宇都宮から仙台の学校に移動して、そこでも訓練をおこなった。「名取というところに寝泊まりしてね。二週間か三週間、牡鹿半島を目標にした洋上訓練もやりました」

前村は「一人前の航法員」になるための努力を重ねた。十二月末に宇都宮陸軍飛行学校を卒業した前村は、飛行第六十二戦隊への配属を命じられた。

ここは、歴代戦隊長八名のうち半分の四名が戦死するという凄まじい陸軍の飛行戦隊である。同期十名と共に前村は第六十二戦隊のある西筑波陸軍飛行場へと移った。

しかし、到着しても六十二戦隊の面々は、将校一人を除いて誰もいなかった。その将校も、宇都宮で自分たちの二、三か月先輩にあたる人だった。要するに真の六十二戦隊は、西筑波には「誰もいなかった」のである。

この時、六十二戦隊は、まだフィリピンから台湾経由で帰還途上だった。

「一月の末になって、やっとちらほらと帰ってきました。でも、だいぶ敵にやられていて、人数は少なかったですね。空中勤務者だけが帰って来て、整備兵の大部分は置いてけぼりだったそうです。その置いてけぼりになった連中は、大部分がフィリピンで戦死しているわけです。整備でも帰ってこれたのは、ベテランの人たちですかね。それも、乗って帰って来る途中で、台湾から鹿児島の方に戻るところで、グラマンにやられたのもいるし、それを避けて上海の方に行って、上海からこっちに帰るところで、やられた人もいました。中隊長なんかは、グラマンに攻撃され、背中に火傷(やけど)して帰ってきました」

前線で消耗を重ねた六十二戦隊は、まさに気息奄々(えんえん)の状態だったのである。

だが、昭和二十年一月末から二月にかけて、ようやく四式重爆撃機が配備され始め、前村たちの飛行訓練が正式に始まった。四式重爆撃機とは、日本陸軍が開発し、太平洋戦争終盤に実戦投入された双発の重爆撃機である。通称「飛龍」だ。飛行性能に優れ、航続距離も長かったため、重点生産機種となり、陸軍機でありながら、雷撃も可能という特殊性を持っていた。それまで戦隊の主力となっていた一〇〇式重爆撃機「呑龍(どんりゅう)」に比べ、格段の性能差があった。

「これが、二、三機ずつ補充されてきて、やっと訓練ができるようになりました。空中勤務の兵隊も、新しくぞろぞろやって来ましてね。特幹一期の仲間も十五人ほど入ってきたし、二期生も入ってきました。それから、特別操縦見習士官も多数赴任し、少年飛行兵の十五期の面々も集まり、戦隊としての陣容が揃ってきました。二月になると飛龍も二十機ぐらいになりました。操縦士たちも単独飛行ができるようになり、三月には、ようやく戦力として力強くなってきました」

フィリピンでの激戦が続き、米軍は硫黄島に上陸し、日本守備隊との間で死闘を繰り広げていた。あとに続く前村たちに時間の余裕はなかった。

「大分海軍航空隊に前進する」

前村たちがそう告げられたのは、まだ三月上旬のことだ。

「三月十日頃、飛行機を八機か十機、大分に持っていきました。大分の別府湾に浮かんでる航空母艦めがけて〝跳飛弾攻撃〟の訓練をやりました。海面すれすれの高さで目標の艦に近づいて爆弾を水面にバーンとぶつけて、石の水切りの要領で、舷側にぶつけるというやつです。一週間いて、最後の日に、航空母艦に朝から乗りました。航空母艦で海軍の食事をご馳走になりましたよ。夕方四時ごろになるとね、別府湾のはるか向こうから海軍の飛行機数機が飛んできて、空母めがけて雷撃の訓練で魚雷を発射するんです。航空母艦もよくしたもんで、あんなでかい図体して、うまく魚雷をよけてましたね。立場を変えて、攻撃を受ける側になって見学したんですよ」

米軍は、すぐそこまで迫っていた。搭乗員たちの練成期間は極めて短かった。航法を実際に試してみることも、ほとんどない。敢えていえば、出張する時に、〝現在位置、北緯何度何分、東経何度何分〟と機長に報告するのが訓練のひとつだった。相次ぐ敗北とそれによる兵の損耗は、そこまで日本軍を追い詰め、ベテラン搭乗員を枯渇させていたのである。

九州方面への三月十八日の米軍の大空襲を、前村は大分海軍航空基地で体験している。

「私ども六十二戦隊の者は、講堂か雨天体操場のような建物の端っこの方に布団を敷いて、皆そこで寝泊まりしてたんですよ。中隊長もみんな一緒に寝ていました。整備兵まで入れて、全部で三十人ほどいたと思います。あれは、朝早くでした。急に空襲警報のサイレンで飛び起きて、飛行場に走ったんですよ。飛行機を掩体壕に入れないといけませんから。でも、間に合わなかった。ババババーって機銃掃射され、次々と爆撃されて自分たちの飛行機のところまで行けないんです。うちの飛行機は八機ぐらいあったんですけど、半分がやられました。飛行場の端っこの草むらに中隊長も一緒に逃げ込みましたが、爆撃の後に石ころがばらばらと頭に落っこちてきてね。ケガしなかったからよかったものの、〝これが戦争っていうものかあ〟と思いましたよ。初めての爆撃でしたからね」

この時、六十二戦隊に着任して間もない新海希典戦隊長が、空襲の最中、軍刀を持って、敵の戦闘機の行動を立ったまま見据えていた。

「泰然自若としていました。この方は、大変有名な戦隊長で、サイパン爆撃でも相当功績があった人です。サイパン爆撃に三回行って軍功を挙げ、この直前に天皇陛下に単独拝謁（はいえつ）を仰せつかっている方です。腹の据わった戦隊長でした」

爆撃で宿舎も丸焼けとなり、前村の私物もすべて焼失した。その夜は、飛行場近くの寺に身を寄せ、中隊長はじめ七、八人が寺からもらったおにぎりで空腹をまぎらわせた。

突然の特攻指名

翌早朝、爆撃で穴だらけになった飛行場を飛び立ち、前村たちはなんとか筑波に帰還する。まだ朝八時半か九時頃のことである。ようやく生還した前村は、到着した安心感からか睡魔に襲われた。

「前夜は寝てないですからね。それで、うとうととしていたら、いきなり、〝空中勤務者集合！〟という号令がかかったんです」

飛び起きた前村は、飛行場のピストに走っていった。ピストとは、飛行場の端にテントなどを張り、木造の物置みたいなものを併設した、いわゆる「本部」である。

集合をかけた側には、新海戦隊長以下、中隊長を含め、大尉・中尉クラスの幹部が

六、七人いた。
「なんだ。これは只事ではない」

前村の胸に不安が広がった。ピストには黒板が四つ置かれ、そこには、敵の艦隊が北上しつつあり、これに対して四式重爆撃機三機が出撃することが書かれていた。だが、前村の目に飛び込んできたのは、その次にあった一行である。

「攻撃ハ特攻トス」

そう書かれていたのである。それは特別な響きを持っていた。黒板から四、五メートルぐらいのところでその文言に気づいた前村は、次の瞬間、出撃する隊員の中に自分の名前があることを発見する。

「えっ？」

そこには、チョークで「前村弘」と、たしかに書かれていた。一瞬、前村は「まさか」と思った。

もちろん軍人である以上、そして飛行機乗りである上は、「いつ命令があるかもしれん」という覚悟はしていた。事実、「とうとう来たか」という思いと、「頑張るぞ」という武者震いがしたのもたしかである。

しかし、自分は今朝、大分の海軍基地からこの筑波へ帰り着いたばかりだ。昨日の空襲の始末で夜も寝ておらず、満足な食事もできないまま、やっと帰還したのである。

そんな疲労困憊の自分をなぜ指名するのか。ほかにも、特攻の候補者はいろいろいるではないか。頭の中をそんな思いが駆け巡ったのだ。

「あとで知りましたが、新海戦隊長は前日の米軍の爆撃の最中に大本営の命令によって東京に帰って来たんだそうです。新海戦隊長が大分から帰る飛行機を操縦したのは淀川という曹長です。東京へ、ということで小型機を操縦したんだけれども、東京ではなかなか着陸するところがなく、やむなく代々木の練兵場に着陸した。そこから新海戦隊長は大本営に出向き、そこで〝六十二戦隊の中から特攻を出せ〟という命令を受けたそうです。掩護もないまま、出撃しても成算はない、と新海戦隊長は命令に抵抗し、どうしても出せと言うんなら、〝自分自身も行く〟と言って頑張ったようです」

抵抗もむなしく、筑波に戻った新海戦隊長は、自分の考えや意思とはまるで違う「特攻出撃命令」を部下に下さざるを得なかったのである。

「前村、初陣だぞ！　いずれ、われわれも後を追う。先陣を切って立派にやって来い！」

航法担当の先任教官である見習い士官が、前村に近づき、そう言った。そしてこうつけ加えた。

「今回、三浦中尉が隊長で出撃することになった。航法員として、お前は何度か中尉と同乗している。呼吸の合った者がよいということで、行ってもらうことになったんだ」

それは、やや言い訳的なニュアンスを含んでいた。

「やっぱり残る人には、ちょっとうしろめたい思いはあると思いますね。その言葉に釈明的な感じがしたのを覚えています。僕を選んだ理由をわざわざ言ってきたわけですからね。たしかに僕は三浦さんと大分まで行くのに一緒に飛んだんですよ。僕の航法で飛んで、三浦さんは、うまくいった、と喜んでくれたことはあるんです」

航法先任将校だったある少尉からは、

「前村、生きて帰って来れるのだから、心配なく立派に頑張って来い」

そんな声もかけられた。

「命令に〝攻撃ハ特攻トス〟とはっきり書いてあるのに、生きて帰って来れるなどというのはおかしな話ですよね。私には慰めにしか聞こえなかったです。みんな私の初陣が特攻だということで、同情していたのだと思いますが、ならば、なぜ選んだんだ、という気もしました」

その少尉が航法機材を新しく前村に揃えてくれた。分度器や海図、それに長い尺など、新しいものをみんな用意してくれたのである。鉛筆もきれいに削ってあった。

「少尉は航法の主任でしたが、飛行機にあまり乗ったことがない人でした。私に対して、申し訳ないなあ、という気持ちの表われですよね。それはよくわかりました。命令を受けて私がいろいろやってる最中に、新しい航法機材をもう持ってきてくれていたんですからね」

大分から帰ったばかりで、まだ疲労がとれていない前村には、それから出撃までの数時間は夢を見ているかのように過ぎ去った。

「遺書を書け、と言われて、いったん兵舎に帰って遺書を書き、爪を切って、遺髪を揃えたりしましたよ。遺髪と言っても、髪の毛が短いからね。髪の毛、つまり短いゴマみたいなものを取ったんです」

遺書は、大学ノートの最後のページに両親に対して万年筆で書いた。

「これまでの親不孝をお許しください。私は立派に国のために散っていきます。これが唯一の親孝行と思ってほめてください。私の分までできるだけ長生きしてくださるようお願いします」

前村には、それだけ書くのが精一杯だった。遺書と遺髪は歳もあまり違わない見習い士官に託した。ピストに戻ると、建物の中にお酒とご馳走が用意されていた。出撃は午後三時過ぎだ。まだ時間の余裕があった。

「ご馳走がいっぱい出てたけどね、胸がいっぱいで何も食えなかったですよ。鯛の塩焼きとか最高の蒲鉾も並んでいたと思います。私なんかはとても見たことのない料理でした。出撃前のお祝いだと言わんばかりのね。恩賜の煙草もくれました。僕はもともと飲めないから、酒に手を出さないしね。酒を飲んでいるのは、出撃しない人たちですよ。行く人は誰も飲んでなかったなあ。その場には、新海戦隊長もいたし、全部で二十人ぐらいはいたんじゃないでしょうか」

決死の出撃

前村は出撃のために飛行機に乗り込む時、「足」が大地から離れた瞬間の感覚が忘れられない。

「これで俺は二度とこの大地を踏むことはできない」

まだ十九歳の前村に、そんな思いが突然こみ上げたのだ。「生」をあきらめなければならないというのは、いくら死を覚悟した人間でも、独特の感傷をもたらすものである。

「大地というものの力強さと、飛行機という宙に浮いてるものの差がありますからね。やはり、もう大地を踏むことができなくなるというので、感傷的になったんじゃないですかねえ。土地には温かみというか、土のぬくみがありますよね。それまで、ずっと大地を踏みしめて生きてきてたからね、その大地を二度と踏めないと思うと、心がいっぱいになりました。この世への未練というものは、私自身にはあまりなかったと思ってるけどね。そこまで〝死にたくない〟と切実には思ってなかったと思う。敢えて言うと、未練ではなく、悲しさかなあ……」

それは、自らの命に対する哀切の情だったに違いない。

三月十九日午後三時四十分。前村ら一番機を先頭に三機編隊は離陸した。飛行帽を振りながら、基地の全員が彼らを見送った。そして、三機のうしろには、戦果確認機として、新海戦隊長が乗り込んだ重爆撃機がついてきた。

「われわれ三機を出撃させて、新海戦隊長本人が、戦果確認でついてこられたんですよ。前日に大本営で特攻に反対し、〝ならば特攻に俺も出る〟と言って止められていますから、特攻ではなく、戦果確認という名目で新海戦隊長は出撃し、編隊を組んだんです。われわれの戦果を確認したあと、本人も突っ込むつもりで、体当たりのための二百五十キロ爆弾を積んでいたという話をのちに聞いたことがあります」

それは、無謀な作戦を指示する大本営に対する新海独特の抗議でもあっただろう。

西筑波陸軍飛行場を離陸した飛龍は針路を伊豆半島方面にとった。

標的は、浜松の南方、およそ百五十キロ地点にいる敵機動部隊である。偵察隊によって、その存在が確認されていた。

一番機の航法を担当する前村の責任は重大だった。もし、敵がいる目標地点に到達しなければ、それは航法員たる前村の全責任となる。

緊張感の中で、前村の作業はつづいた。下田付近を通過する頃、高度七千の水平飛行を保ち、機内は機長の指示で酸素マスクを全員が装着し、静寂に包まれていた。

伊豆諸島の三宅島、御蔵島(みくらじま)を左下に見て、浜松沖百五十キロの地点を目指して前村は変針した。小さな島・銭洲(ぜにす)が右下に白波の中にはっきりと見てとれた。

「洋上に出ると、白波を計って位置と方向を測定するんですよ。波頭をつかんでポイントにして測定する。そして次の波頭も測って、二つで計測するのです。七千メートルの高さになったら、そこには四十メートル、五十メートルという強い風がいつも吹いていますからね。それを計算して偏流測定をしなければなりませんでした。初めての特攻で、しかも長距離の航法です。間違ってはいけないと必死でした」

前村は、目標地点到達時間は〝十八時〟と計算した。操縦士が安心して操縦できるように正確な情報を常に与えるのが航法の仕事だ。

前村は、機長で操縦士の三浦忠雄(ただお)中尉に連絡した。

「予定到着時刻は、一八〇〇」

前村は、自分の役割が終わりつつあることを感じていた。航法は、目的地まで正確に機を誘導することが務めだ。迷うことなく、その目的地近くまで飛んできていることは間違いなかった。

飛龍の前部は、ガラス張りである。そこには銃座があり、十二・七ミリ機銃が備えられていた。航法員は、機の先端部分にいる。目的地に着きさえすれば、その航法員も用がなくなる。そのため多くの場合が、この十二・七ミリ機銃などを担当した。

「航法席には爆撃照準眼鏡で位置や方向を測定するために丸い椅子があったんですよ。この椅子はぐるーっと廻(まわ)してどかし、片付けられるようになっているんです。私は、丸椅子をどかして機銃のところに行きました。自分の航法の役割は終わったと思いました。あとは突っ込むときに機銃を撃てばいい、と。特攻で突っ込む時、ただ航法の席に座ったまま死ぬというのは私は嫌だったんですよ。出撃する前から、体当たりする時には腹這(はらば)いになって、機銃をバリバリ撃ちながら死にたいと思ってました。最後は、機銃を引きっぱなしで死ぬ、とね。みんなそうじゃないですか。座って死にたくない、頭っから突っ込んで死にたい、って。前向きで頭から死にたかったんです。特に、私は水泳選手だったから、よけい頭から飛び込みたかった。そう決めてたんです」

しかし、目的地まであと十五分というところで、天候が急変した。天候の悪化は、あっという間に前村たちの視界を封じた。土砂降りだった。海面さえ雲にさえぎられ、まったく見えなくなったのである。そんな中、前村たちの機は、目的の海域に着いていた。

「目標地点到着！」

前村は機長にそう報告した。前村の胸に無事、目標地点まで機を誘導できた満足感が広がっていた。機長から、

「よし！」

という声が上がった。

「これから降下する！　各人、索敵（さくてき）を怠るな」

機長の命令が下った。

敵機の急襲

ここは敵機動部隊の真上かもしれない。視界がまったくきかない状態とはいえ、おそらく近くに米軍がいるだろう。

高度七千メートルからの降下である。前村には、それが「G（重力）が大きく、きつい降下だった」という記憶がある。

腹這いになって機銃を構え、突入の準備を整えた前村にさまざまな思いがよぎった。両親の顔、田舎の風景、兄弟、姉妹……次から次へと、前村の短かった人生に登場してきた人々の顔が浮かんできた。昨日の大分海軍基地での敵の空襲に始まり、あまりに慌ただしい人生最後の二日間だった。

「ずーっと降下してるから、五分以上はあったでしょうね。人間って、目標物が見えないと、いろんなことが頭に浮かんできますよね。一番先は、やっぱりおふくろの顔ですかね。家族の顔、それに田舎の風景も浮かんできた。わが家は、長崎の一番はずれの方だから、民家が少なくて小高い丘があってね。家はあんまりなくてポツンポツンという感じでした。田んぼがあって畑があって……そんな景色が浮かんで来ましてね」

これは、この世への未練に違いない——そう思った前村は、そんな感傷的な気分を必死で打ち消そうとした。

「もっと落ち着かなきゃダメだぞ！」

敵機や敵艦隊の状況を見なきゃいかんのに、田舎の景色が浮かんでくるようじゃ駄目だ。そう思ったのである。

「なにか腹に入れれば落ち着くだろう」

そう考えた前村は、あらかじめ持ち込んでいた乾パンやチョコレート、落雁などの航空食を食べることにした。腹這いになったまま、これらを片っぱしから口の中に放り込んでいったのである。

たしかに、これから体当たりするのだから航空食を残しておいても無駄なだけだ。だが、横から見れば、それは異様な光景だったに違いない。これから死ぬ人間が、ぱくぱくと物を頬張っているのだ。死を目前にした人間の不思議な行動のひとつである。

こうして前村は、敵が姿を現わせばいつでも機銃を撃ちまくる準備を改めて整えた。

その時、後方の機関砲が、バリバリバリバリと音を立て始めた。二十ミリ機関砲が凄まじい火を噴き始めたのだ。

「敵機来襲！」

音が響き始めるのと機長が叫んだのは、ほぼ同時だった。自分たちを追い越した黒い影のようなものが二つ、前村の左前方で凄まじい勢いで交差した。グラマンか、いや、シコルスキーかもしれない。

やはり、敵機動部隊がいる。前村には、それがわかった。右後方から、曳光弾(えいこうだん)が激しく飛んできた。うしろに別の敵機もいるようだ。前方に目をこらしている前村の前で、大きく弧を描いて、曳光弾が次々消えていった。こっちの二十ミリ機関砲が間断なく火を噴いていた。

もともと視界不良になってきたところに、暗さが追い打ちをかけていた。夕闇が不気味に前村たちを包みつつあった。機はそれでも凄まじい速度で降下をつづけていた。

機長は強気だった。

「ようし！（下に）機動部隊がいる。もっと突っ込むぞ。みんな注意しろ！」

「はい！」

前村は、いよいよ体当たりを覚悟した。両手で機銃を握りなおし、腹這いになったまま、目を皿にして索敵を続行した。降下する前村たちに、ついに海面が見えた。しかし、視界は三百メートルもないだろう。

「いない。機動部隊の姿が見えない……」

前村は〝見えない敵〟に茫然とした。気がつけば、攻撃してきた敵の戦闘機の姿もなくなっていた。ひょっとしたら、こっちが墜落したと勘違いしたのかもしれない。

前村の乗る飛龍は、高度五百メートルぐらいを必死で旋回していた。だが、敵を発見できない。それどころか、戦果確認機も含め、一緒にやって来た仲間の飛行機も知らない間に見えなくなっていた。

「敵はどこだ。味方はどこへ行ってしまったんだ」

索敵は、つづいた。だが、どこにも敵の姿は見つからなかった。刻々と燃料が消費されていく。そんな索敵が、十五分ほどつづいただろうか。

「見つからん。燃料もない」

機長はそう言うと、

「浜松へ帰るぞ！」

そう言葉を発した。

浜松へ帰る――それは、自分たちが「生きて帰る」ということである。死ぬ直前まで来ながら、それが果たせないまま「生還する」ことを意味している。

その時、パーンという音と共に、機内がパッと明るくなった。

「しまった。高射砲だ！」

腹這いのままの前村は、咄嗟にそう思った。敵の高射砲が命中した、と考えたのである。

その時、機長から声がかかった。機長とはわずか二、三メートルしか離れていないが、会話はすべて伝声管を通じておこなわれる。

「前村！　お前、どこかにケガをしただろう」

機長はそう叫んでいた。だが、前村はケガなどしていない。

「いえ、大丈夫です！」

そう応えると、機長はさらにこう言った。

「いや、どこかにケガをしたはずだ。身体を触ってみろっ」

前村は意味がわからないまま、頭から足の先まで、自分の身体を触ってみた。やはりどこにも異常はない。

「大丈夫ですっ」

前村が叫んだ。

「そうか。それならよかった。十分、気をつけろ」

機長からそんな声が返ってきた。機長は、パーンという音と光に、てっきり機の先端部分にいる「前村がやられた」と思ったのだ。

だが、あとでわかるのだが、この音と光はまったく意外なものだった。機関係として搭乗していた軍曹が、自分でピストルの引き金を引いていたのである。

「敵艦が見えないから、機長が、〝浜松へ帰るぞ〟と言った直後に、音と光が出たんです。その時、軍曹が自分でピストルの引き金を引いたみたいなんですよ。それまで突入する覚悟を決めて必死で敵を探していたわけですよね。それが一転、帰るぞ、となったわけです。その瞬間、軍曹が悔しがって思わず引き金を引いたと思うんですよ。帰る、となった時に張り詰めた気持ちがどうにかなったんじゃないのかと思うんですよ」

それは異常な心理状態の中での出来事だった。

「針路は何度か？」

その時、前村に機長からふたたび声がかかった。

帰るためには、当然、針路を決めなければならない。だが、目標地点に着いて突入態勢を整えて以降、前村は航跡図をつけていない。なにも測定していないのである。

前村は〝現実〟に引き戻された。

（しまった）

心の中でそう思ったものの、遅かった。素早く目標地点から測定すると、おおよそ三五八度の方向になった。念のために二度ほど修正を加えて、

「三五六度！」

と前村は答えた。

「よし！」

機長の声が前村の耳に響いた。羅針盤（コンパス）は、北を〇度、南は一八〇度、東は九〇度、西は二七〇度で表している。三五六度というのは、ほとんど真北に近い方向を意味している。

「帰ることを前提にしてないから、目標地点に着いて以降、私は航法をやっていない。今どこにいるかっていうことに、実は確信が持てなかった。索敵でグルグルグルグルまわってたわけだからね。ただ、ありがたいことに機長は航法のことを知ってたのかどうか、索敵する時に円を描いて探してくれてたなあって、僕は解釈してね。この円の真ん中が自分の位置と仮定して、それで、浜松まで直線を引いて、何度と割り出したんです」

だいたい浜松から百八十度方向に敵がいるということで飛行してきたわけである。それをもとに前村は瞬時に数字を導き出していた。

「雨で星こそ見えてないけど、自分たちが浜松から百八十度の方向にいることに違いはない。それで浜松に線を引けば、方位はわかっているから、だいたい何度かという数字は出るわけなんです。それで偏西風に飛行機が流されるから二度ぐらい誤差を読んで〝三五六度〟って言いました。でも、よく咄嗟だったのに二度も誤差を読んでこの数字を言ったもんだと思うんですよ。われながら感心します」

だが、前村は気が気ではなかった。索敵のために、周辺海域をさんざんまわった末のことである。そうは答えたものの、自信はなかった。もし陸地に辿(たど)りつけなかったら、それは航法担当の自分の責任である。

(頼む。着いてくれ)

前村は祈りつづけた。どのくらい時間が経っただろうか。おそらく一時間以上はかかっていたに違いない。

やがて、前方に薄ぼんやりと陸地らしきものが見えて来た。

前村は地図を広げた。何かキラキラと光るものも見えるようになった。

あれは何だ。前村は必死にその方角を見ていた。暗闇の中、だんだんその光は近づいてきた。その時、前村は気づいた。

(浜名湖(はまな)だ!)

それは、月明かりを反射した浜名湖に違いない。そうだ、浜名湖だ。見事に美しい夜の浜名湖だった。

「浜名湖が見えました！」

機長に告げる前村の声は上ずっていた。

「よーし。浜名湖だな」

機長が確認した声を聞くと、前村の全身から力が抜けた。責任を果たせた——その思いが身体中を覆い、張り詰めた気持ちを前村から奪い去っていた。

浜松飛行場の上空には間もなく着いた。

暗闇の中、誘導灯も見えず、小さな五、六個のライトが点いているだけだった。目をこらすと滑走路付近に小型機が散在している。しかも、穴に突っ込んで急ブレーキをかけたのか、逆立ちになったままの小型機の姿も見えた。

「機長はいきなり着陸しないで、ぱーっと下を見ただけで上昇しました。これを二、三回繰り返して、そのあと着陸したんです。なにしろ八百キロ爆弾を抱えていますからね。慎重の上にも慎重を期したわけです。私は、〝浜松に帰れた〟っていう安心感で言葉もなかったですね。まあ、幸運もあるけれども、自分の役割を果たせたというホッとした思いは、今も忘れきれません」

前村は、肩を貸してもらいながら降りてくる軍曹の姿を見て驚いた。軍曹は、持ち込んだピストルで自分の足の甲を撃ち抜いていたのである。あれが単なるピストルの暴発だったのか、それとも敵に突っ込めなかった悔しさのあまりのことだったのか、真相は今もってわからない。

浜松で一泊した前村たちは、翌朝、筑波に帰還した。だが、四機のうち帰ってきたのは、前村たちだけだった。

やがて、数時間あとに二番機が帰ってきた。ケガ人が二人いて、彼らは病院へ運び込まれた。敵機との交戦の凄まじさを物語っていた。敵機の追及をかわしながら、彼らはかろうじて生き延びたのである。そのお陰で自分たちは助かったのかもしれない。前村はそう思った。

帰還の報告に行った時、中隊長は、

「ご苦労。よく帰ってきた。急いで死ぬばかりが国のためではない。よく休みなさい」

そう声をかけてくれた。その声を聞いて、十九歳の前村には、初めて心の底から「よかった」という安堵の気持ちが湧き起こった。

結局、新海戦隊長を乗せた戦果確認機も帰還しなかった。戦隊長自らが戦果確認機に搭乗していくというのは例のないことだった。戦隊長は、もともと「特攻」を覚悟して出発したものだと思われる。前村たちは、戦隊長の凄まじい闘志と使命感を思わずにはいられなかった。

またしても戦隊長の死

次の戦隊長である沢登（さわのぼり）正三少佐が来たのは、三月末のことだった。

四月のある日、ふたたび「空中勤務者集合」がかかった。集合した総員に対して、戦隊長に就任して間もない沢登がこう訓示した。

「うちの部隊は、すべて特攻に指定された。これから沖縄戦に向かって大刀洗（たちあらい）基地に前進する」

大刀洗基地とは、福岡県三井郡にあった陸軍の航空戦力の一大拠点である。抜群の立地を生かして陸軍の数々の航空施策の中心となった。だが、この時期、米軍の相次ぐ空襲を受け、壊滅的な打撃を受けていた。

六十二戦隊は、敢（あ）えてそこへ向かうことを命令されたのである。

前村は「すべて特攻に指定された」という戦隊長の言葉を聞いても、何も動じなかった。

「不思議なことに、特別に〝嫌だ〟とか、〝張り切った〟とか、そういうものはなくて、落ち着いていたと思います。もう、一度は経験していますからね。また行くのは嫌だなあ、という思いも別に浮かんでこなかったです」

人間、一度覚悟すれば、若くても度胸は据わるものだ。この時、組んだ機長は岡田一郎曹長だった。まだ二十五歳だった。まじめで紳士的な、おとなしい人だった。

岡田曹長の操縦で前村を乗せた飛行機が筑波を飛び立ったのは、昭和二十年四月十二日のことだ。

見送りは盛大だった。六十二戦隊そのものが特攻に指定されて九州へ向かうのである。それは、最後の別れに違いなかった。

飛行場には、婦人会をはじめ、中学生、女学生、あるいは近くの住民も含めて多くの人たちが見送りに駆けつけてくれた。

一番機は、沢登戦隊長を乗せた四式重爆撃機である。その前に、十数機の飛行機が先に上がり、デモンストレーション飛行をやった。飛行場をぐるーっとまわった飛行機から、兵隊が天蓋を開けて手を振ったりした。見上げる人々は、その勇壮さと華やかさに目を輝かせた。

やがて一番機が離陸した。だが、悲劇が起こった。離陸した途端、一番機は失速し、飛行場の端で墜落してしまったのである。

「あっ」

見送りの人たちから声が上がった。墜落の衝撃と爆発でたちまち炎が噴きあがり、ボン、ボンと、不気味な音が響いてきた。

誰もが声を失っていた。だが、次の機が離陸しないわけにはいかない。二番機はただちに出発した。爆音を残して、二番機は無事、離陸していった。

「私は、たしか四番目か五番目の離陸順序でした。一番機が飛行場の端でボンボン燃えている上を飛んで大刀洗基地に向かいました。一番機には、沢登戦隊長をはじめ、十二人が乗っていたと思います。生まれて初めて飛行機に乗るっていう若い人も乗っていました。全員が亡くなりました……」

だが、哀しみに沈んでいることはできなかった。四月十二日に大刀洗基地に着いた前村たちは、もう十五日には、鹿屋基地へと向かった。陸軍も海軍も次々と沖縄特攻をおこなっていた時期である。海軍の航空基地である鹿屋には、陸軍の航空特攻作戦を指揮する第六航空軍の司令部が置かれていた。出撃までの猶予はなかった。

「鹿屋基地に着いた十五日の晩は、どこか兵舎に泊まったと思うんです。三角兵舎みたいなところで、ハンモックじゃなくて、毛布にもぐりこんだような気がします。木が鬱蒼としている小高い丘のようなところでした」

この時、出撃する三機には、いずれも敵艦に命中しさえすれば、凄まじい威力を持つ爆弾が搭載されていた。

前村らが乗るのは、『ト号機』と呼ばれた四式重爆撃機である。爆弾倉と機内に八百キロ爆弾を二発も積みこみ、前方先端には、これに爆発を生じさせるための電気信管がにょきっと突き出していた。あわせて千六百キロの爆弾である。

「当時、八百キロ爆弾は陸軍にはなくて、海軍にしかなかったらしいです。そういう関係で、鹿屋で爆装していったと聞きました」

しかし、その『ト号機』よりも、さらに強烈な威力を持っていたのが、『桜弾』である。

陸軍が戦争末期に投入したこの双発の爆撃機は、姿そのものが異様だった。全体が濃い灰色で、操縦席のうしろ上部が丸く突起し、ここに直径一・五メートルほどの円錐形の爆弾を埋め込んでいた。そのため、外部から見ると背虫のような異様な格好に映った。

その円錐形の爆弾の威力は強烈なものだった。重さは、二・九トンもあり、爆発すれば前方三キロ、後方三百メートルを、ことごとく破壊し尽くすといわれた。

「爆弾といっても、すり鉢みたいな爆弾で、姿は細長いミサイルのようなものじゃなくて丸いもんなんですよ。ヒトラーからの贈り物だとか、液体爆弾だとか、いろいろ言われてました。初めて『桜弾』を見た時は、姿が異様で、ぞおっとしましたよ」

前村は、『桜弾』の印象をそう語る。さすがに、それほどの威力を持つ爆撃機は、味方にとっても恐怖だった。

「鹿屋基地には掩体壕（えんたいごう）が一杯ありました。いつ敵の爆撃でやられるかわかりませんからね。それで、『桜弾』や『ト号機』を山の途中まで運び、掩体壕に入れました。ところが、『桜弾』を海軍の兵舎に向けて停めたもんだから、その兵舎の連中が、〝俺の方の兵舎に向かってるから、向きを変えてくれ〟って、夜の八時頃言ってきました。まだほとんど知られていない特殊な爆撃機なのに、その威力を知っている人がいたので、驚きました」

迫力ある異様な格好は、それだけで見るものを恐れさせる不気味さがあったのである。

落ちていく『桜弾』

翌四月十六日の晩は、意外なことがあった。

「トラックかなんかに乗せられて、料亭に行ったんですよね。今では場所がよくわかんないんだけど、たぶん陸軍の航空隊が専用に使っていたところじゃなかったかと思うんだけどね。一般の色街の中の一軒という感じではなかったね。僕らは、〝食事は外でするんだ〟としか聞いていないから、びっくりしました。案内された宴会場がずいぶん広くてね。明日特攻する三機、つまり一機あたり四人いるから十二人になりますよね。その十二人が広い宴会場の端っこの方から順番に座ってね。お酌を受けました」

それは、航空隊上層部のはからいに違いなかった。十代から二十代前半の若者が、何の楽しみも知らないまま死地に赴くのである。彼らは若過ぎて、誰ひとり妻帯者もいなかった。人生最後の夜をせめて、ということだったのだろう。

「女も知らずに……ということで、上の人が気を利かしたんじゃなかろうか。でも、僕は酒が飲めないから、少しだけ飲んで、もうそこでひっくり返ってしまってぐうぐう寝てたんですよ。そしたら、〝あんたが寝るところはここじゃないよ〟って女性が連れに来たんです。まわりを見たら、誰もいない。酒に弱い僕は広間で一人だけ寝てたんだよね。それで、同じ建物の二階か三階にその女性に連れられてね。女性はそこに住んでいる感じだったなあ。その人が迎えに来てくれたの。まあ、女性を一度も知らないことに残念な気持ちはあったと思います。だけど、それを行動に移すことはなかったですから、初めての経験でね。それを陸軍の上層部がやってくれたんじゃないですかねえ。今になってそう思います」

翌早朝、その女性の部屋で目覚めた前村は、迎えに来たトラックに乗って、飛行場に向かった。離陸まで時間はなかった。

「三機は、三分おきに出ろ。離陸したら、まず超低空で進め」

離陸にあたっての指示はそれだけだった。一番機は加藤幸二郎（こうじろう）中尉の『桜弾』、二番機は前村が乗る岡田曹長操縦の『ト号機』だ。三番機は金子寅吉（とらきち）曹長が操縦するこれまた『ト号機』である。

昭和二十年四月十七日午前七時十八分、前村は鹿屋を飛び立った。二度目の特攻出撃である。

離陸して低空飛行していくと、開聞岳が右手に見えてきた。

違いない。

「これが開聞岳か。なんだか蟻の塔みたいだな」

薩摩富士と呼ばれる開聞岳は富士山と同じく裾野が広がった円錐形の山であるはずなのに、前村にはこれが細い蟻の塔のように見えた。きっと低空から見ていたからに違いない。

天候に問題はない。今日は任務を果たせそうだ。そんなことを考えながら、前村は沖縄に向かった。

彼らはずっと超低空飛行を続けた。高度は、百から百五十メートルである。敵のレーダーに捕捉されないためだった。前村は、奄美大島を過ぎる頃から、機体が何度流されているかを見るための「偏流測定」もおこなった。

無事、奄美大島を過ぎ、徳之島を右手に見た前村たちは、やがて与論島まで到達した。沖縄はもう目と鼻の先だ。喉がからからになるような緊張感が高まってきた。

ばらばらに飛び立った三機は、それまでお互いの姿を見ていない。前村が『桜弾』の加藤機を目撃したのは、徳之島を通過してからだった。自分たちの真っ正面、一キロほど先を加藤機が飛んでいたのである。

自らの航法によって間違いなく指示されたコースを飛んできた自信はあった。だが、実際に、加藤機の姿が見えた時、前村は、胸を撫で下ろした。

自分の航法に誤りがなかったことがわかったからである。

その時、突然、加藤機が左のエンジンからパーッと煙を噴きだした。

言葉を発する暇もなかった。加藤機は火を噴いて左に傾くと、そのまま海の方に高度を落としていった。

（やられた。海に落ちた）

敵艦に命中すれば、凄まじい爆発を生じさせることができる『桜弾』が目の前で墜落していく。これがグラマンの力か。そう思った時、バリバリバリバリという激しい機銃弾の音が迫ってきた。

次の標的は自分たちだ。

グラマンの数はわからない。しかし、いずれにしても身動きのとれない自分たちでは、どうしようもない。

なにしろ、自分たちには、武器がないのだ。

「私たちは機関砲など最初から積んでない。ゼロです。『ト号機』は、機関砲の重みまで爆弾に代えている。ピストルさえ持ってないですよ。武器は何もないんです」

掩護する友軍の戦闘機もないまま、無防備な巨大な爆撃機が沖縄の間近、すなわち与論島まで「やって来れた」ことが幸運だっただろう。

しかし、グラマンは容赦がなかった。左の方から前村たちを激しく銃撃してきた。

パパパパパパン。

こっちの機体に敵の機銃が命中している音がした。撃ちながらすれ違っていった時に敵のパイロットの顔が見えた。

その時、左のエンジンが突然止まった。

「敵の銃撃で片発が止まっちゃったんですよ。エンジンに敵の弾が当たったらしい。うわっと思いましたが、どうしようもありません。機関係も一緒に乗ってるけど、そんな状況ではとても修理はできません」

グラマンの攻撃は執拗だった。自分たちを通り過ぎて、下の方からも撃ってきた。三機はいる。特に、そのうち一機だけが執念深く前村たちを追ってきた。

「操縦士の顔が見えるぐらい近寄ってきましたね。片発が止まると、フラップとかを調節しながら飛ぶんですよ。われわれは丸腰だから、とにかく逃げるしかない。エンジンもやられているし、どんどん低空になってってね。いよいよ海面五十メートルぐらいになったと思います。グラマンは、なおも追ってきました。右の後方からバンバンと撃ってきたんですよ」

その時、操縦桿を握る岡田曹長が叫んだ。

「敵の戦闘機に体当たりするか！」

追って来るグラマンに逆にぶつかるというのである。状況は切迫していた。このままでは撃ち落とされる。伝声管から聞こえて来たこの機長の声に反応したのは、前村だけだった。

「それは、反対です！」

先輩である岡田曹長に前村はそう言い放った。

「もったいない。我々の目標は敵艦ですよっ」

八百キロ爆弾を二つも積みこんだ重爆撃機が、グラマン一機に体当たりをしても仕方がない。そもそも向こうはたった一人しかいないのに、こっちは四人も乗っている。割に合わないのである。いや、すばしこいグラマンに、実際には体当たりができるはずがなかった。

「いったん離脱して出直しましょう！」

「……」

前村のその言葉に、岡田はただ無言だった。

伝声管から何も聞こえなくなった。最初にグラマンと遭遇してから、まだ十分も経っていない。

沖縄の列島のどこかの砂浜に不時着し、捲土重来を期せばいいではないか。前村は、そう思った。無言のまま、大きな砂浜を持つ島を必死で探していた。

その時、ブルンブルンと止まっていたプロペラが廻りはじめた。

機関係の三沢伍長が一生懸命、なにかをいじっていたのは知っている。だが、まさか一度止まったプロペラがまた廻り始めるとは思わなかった。スピードが戻ってきた。

奄美大島が見える場所まで追ってきたグラマンがあきらめたのか、姿が見えなくなった。

「燃料がない。鹿屋へ引き返そう」

岡田は今度はそう言った。すでに燃料は少なく、奄美まで反転してきた自分たちが、ふたたび沖縄に針路をとり、目的を達成するまで飛びまわれるか難しかった。

「燃料を補給してもう一度、出直す。針路は何度か」

岡田は、前村にそう聞いた。

「はいっ」

前村は直ちに航跡図を見て、計算を始めた。

「三七度です。予想到着時間は、十一時二十三分！」

すでに午前十時を過ぎていた。離陸して三時間が経過していた。

「岡田さんが〝燃料がない〟と言った時は、私は何も言わなかったですねえ。岡田さんがそう言ったということは、おそらく（燃料を示す）計器に赤ランプがついていたんでしょう。この時、向きはもう奄美の方向に向いていたからね。また沖縄本島の方に行くっていうことは、できなかったと思う。岡田さんは残りの燃料を使って、鹿屋になんとか帰ってきたんです」

『桜弾』一機と『ト号機』二機の計三機のうち、無事、帰還できたのは前村たちだけだった。結局、金子機もついに帰ってこなかった。あの状況でグラマンの攻撃をかわすのは、到底無理だっただろう。その意味で、前村たちの『ト号機』が帰ってこられたのは、常識では考えられないことだった。

飛行機を降りて機体を見た時、前村はそのことを確信した。

「二センチか三センチぐらいの穴が、左の胴体に二十か三十ぐらい一列にあいてました。ああ、これじゃあ飛べないなあ、と思いましたね。よく落ちなかったもんだと思いました」

鹿屋基地にB29が襲来したのは、その直後のことだ。

機から離れて間もなく、いきなり、ドドドドドーンと強烈な爆撃音がとどろいた。

前村たちは、かろうじて防空壕（ぼうくうごう）へ飛び込んでことなきを得た。

だが、前村たちの『ト号機』は、蜂の巣となっていた。空襲が終わった時、機体には無数の穴があいていたのである。それは、グラマンの追撃を逃れて、ついさっき自分たちの〝命〟を運んで来てくれた愛機の無惨な姿だった。

岡田曹長以下、全員が黙ってその光景を見つめていた。

「よく八百キロ爆弾が爆発しなかったなあと思いましたね。あの時、心の中にはやはり目的を達しえなかったという後悔の念っていうか、そういうのが強かったですね。帰還する時も機内は無言だったし、帰ってきても二、三日は全員無言でした。岡田曹長はおそらく、第六航空軍の参謀から叱られたんじゃないかと思いますね。でも、僕らは階級が下だから、直接やられたことはないですね。たいてい機長がやられますよ。岡田曹長は私たちに何も言いませんでしたが……」

こうして、前村は、またも「命を拾った」のである。

救われた命

前村たちは、大刀洗基地から迎えに来てくれた飛行機に乗って、その日のうちに鹿屋から大刀洗に戻った。

任務を達成できなかったという悔いは、やはり残った。敵艦をついに捕捉できず、しかも大事な『ト号機』まで失ってしまったのである。特に、機長の岡田曹長には、後悔と自責の思いが強かったに違いない。だが、すぐにでも再出撃するつもりでいても、大刀洗には、搭乗する飛行機が残っていなかった。

「各務原基地まで飛行機を受領しに来い」

彼らがやっとそんな命令を受けたのは、大刀洗基地に移ってほぼ一週間が経過した頃である。各務原基地は岐阜にある。受け取る飛行機は、『桜弾』である。

すぐに各務原基地に飛んだ彼らが宿泊したのは、六十二戦隊が常宿として使う信濃屋旅館だった。機長の岡田曹長は、この時が来ても元気がなかった。

「岡田さん、元気がないね」

宿の女将がそう言って心配してくれた。任務を果たせないまま、命を長らえていることに、岡田は何かを感じていたに違いない。

翌日、前村たちは、自分たちがこれから乗ることになる『桜弾』を格納庫で見た。つい一週間前に、自分たちの目の前で海に向かって落ちていった加藤機の姿が思い出された。岡田曹長以下四人は、試験飛行のために全員が乗り込み、ほかに整備員二人も同乗した。機内は薄暗かった。

『桜弾』の操縦席はひとつで、メーター類もほかの飛行機に比べて限られている。機関砲などの武装もまったくない。ただ、操縦席のすぐうしろには、オレンジ色に塗られた直径一・五メートルほどの碗型の爆弾が重々しく備えつけられていた。

機の上部から爆弾の円形部分がはみ出すため、これをベニヤ板で流線型にカバーしてあり、機の先端付近の側面には六個の信管が取りつけてあった。爆弾の後部は爆発作動用の電気配線がしてある。これが、重量二・九トンもある『桜弾』だけが持つ巨大な内部構造である。

前方三キロ、後方三百メートルを破壊し尽くす爆弾という言い方も、あながち大袈裟ではないかもしれない。

テスト飛行のために『桜弾』は、格納庫から滑走路までの数百メートルを移動して行った。草地の上を不気味な迫力を持つこの飛行機が、ゆっくり、ゆっくり動いていく。岡田曹長は、感触を確かめるように操縦桿を握っていた。

「われわれの飛行機は必ず離陸の時にはブレーキをかけ、レバーを引いてワーっとふかしてそれを戻し、改めて飛び立つという決まりがありました。今の旅客機のように滑走路に来たら、そのままスーッと行くんじゃなくて必ず一回止まっていた。その時、急に岡田さんが口を開いたんです」

それは、まさに離陸直前、しかも回転を上げ、エンジンを吹かした後のことだった。これから飛び立つという瀬戸際である。

「前村と田中、二人は降りろ！」

急に岡田は前村と通信を担当する田中伍長に向かってそう言ったのである。前村と田中は、まだ十九歳と十八歳だ。岡田には珍しく、それは命令口調の言い方だった。

驚いた前村が答えた。

「試験飛行は初めてですから、一緒に行きます」

自分は航法員だ。受領した『桜弾』に一刻も早く慣れ、任務達成を目指さなければならない。試験飛行から降りるわけにはいかなかった。だが、岡田曹長はなおもこう言った。

「いいから、降りろ」

有無をいわせぬ言い方だった。

「わかりました。では、われわれは爆撃照準眼鏡の点検と受領がありますから、格納庫に行きます」

前村はそう言って、田中と共に『桜弾』から降りた。その直後、岡田曹長が操縦する『桜弾』は、重々しく離陸していった。

それから三、四十分も経過しただろうか。格納庫にいた前村たちの耳に、トラックや事故処理車が立てるけたたましい音が入ってきた。

「飛行機が落ちた」

そんな声が飛んでいる。いやな予感が走った。不安を抱きながら、滑走路に向かう車に前村たちは飛び乗った。プロペラをまわす時に使う始動車である。

遠くにあの『桜弾』が機体を傾けたまま横たわっていた。前村はその姿を見た時、

（しまった！　墜落だ）

心の中でそう叫んでいた。

よく見れば、コンクリートの滑走路に碗型の直径一・五メートルもあるオレンジ色の爆弾がゴロンゴロンしながら転がっている。前方三キロをことごとく吹き飛ばすというあの巨大爆弾である。爆発していないのが不思議だった。

血の気が引いた前村は、それでも必死で『桜弾』に向かった。

（曹長！　曹長！）

心の中でそう叫びながら走った前村たちは、間もなく現場に辿(たど)り着いた。

岡田曹長の姿が目に飛び込んできた。下半身がエンジンの下敷きとなり、上半身だけが出ていた。目を瞑(つぶ)り、顔は生気を失い、土色になっていた。前村には、わずかに

唇が動いたようにも思えたが、気のせいだったかもしれない。

「曹長はだめだ……」

前村は、呆然と立ち尽くした。

三沢伍長は病院に運ばれてその夜、息を引き取った。同乗していた整備員も一人は即死し、かろうじて残りの一人だけが軽傷で生き残った。離陸のまさに直前に『桜弾』から降りた前村は、「岡田曹長に命を助けられた」ことになる。

「岡田さんが突然、〝降りろ〟といったのは、おそらく危険を感じたからだと思います。格納庫から滑走路まで移動してきた時、それまでは滑走路じゃないから、でこぼこ道を来たわけです。その時、操縦桿を握っている岡田さんは危険を感じたのだと思います。背中にしょっている二・九トンの爆弾が、想像以上に操縦桿になにがしかの影響を与えていたのかもしれません。それで、テスト飛行には、航法と通信は要らないと思い、急遽、私と田中を降ろしたんだと思います。それで操縦と機関係だけで飛び立ったんですね。機関係の三沢伍長はエンジンの整備を全部任されており、プロペラのピッチを変えてみたり、油圧計や燃料計をみたり、故障がないように見る役目の人ですからね。機関係は降ろすわけにはいかなかったと思います」

桜弾は結局、昭和二十年三月初旬から五月末までの間に六十二戦隊に計六機が配備されたものの三機が事故で墜落、残り三機は沖縄戦に特攻出撃したが、その成否については一切不明である。桜弾による沖縄戦での六十二戦隊の戦死者は合計十二名だった。

やっと叶った恩人の墓参り

こうして前村は、またしても命を救われた。

次の日の通夜は、前村と田中の二人でおこなった。翌朝、骨をもらいにいきました。

「遺体はその日のうちに、火葬されましてね。でも、二人ともまだ十九歳と十八歳の子供だから、死んだ人間の遺骨を部屋に置いて、怖くて一人では便所にも行けなかったね。それで遺骨を旅館においてもらいました。人を殺す戦争をしてるっていうのに、まだ半分、子供だったからね。小便に行くときに、二人で一緒に行ったことを覚えていますよ」

前村は、岡田に申し訳ないという思いでいっぱいだった。

「岡田さんに申し訳ないなあと思ったんですよ。沖縄で岡田さんから〝体当たりしよう〟って言われたあの時に、賛成すりゃよかったんだろうか、と。結局、岡田さんは事故で亡くなるわけだから、どうせなら敵を探して体当たりすればよかっただろうかと、いろいろ頭に浮かんできてね」

前村は、三度の命の危機をすべてぎりぎりのところで助けられている。なぜ自分は生き延びることができたのだろうか。時々、前村はそんなことを考えている。

「自分でも不思議に思いますね。なんで俺、死ななかったのかなあ、って。私自身も卑怯（ひきょう）に逃げ出すとか、行くのがいやだとか、そういう考えは毛頭なかったしね。出撃する時は、〝ようし、ひとつやってやるぞっ〟という前向きな気持ちでいつも行きましたよ。少年だし、純粋だから、うしろ向きの気持ちは、なかったですねえ。岡田さんのような方が僕をそのたびに助けてくれたんです。生き残ったのは、もう運命としか言いようがないです」

ずっと探していた岡田曹長の遺族の存在がわかったのは、終戦から二十年以上が経過した昭和四十年代のことだ。この時、前村は初めて命の恩人の墓参りができたのである。

「岡田さんのご遺族が富山にいることがわかりましてね。ご遺族といっても、結婚もすることなく若くして亡くなった岡田さんには子孫はありません。ただ妹さんはご健在でした。同じ六十二戦隊にいた先輩と二人で富山の入善（にゅうぜん）っていうところまで行って、妹さんにお会いし、墓参りをさせてもらいました。昭和四十四、五年ぐらいじゃないかなあ。私の命は、岡田さんにプレゼントされたものです。その恩人に自分が生きているという報告とお礼がやっとできたんです。岡田さんのお墓参りができた時はね、これはもう、ホッとしたっていうかね。うーん、しばらくお墓の前で立ってましたよ。涙が溢（あふ）れてしまいましてね……」

子孫も残さず死んでいった戦友たちを悼むのは、生き残った人間の務めであると前村は思っている。

「私は、生き残ったおかげで、子供も孫もおります。でも、みんな妻ももらうことなく死んでいってますからね。最初、鹿児島の知覧（ちらん）の特攻記念館で、たくさん写真を並べてある中に、うちの六十二戦隊の戦友たちの写真を見たら、もう胸が一杯で涙が止まらなくなりました。やはり、自分自身が生き残ったということに、うしろめたさはありますよ。命令を受けて、命令を全うし切れなかったというのは事実ですから。後悔の念っていうか、どこかに残っていますよ。死んでいった人たちに、申し訳ない、という気持ちです。六十二戦隊の新海戦隊長のお墓は都内にあり、私は今も必ずお墓参りに行ってます。六十二戦隊の戦友が大勢死んだけれども、その代表だと思って、ね。最近、きつくなってきましたが、これはもう、身体の続く限り行かせてもらうつもりです。これだけはね……」

どれだけの年月が経とうと、実際の戦争を戦った兵たちにとって、あの凄まじい日々が風化することは絶対にないのである。

第九章
突入しても助かった白菊特攻隊員の「奇跡」

胴体着陸した海軍機上作業練習機・白菊

練習機による特攻

特攻隊員として出撃しながら、悪天候や故障、あるいは敵艦を発見できずに引き返し、九死に一生を得た生き残りは、少なくない。

しかし、実際に敵艦に向かって突入を敢行しながら、それでも生き残った経験を持つ隊員となると、さすがになかなか出会うことはできない。

私がそんな稀有(けう)な経験を持つ一人の老人を静岡県沼津市に訪ねたのは、戦後六十五回目の夏を迎える平成二十二年七月下旬のことだった。

駿河(するが)湾に面し、伊豆(いず)半島の根もとに位置する沼津は、かつて御用邸があった地として知られる。十歳の明仁(あきひと)殿下（今上陛下）が昭和十九年七月まで、ここ沼津御用邸に疎開していたが、サイパン陥落と同時に疎開先を日光(にっこう)に移している。

大本営が定めた絶対国防圏を破られたサイパン陥落は、制空権を失った日本全土が米軍の空襲に晒(さら)されることを意味していた。

太平洋に面した海岸線に将来の天皇を疎開させておくわけにもいかず、明仁殿下はこの地を離れ、日光へと旅立っていったのだ。

今もって、この〝サイパン陥落〟で戦争終結を決断しておけば、と歴史家は言う。実際の終戦である昭和二十年八月十五日までの一年余、絶対国防圏を破られた日本はその先に絶望しかない戦いを展開する。

勝つ見込みがない戦いで、多くの若者が命を散らしていった。サイパン陥落三か月後から始まった神風特攻は、終戦まで繰り返された。最後は練習機までつぎ込んでの「死」そのものを目的化した作戦が延々と敢行された。私は、その練習機で特攻した元兵士をやっと探し当て、この日、沼津に訪ねてきたのである。

老人の名は、横山善明（八四）。大正十五年八月二十日に五男三女の八人きょうだいの四男として生まれた。終戦時は、まだ十八歳に過ぎない少年だった。しかし、横山は、厳しい猛特訓に耐えた日本海軍の元二等飛行兵曹である。

横山家は、父は土木関係、母は農家の手伝いをして生計を立てていた。静岡県田方郡内浦村の内浦高等小学校を出た横山は、東京品川の中延にあった町工場に住み込みで働いていたが、その後、沼津に戻ってさらに工場に勤務した。

この時、予科練の募集を知って受験し、合格した。いわゆる「乙種（特）飛行予科練習生」（特乙）の一期生である。

昭和十八年四月、十六歳で予科練に合格して岩国航空隊に入隊。以後、大津、小松島の航空隊を経て昭和十九年三月に高知海軍航空隊に転属した。

高知航空隊所属の横山が鹿屋基地から沖縄に向かって出撃し、敵艦目がけて特攻を敢行したのは、昭和二十年五月二十八日午前零時半頃のことである。

横山が搭乗した飛行機は、海軍機上作業練習機『白菊』だ。太平洋戦争の最末期、日本海軍が強行した練習機による特攻に参加したのが横山なのである。

高知海軍航空隊の特攻出撃は延べ五回。最年少の十六歳の少年を含め、五十二名の若者が命を落とした。十八歳の横山と偵察員の二人がそのまま特攻死していれば、戦死者は五十四名だったことになる。

横山は、なぜ「死」を免れたのか。

私の到着を自宅で待っていてくれた横山は、古い一戸建ての玄関を入って左にある仏間で、自らの七十年近く前の体験を語り始めた。

「なぜ生き残ったのか、と聞かれても、私にはわかりません。ただ、それが運命だったとしか……」

横山は、自分が生き残ったことが今も不思議でならないのだ。横山が生き延びる可能性はそれほど小さかった。

特攻といえば、それそのものが「死」を意味する。まして、片道燃料しか積まず、掩護（えんご）もないまま時速百八ノットしか出ない機上作業練習機・白菊の場合、出撃イコール死を意味する点では、ほかの特攻機よりも、はるかに重い。

昭和二十年四月から六月までの間に沖縄方面の作戦に出撃した特攻機の中で、零戦六百三十一機、九九艦爆百三十五機に次いで、白菊は百三十機と三番目の多さだ。

二百五十キロ爆弾を両翼に一つずつつけた同機は、敵機グラマンから見れば、よたよたと飛んで来る〝餌食（えじき）〟そのものだった。

そのため、白菊は夜間出撃を基本とし、編隊を組めばレーダーに捕捉（ほそく）されやすいため、それぞれが単機で、秘（ひそ）かに沖縄方面へと飛んで行った。搭乗員は二名。前に操縦士、うしろには飛行針路や敵艦を探索して突入を指示する偵察員が乗り込んだ。

白菊は練習機で四五〇馬力しかなかったが、そのかわり機内のスペースが大きく、搭載力があった。日常的に練習生を座席後部に五、六名乗せ、飛行しながら訓練にあたる機である。かなりの重量にも耐えることができた。

二百五十キロ爆弾を両翼に一つずつ抱えながら、さらには、後部座席に燃料の予備タンクを積みこんでも、飛行することが可能だった。成功率が低いとはいえ、突入さえできれば、敵に甚大なダメージを与えることができるものだった。

高知から鹿屋基地へと飛び、そこで数日の〝最期の時〟を過ごして彼らは沖縄へと出撃していったのである。

白菊の訓練はいつも事故と隣り合わせだった。

高知海軍航空隊の歴史は、そのまま事故の歴史だったと言っていいだろう。最大の事故が起こったのは、前年の昭和十九年十月十四日のことだ。

高知海軍航空隊は、高知市から東へ十数キロ行った田園地帯の中にある。物部川(ものべがわ)という清流が太平洋へと流れ込む香長(かちょう)平野に位置し、土佐の海と川、そして田園風景の中で思いっきり飛行訓練に励むことができる絶好の条件を備えていた。

高知海軍航空隊は、昭和十九年三月に開設されたばかりだ。主な目的は偵察員養成にあり、大海原の上を航行する時、適確に自分の位置と針路を把握して誘導することができる練達の偵察員を育成することにあった。

アメリカとの戦いで劣勢を余儀なくされた日本海軍は、ベテラン搭乗員の損耗により、航空搭乗員の能力が著しく低下していた。それは目的地にきちんと航行していけるか、あるいは基地に正しく帰ってこられるかという基本的な航法、いわゆるナビゲーションの能力の劣化にまで及んでいた。

これを立てなおすことは戦争続行のために急務であり、高知海軍航空隊もそれを目的のひとつとして開設されたのである。

対空戦闘の訓練も厳しく、二千名を越える隊員たちは日夜、猛烈な飛行作業に耐えていた。

この日、十月十四日は午後から急に気流の乱れが激しくなり、午後四時頃、事故は起こった。二機の白菊が空中で衝突し、そのまま田んぼに落下していったのである。両機の搭乗員十二名は、ほぼ即死状態だった。

それぞれ操縦、偵察、電信など、自分の役割に没頭するあまり、お互いを見失って空中接触してしまうという痛恨の事故だった。

またその翌日の十月十五日にも、土佐沖で訓練中だった零戦同士が空中接触し、一名が殉職した。これもまた悪夢のような事故だった。

二日間で、実に十三名が亡くなったのである。その後も事故は起こり、訓練が、そのまま「死と隣り合わせ」という状態が続く。搭乗員の短期大量養成という上層部の意向に沿いながら、現場では、あらゆるところでそのための無理と綻び（ほころび）が顔を覗（のぞ）かせていた。

横山は、そんな環境の中でひたすら訓練に励んでいた。操縦については自信があり、同期の中でも腕には定評があった。十八歳でありながら、横山は教員として偵察練習生を教える立場にもあったのだ。

「昭和二十年の三月になると、昼間は空襲があるので、偵察訓練生の教育は中止にな り、代わって操縦・偵察の教官、教員を特攻要員として夜間で飛行訓練に入りました」

昭和二十年五月から六月にかけて、横山ら教員たちが夜間飛行訓練に励む中、沖縄戦はいよいよ終結を迎えようとしていた。特攻に次ぐ特攻で、飛行機も人員も枯渇した海軍は、ついに練習機である「白菊」の特攻投入を決定した。

すでに三月には「神風特別攻撃隊菊水部隊白菊隊」が編成され、出撃を待っていたが、いよいよ五月から四次にわたる特攻出撃命令が発せられたのだ。これによって高知海軍航空隊から出撃していった「白菊」は都合、二十六機となった。

横山もまた、沖縄への特攻出撃を命じられた一人だったのである。

突然の襲撃と被弾

横山が鹿屋基地から出撃したのは五月二十七日午後六時四十七分である。

操縦する横山二飛曹と、偵察員の青木武少尉（当時、二十二歳）が乗る白菊が、突然、機体がガタガタと揺れる激しい振動を受けたのは、奄美大島と徳之島を過ぎ、出撃から五時間以上が経過して「日付」も変わった五月二十八日午前零時半である。

この時期、すでに掩護する機も、そして戦果を確認してくれる機もない。ただ「行って、死んでこい」というのだけが上層部の意思だった。

自分めがけて飛んで来る花火のような光に、横山は初めて〝対空砲火〟というものの凄まじさを知った。命中すれば、いうまでもなくひとたまりもない。しかし、当ってもいないのに、身体全体がビリビリと震える衝撃を横山は受けていた。

厚い雲のために、横山らは、自分たちが「すでに敵艦の上空にいる」ことがわからなかったのだ。直前に偵察員の青木少尉が敵のレーダーを攪乱するための電探欺瞞紙と呼ばれる細い金属片を空中に散布し、爆発防止のための爆弾の安全装置も外していた。

突入への準備は万端整っていたものの、厚い雲が「目視による敵艦発見」を妨げていたのである。漆黒の闇の中を飛んでいるのだから、それも無理はなかった。

次の瞬間、横山は、さらに大きな衝撃を感じた。

バリバリバリバリ……

背後から機銃掃射の音が聞こえたかと思うと、計器を照らす明かりが消えた。右翼と垂直尾翼が被弾し、機体が右に傾いた。

(しまった!)

そう思った瞬間、自分の右側をグラマンが猛烈なスピードで追い抜いていった。

距離は二十メートルもない。

「拳銃を持っていれば、それで敵のパイロットを撃てるぐらいの距離でした」

と、横山は言う。やられた、と思う間もなく、横山は急降下を始めた。暗闇の中、月の薄明かりでかろうじて有視界飛行ができた。

方向舵がやられていた。降下しながら、横山は機体を水平に保てなくなったことを感じていた。相手から見ればそれは、〝墜落〟そのものだったに違いない。

しかし、横山はあきらめなかった。右手に持った操縦桿を左に寄せて、〝あて舵〟によってなんとかバランスをとろうとした。海面すれすれまで降下した時、ようやく態勢を立て直し、水平に近い姿勢をとることができた。グラマンが追ってこなかったのは、やはり自分たちが「墜落した」と思ったのか。

後部座席にいる青木が叫んだのは、その時だった。

「敵艦発見! 右、変針!」

右側を見た横山の目に敵艦の姿が飛び込んできた。駆逐艦か? いやそれより小さいかもしれない。

「突入せよ！　急上昇！」

青木はそう叫んでいた。

横山らが猛特訓をくり返してきたのは、白菊を使って五百メートルほどの上空から敵艦に突入する方法である。しかし、左右の翼に計五百キロもの爆弾を抱え、機体のあちこちに被弾している白菊がそこからもう一度、五百メートル上空まで上昇することなどとても無理だった。

横山は、咄嗟にそのまま海面ぎりぎりで敵艦のどてっ腹に突っ込む決断をした。

（行く！）

死への恐怖などなかった。いや、そんなものを感じる余裕がなかった。

操縦桿を右に寄せた。右旋回のためである。

敵艦が迫った。距離はあと五、六十メートルほどだろうか。だが、その時、予想もしないことが起こった。

右翼の先端が、海面に〝接触〟したのだ。

方向舵もやられ、計器さえほとんど見えない中で機体のバランスをかろうじて保っていた横山。しかし、右旋回して敵艦へ突っ込む直前、翼の先端が海面にわずかに触れてしまったのである。

自分たちもろとも爆発するはずの敵艦のまさに目の前で、特攻機・白菊は、海面を〝横滑り〟してしまった。

ザザザザザ……

衝撃と共に、海面を機体が滑る音が横山の耳に入ってきた。

奇跡的な生還

横山は、目前の敵艦に対して「突っ込むこと」に必死で、経験したことのないあて舵の操作を誤ったのである。

「咄嗟に、あて舵をしていることを忘れていました」

横山は緊迫の場面をそう述懐する。しかし、不思議なことが起こった。

ふつうなら、海面に接触した瞬間に、凄まじい爆発が生じるはずの二百五十キロ爆弾が二つとも爆発しないのである。

「安全装置も外して突入したのに、なぜ爆発しなかったのか今もわかりません。おそらく正面から海面に接触したのではなく、右旋回で右翼が海に触れて横滑りになりましたから、奇跡的に爆弾への水圧が小さかったのではないでしょうか」

幸いに横山は衝撃でも気を失わなかった。しかし、後部座席の青木少尉は頭を前にしたままぴくりとも動かない。完全に意識を失っていた。機体に海水がどんどん入ってきた。

「分隊士！　分隊士！」

横山の声に青木は反応しない。しかし、流れ込んできた冷たい海水に青木の頭がぴくりと動いた。青木の意識が戻った。

二人は、かろうじて機体から飛び出した、白菊は、二人の脱出を待っていたかのように尾翼を上にして海中に沈んでいった。敵艦の乗組員は驚いただろう。自分たちを狙って目の前まで突き進んできた特攻機が着水し、そのまま沈んでいったのである。

突入失敗――二人の胸にその現実がのしかかった。

「どうせ死ぬなら、一緒に死のう……。その時は一緒だ」

青木少尉はそう言って、二人のジャケットをひもで繋（つな）いだ。やがて敵艦が近づいて来た。

「死んだふりをしろ！」

青木はそう言った。死んだ人間なら船に引き上げられることもない。だが、敵艦から小さな錨のようなものが投げ入れられ、横山の飛行服が引っ掛けられた。

万事休すだった。青木ももはやこれまでと思ったのかもしれない。降ろされた敵艦の縄梯子を青木は上がっていった。

「分隊士！　それは敵艦です！　分隊士！」

横山は、海面から艦に上がっていく青木の背にそう叫んでいた。

体当たりするはずの敵艦に逆に救助され、二人は捕虜となった。横山の時計は零時半で止まっていた。それは、特攻敢行という「死」からの奇跡的な生還にほかならなかった。

それから六十六年の歳月が流れた。その後の平和と飽食の時代を生きた横山は、三人の子供と五人の孫に恵まれた。

しかし、横山は今も生き残ったことを戦友に申し訳なく思っている。

「艦に上がった私たちを十名ぐらいの米兵が小銃を手に取り囲みました。こっちは特攻隊員ですから、何をするかわかりませんからね。危険物を持っていないか服装検査をして、安全と確認すると、すぐシャワー室に連れて行き、濡れていた飛行服を脱がせ、米軍服に着替えさせられました。それから食堂で飲み物を出してくれたが、こっちが手をつけなかったので、別の部屋に連れて行かれ、そこで寝たことを覚えています」

朝、起こされると、米兵が飛行服を乾かして持って来てくれた。

「それから通訳のいる軍艦に乗り換えさせられました。すぐ尋問があり、終わると身体検査がありました。検査が終わると、身体中の毛という毛をすべて剃られました。衛生上だと思います。一般の捕虜は不衛生だからかと思いました」

三、四日して飛行機でグアム島に送られたが、ここで青木とは離れ離れになった。

「生きて虜囚の辱めを受けずという教育と、捕虜になったら殺されるという教えを受けていますから、何度か舌を噛み切ろうともしましたが、死に切れませんでしたね。マフラーさえあったら（首をくって）死ねるのに、と思って悔しかったですよ」

尋問に非協力的なこの十八歳の日本海軍の軍人に、通訳も手を焼いた。

「こんなところにいるぐらいなら、いっそ殺してくれ！」

そう叫ぶ横山に、アメリカの通訳はこう言った。

「そんなことを言ったら、郷里のお父さんお母さんが泣きますよ。私たちは暴力を振るったり、殺したりは絶対にしません」

必死で訴えるアメリカの通訳に、横山は、本当に殺されないのか……という思いが少しだけ湧いて来た。

ある時、通訳はこう言った。

「この戦争は、人間を人間として扱っていない国と、人間を人間として扱っている国との戦争です。そして、人間を人間として扱っている国が勝っているのです」

たしかに捕虜である自分も「人間」として扱われていた。暴力も振るわれず、米軍は自分の命を奪うそぶりも見せなかった。

尋問は毎日つづいた。拷問もなかった。煙草は、毎日、十六本もくれた。下士官まては八本、それ以上は十六本がもらえるのだが、なぜか横山には十六本が与えられた。特攻兵を特別扱いしたのか、理由はわからない。だが、煙草を吸わない横山は、食事係の兵隊たちにこれをやって喜ばれた。

捕虜になっているのは、陸軍、海軍、両方いた。

硫黄島の摺鉢(すりばち)山の指揮官だった少佐や、サイパンで軍医だった人、また海軍兵学校出の飛行長もいた。そこには、さまざまな捕虜がいた。

「青木さんとは、すぐに引き離されていますからね。私はハワイへ連れていかれ、ここで尋問を受けましたが、青木さんと一度だけハワイですれ違ったことがあります。個室を与えられていましたが、偶然、私が部屋に入る時と、青木さんが出てくるところが一緒になったんです。びっくりして、お互い声をかける間もなかったですが……」

横山は捕虜収容所を転々とした。沖縄からグアム、ハワイ、さらにはアメリカ本土へ移され、捕虜生活を続けた。

「アメリカの町がネオンで煌々としていたのにびっくりしました。灯火管制の日本とまるで違っていました。町全体が賑やかでね。日本とアメリカはこんなに違うのか、と思った記憶があります」

これほど国力が違うなら戦争に勝てるはずがない。それは誰しもが思うことだっただろう。だが、横山はそれでも祖国の勝利を信じていた。いや、必死にそれを願っていた。

昭和二十年八月の暑い日のことだった。

「サンフランシスコで捕虜生活をしていた時でしたが、一斉にサイレンが鳴り響いたことがありました」

と、横山は述懐する。

「サイレンが一斉に鳴るのは、日本なら空襲と決まっています。私は、〝あっ空襲だ。日本軍が来た！〟と喜びました」

しかし、それは逆に、日本がポツダム宣言を受諾して降伏したことを知らせるサイレンだった。自分を救出してくれるはずの日本軍の空襲ではなく、戦争終結を告げる〝お祝い〟のサイレンだったのである。

昭和二十一年正月、横山は米国船から横須賀に降り立った。祖国が戦争に敗れ、しかも特攻で敵艦に突入しながら、その目的を果たせず、捕虜となって生き延びた自分。横山は自分自身が情けなくてならなかった。

沼津まで列車で戻ってきた横山は、駅構内で偶然、父親の姿を発見した。どこかに出掛けていた父がちょうど沼津駅へ帰ってきたところに遭遇したのだ。

しかし、横山は父に向かって名乗りを上げることができなかった。捕虜になった末におめおめと帰ってきた自分が、なんで父親に名乗りを上げられるだろうか。十九歳になっていた横山は、そう思った。

「あのう、内浦に行くバスに乗るのはどうしたらいいんでしょうか？」

帽子を目深くかぶったまま、横山は顔を伏せてそう父に訊いた。父は、息子だと気がつかない。親切にバスの乗り方を教えてくれたまま、父はそのまま去っていった。

「父さん、善明です。いま無事帰還いたしました！」

横山は、どれだけそう叫びたかったかしれない。しかし、横山にはそれができなかった。それは、親に対してさえ無事生還を告げることもできない肩身の狭い復員だった。

突き刺さった言葉

「あれ、おまえ横山だろう？　どうして生きているんだ？」

終戦から五、六年が経った頃だった。横山は靖国神社での高知海軍航空隊の慰霊祭があることを知り、秘（ひそ）かに足を運んだ。そこで横山はかつての戦友から突然、そう声をかけられた。

「どうして生きているんだ？」

横山の胸にその言葉が突き刺さった。

戦友は、自分が特攻出撃したことを知っている。戦死したとばかり思っていた人間が目の前にいるのだから驚くのも無理はなかった。

「へえー」

子細を説明すると、戦友は横山の顔をまじまじと見ながら、そう溜息（ためいき）を漏らした。

事実、横山が復員した時、すでに実家には戦死公報が届いており、戸籍も抹消されていた。戦友が驚くまでもなく、たしかに横山は「死んだ人間」だったのである。

その後も横山の心からうしろめたさが消えることはなかった。

「戦友に申し訳ないんです。死んでいった戦友にあわせる顔がない。私の分隊は大部分が特攻で死んでいますから、生き残りがほとんどいないんです。だから高知海軍航空隊の集まりにはどうしても行けないんですよ。大津航空隊の集まりには、何度か出たんですがねえ」

特攻隊として敢然と敵艦に突入していった上での〝奇跡の生還〟にもかかわらず、横山はそれでも亡き戦友たちにあわせる顔がなかったのである。

横山は、家族に自分の体験を話すこともなかった。

それを言えるようになったのは、戦後五十年を遥かに過ぎてからのことだ。特攻隊員・横山二飛曹にとって、特攻死できなかったことは、そこまで恥辱だったのである。

「死ぬ時の痛さや苦しみは想像していないですよ。そんなことは全然考えていません。当時の教育もありますしね。死に対する恐れはなかったですね」

横山は今、淡々とそう語る。

横山たちに特攻を命じた上官たちは、多くが命永らえて終戦を迎えている。横山たちは、死そのものを目的化したような練習機での特攻を余儀なくされた。それなのに、横山はなぜここまで奇跡的な生還を恥じるのか。

エリート軍官僚たちが、自分たちを〝消耗品〟として扱ったことを何とも思わないのだろうか。その思いを訊いても、横山は彼らへの批判を口にしなかった。

「(国は)消耗品として私たちを採用して、私たちはそれを承知で行ったんです。(だから)それは仕方がないことです」

実用機ならまだしも、それは、「戦果」を期待されずにつくられた練習機による理不尽な「死」だったはずである。それでも横山は、国、あるいは上官に対する恨みごとを口にしない。白菊の特攻が、実は本土決戦でどれだけ役に立つかを見るための「実験的な特攻であった」ことも最近明らかになっている。横山はそれでも、「他人」への恨みごとではなく、「自分」に対する恥を語るのだ。

横山さんの生と死を分けたものはなんでしょうか、という私の二度目の問いに、

「それは運命なのでしょうか。私にはわかりません……」

横山は、ふたたびそう言葉少なに語るだけである。

横山より遅れてアメリカから日本に復員した青木少尉は、戦後、神奈川県庁の職員となった。富士急に入社して定年まで勤め上げた横山と、たまに小田原(おだわら)で会うこともあった。

しかし、二人は、あの奇跡の生還のことを語り合うことはなかった。

平成十二年、青木は七十七歳で世を去り、いまあの特異な体験を証言できるのは、横山ただ一人である。

第十章
生き残った戦士の思い

米空母に突入する銀河隊

二百人中、「百八十五人」が戦死

「僕が見送ったのは昭和十九年十月の台湾沖航空戦のその時点から言う(ゆ)て、終戦まで搭乗員が全部で二百人。飛行隊でね。そのうち戦死者が百八十五人。見るも無残な数ですよ。僕は今まで、福岡におりながら戦争から足を洗いきらんでね。ごそごそごそ調べ物をしたっちゅうのは、二百分の百八十五っていうこの苦しさに圧倒されてね。戦争済んだから、忘れたばい、っていうわけにはいかんのです。これが、僕の哀しみです。みんながどういう戦いで死んでいったか、実際は何にもならん戦争でみんな殺されたわけですから。それに対する考え方をまとめて、これだけは残していかないかん、ということでね……」

暮れも押し詰まってきた平成二十二年十二月下旬、福岡県下に住む伊東(いとう)一義(八八)はしみじみとそう語り始めた。伊東は、攻撃二六二飛行隊の隊付の要務士として、多くの仲間を見送ってきた。

伊東は東京帝大法学部に入学して一年二か月後、学徒出陣で海軍に入隊し、第十四期飛行科予備学生となって航空機搭乗員を希望したが、その経過の中で内耳に欠陥があることがわかり、望みを断念して要務士となった元海軍少尉である。

「僕は級友にも、たくさん戦争で死んだ者がおってね。また、飛行要務士官として配属された攻撃二六二飛行隊では、およそ一年の在隊期間に、ほとんど全隊の定数の〝二回分〟くらいの全滅を経験してね。ウルシーへの特攻やら、九州東方沖機動部隊攻撃やら、沖縄方面の敵機動部隊攻撃、それに沖縄への菊水作戦……と、そのほとんどが特攻作戦でした。特攻いうても志願を確認するとか、そんな儀式もまったくありません。ただ命令で、みんなが死んでいきました。そのことを僕は考え続けておるんですよ」

終戦二か月前の昭和二十年六月五日、伊東が所属していた攻撃二六二飛行隊は、

「編成を解く」

という命令電報を受領している。すでにこの時点で、搭乗員十数人を残して二六二飛行隊は壊滅していたからである。そんな悲劇の飛行隊の中で、伊東はひたすら隊付きの要務士として、攻撃隊を送り出すための業務に明け暮れていたのである。

伊東は大正十一年十一月二十一日に長崎で生まれ、その後、福岡に移った。福岡の名門、修猷館（しゅうゆうかん）から福岡高等学校に進み、ここを短縮によって二年半で昭和十七年九月に卒業し、東京帝大法学部へと進んだ。

「僕ら法学部の試験は、〝国家と個人〟といったようなタイトルの論文と外国語でした。一高を出たもんでも落ちるのはおりましたよ。僕はね、十七年の十月に東大に入学しました。だから、東大に入って一年と二か月で兵隊に入ったんです。でも、僕は入学してすぐの十二月には肺結核になってね。大学に休学届けを出して郷里の福岡に帰って治療をしとったわけなんです。当時の肺結核は、なかなか治らん病気でね。僕には姉がおって、その姉が女学校の三年か四年の時に肺結核で亡くなったんですよ。当時は、この病気がざらにおるわけですよ。姉の部屋の近辺は、僕らもあまり通らんように心がけておったけど、結局、やっぱり感染しとったんですね」

治療がなんとかうまくいき、伊東の病状は一応、安定していった。

「学徒出陣になることがわかって騒ぎだしたのは昭和十八年の八月か九月ですよね。徴兵検査が九月か十月にあった時に、治療していたお医者さんに、〝徴兵検査に行ってきます〟と言うたらですね、お医者さんが〝伊東君、君は肺結核の治療中だから、徴兵検査に行っても、私は肺結核の治療中です、と言いなさい。そしたら即日、不合格にしてすぐに帰してくれると思いますよ〟と言われてね。だから〝はい。そう言います〟と答えて徴兵検査を受けに行ったんですよ」

しかし、伊東は、医者のいうことを実行しなかった。

「その頃、僕は愛国心に燃えとってね。その検査では、お前は病気したことがあるか？　と既往症を聞くわけですたい。型どおりだけどみんなに聞くわけです。僕は、病気したことはありません、って言ったら無事通過してね。その時も結核は治っとらんでしょう。ただ、結核というてもね、肺に穴があいてるほどではなく、ぼやっと影が出るぐらいの段階だったと思うんですよ。自分で、肺病です、って言えば、〝お前、治療して来年来い〟って言われたでしょうね。だけど、自分が兵隊に行かんですむのが、イヤでね。第二乙種合格でした。身長は百六十七センチぐらいでしたが、体重が五十二キロぐらいしかなかったからね。ただ合格は合格だから、みんなと一緒に佐世保の相浦海兵団へ入って水兵から二か月やったわけですよ」

飛行要務士としての任務

伊東の希望もまた、ほかの多くの学徒と同じく飛行機乗りになることだった。しかし、伊東はやがて、飛行機の搭乗員になるには、自分に致命的な欠陥があることに気づいた。

「僕は、目は視力が一・五で大丈夫やったんだけどね、右耳の聴力が劣っとってね。

内耳に、どっか故障があったらしい。実際にこれがわかるのは、何か月か経って、実際飛行機に乗ったときでね。三千メートルぐらいの高さを飛びよって、〞今から急降下爆撃するよ〟って言われて構えとったらね、キューっと七百メートルぐらいまでに、高度差二千五百メートルほど下がって、それで機体を引き起こすわけですよ。そうしたらね、僕の目が破裂するごと痛くなって、頭も割れるように痛いわけですよ。気圧調整が利かんわけですね。人の身体って鼻から耳にオー氏管というのが続いてるでしょ。あれで気圧調整ができるんですよ。それが、僕の耳は片耳の内耳に何か問題があったんでしょうね。あっ、これはやっぱり飛行機に乗れんなあって、そん時に自分でわかったんですよ」

航空機搭乗員をあきらめた伊東は地上勤務、すなわち飛行要務士にまわった。

「僕は、それで鹿児島航空隊っちゅうところでね、飛行要務士になる基礎訓練を受けたんですよ。例えば、飛行機のエンジンの所に行って、飛行機エンジンの構造や何かを全部習(なろ)うたりね。ひとわたり搭乗員と同じ知識を頭にいれるわけですね。海軍もね、要務を取ったものの、何を教えたらいいか、カリキュラム編成にまだ素人(しろうと)状況でね。さらに次の実務教程の大井(おおい)航空隊もあわせ、試行錯誤の八か月でした。その間に海軍のことや飛行機のことを教えて卒業させるから、あとは、お前たちの知恵でやれ、とということでね。まあ、勉強よりも、むしろ体力づくりで、駈足、体操、一日のうちに半分ぐらいは体操と駈足でね。それから、陸戦訓練もやりましたよ。あとは学科がありました。エンジンの構造や、無線通信やらね」

鹿児島から静岡県の大井航空隊に移った伊東は、ここで三か月訓練して、昭和十九年九月一日に卒業し、ただちに松山の攻撃二六二飛行隊付きとなる。実際に戦争をやる、いわゆる実施部隊である。艦上攻撃機の『天山』が中心の攻撃隊だった。これが第六〇一海軍航空隊の攻撃二六二飛行隊である。

伊東の要務士官としての仕事は、専門性が要求された。敵のいる目標地点、あるいは今後の作戦予想地区までの飛行機のチャート（進出経路）を全機分そろえたり、魚雷を発射する時に、どういうふうに発射したらうまく命中するかという計算表の「射角表」をそろえたり、さらには、作戦命令が来たら、すぐ動けるようにさまざまな準備をする役割も負った。

「僕のことを〝ちんぴらみたいなのが来て、うろうろしよるけど、あれは東大出たげな〟などという噂が兵隊の間に広まってね。東大の学生が一人来たゆうてね。みんな優しいし、役に立つって言うてくれたですよ」

伊東は昭和十九年の九月一日に松山に着任して、九月末には、もう天山隊について宮崎基地に行った。

「航空隊も六〇一航空隊からはずれて、十月七日付で七六二航空隊になりました。それで、十月十二日、天山は台湾沖航空戦に出撃することになり、僕らも一緒に宮崎から沖縄に飛んだんですよ。沖縄の小禄基地（現在の那覇空港）から、みんなは攻撃に飛び出していきました。僕らは、これを地上で見送ったんですよ。それで、彼らが帰ってくるのを待ちました。でも、ほとんど帰って来んでね。隊長以下半分以上が死んでしまいました」

大敗北を喫する台湾沖航空戦である。この時のことを後年、伊東は『西日本文化』（一九九六年八月号）にこう記述している。


〈わが攻撃二六二飛行隊二十三機の発進を私は小禄基地で見送った。ブーゲンビル島沖海戦、マリアナ沖海空戦を生き抜いた歴戦の小野隊長は「敵はハルゼーの機動部隊、相手にとって不足はない。目標は大型空母、かかれ」と命令して勇躍発進した。しかし結果は隊長以下十四機が未帰還。戦力は大きく傷ついた。

この日、小禄飛行場の地下壕入口で、攻撃機の戦果と帰還を待ちわびた私は、ほとんど帰って来ない天山隊を待って夜を明かした。壕口付近をゆっくりと飛んでなかなか飛び去らぬ大きな蛍の光が、還らぬ搭乗員の魂を語るもののような気がして、夢のような思い出として残っている。十月に沖縄には蛍がいるのだろうか、私が見たのはまぼろしだろうかと、ずっと考え続けた〉

見送った戦友たちは、ほとんど帰還しない。ただ時間だけが過ぎていった。その時、伊東は、大きな蛍を見た。戦友の魂だけが帰ってきたのだろうと伊東は思ったのである。

さっきまで一緒に笑っていた仲間がもうこの世にはいないことが、伊東には不思議でならなかった。

「主力が戦死したため、私たちは敗残兵として宮崎に帰って来ざるを得ませんでした。それから、双発爆撃機『銀河』で隊を再編成するということになりました。そして、十月末に豊橋に行って、銀河隊の編成で、訓練が始まった。あちこちから呼び寄せて、十三期の予備士官がどさっと来て、それが士官の主力になり、海兵出も二、三人来ました。それから各航空隊で練習航空隊の教員をしよった予科練出身のベテランが次々来ました」

新たな攻撃隊を編成することは急務だった。

「例えば、ソロモン海戦で何度も戦って、やっとかっと帰って来た人間が、一時、練習航空隊の教員をやっとったんです。それで、〝半年も教員やったから、身体も休まったろう〟ということで、また部隊に復帰させるというやり方でした。それで、十一月から訓練と編成が始まって、ほぼまとまったのが昭和二十年の一月の末ぐらいでね。その時の判断では、〝三十機ぐらいはでき上がった〟ということでね。銀河は三人乗りですから三十組で九十人いたよね。それで、宮崎に進出したが、実際には、まだでき上がっとらんですよ。そこで、二月一杯までは、大分の方に行って訓練してね。やっと、ほぼどうやらこうやらでき上がったのが、二月末か三月初めです。すると、もう特攻とか始まったから、わが隊は全部苦労だけして死んだんです」

出撃して行った半分以上は特攻隊だった。伊東は、それを地上から見送りつづけた。

「特攻隊というのは、立派に死んでくれたんですけどね、僕は、同時にそんなに褒めるばっかりでいいのか、という思いもあるんです。知覧もそうですけどね、特攻記念館に行ってみんな感激して帰ってくるですたいね。死ぬ人が、なんとにっこりと笑って行ったかって、そこにみんな感激してるけどね。鹿屋だって似たようなもんです。特攻隊の遺書を全部爽やかに、国のために笑っていきます、というような感じでみんな受け止めて、素晴らしい人たちだったって、読んで感激していくけどね。でも、それで終わろうとしよるのは、僕にはたまらんのですよ」

本当はみんな一人も死にたい人はいなかったのだ、と伊東は語る。

「ホントにね、泣き叫ぶごたるですよ。十八、十九、二十でね、誰が喜んで死ぬ奴がおるかっちゅうてね。おふくろが悲しむっていうのが、死んでいく人間には一番、悲しいことでね。若者が命を国に捧げるのは当たり前かもしれんが、それを求める国の方には、おのずと節度がいるはずですたい。それを超えた結果の死であることを、僕はどうしてもわかって欲しいと思うてですね」

特攻隊員がいかに立派だったか。それで終わってしまっては、あまりにつらすぎる、と伊東は思っている。

母に思いを残した特攻隊員

「伊東少尉、俺は本当は死にたくないんだ」

翌日の出撃を前にして、目の前の中尉がそう言った。自分より一期上の第十三期飛行科予備学生出身の中尉である。和歌山高商（のちの和歌山大学の一部）陸上競技部出身の精悍な若者だった。

「その中尉を前にして、僕らは二、三人で飲みよったんですよ。ウィスキーの角瓶やら、なにやらあったとですからね。宮崎海軍航空隊の二段ベッドがあるような自分たちの部屋ですよ。普段、生活したり、トランプとかをやるテーブルがあって、そこで私たちは飲んでいました。外出して飲みに行くようなことは、もうあり得ん頃でね。その時、中尉が、突然、僕に向かってそう言うたんです」

それは双発爆撃機・銀河隊の中尉だった。種子島周辺を遊弋するアメリカ機動部隊を狙って、中尉は全六機で出ていった。

「僕はその時ね、〝成功を祈ります〟としか言いようがないですたい。中尉は、〝俺も男だから、明日、みんなと別れて行く時は、にっこり笑って行くからな。心配すんな〟って僕に言いよったね。僕は、つらくてね。〝エンジン不調とかで目的を達せん時は、遠慮せんで帰って来て下さい。また次のチャンスがあるから、無理して死ぬことはありませんよ〟としか言えんかった。でも、その時は、中尉が母一人、子一人だったことを僕は知らんでね」

翌朝、中尉は伊東に約束した通り、爽やかな笑顔を残して出撃していった。だが、伊東はあとになって、「本当は死にたくないんだ」という中尉の本意を知る。

「私にではなくて、同じ十三期の人間にね、中尉は〝俺は母一人子一人じゃからね。

だからあんまり行きたくないんじゃ。人には言われんがな〟って言うとったことを僕は知ったんです。もう慰めようがないです。それを言われた同期の十三期生にしても、一期下の僕にしてみても、〝頑張って下さい〟っていう以外にはないですよ。中尉は、もともと短距離の選手でね。色浅黒い、男らしい顔しとったですよ。身長も百七十ぐらいあったでしょうね。今にして思えば、〝母を一人だけ残して死にたくない〟というのが中尉の気持だったと思うんですよ」

八百キロの爆弾を抱えて出撃していく銀河隊に、〝突入成功〟の可能性は極めて小さかった。

「あの八百キロが当たったら、巡洋艦一隻沈めきるぐらいの威力はあったと思いますけどね。でも、それは命中させられれば、ということですたい。飛んでってもね、あの運動能力では、辿り着くまでに全部撃墜されるのは当たり前でね。爆弾を命中させる可能性は一〇％もないというのは、わかり切ってってね。上の方はね、突撃を命ずるのが戦争であると思うとったんやないですか」

その中尉の母親から伊東のもとに手紙が来たのは、もう戦後二十年ほど経った頃のことである。伊東が中尉の母親のことを心配していることが、長い時間が経って本人の耳に入ったものと思われる。

「伊東さんに息子の最後を見送っていただいたそうですが、私はどうやらこうやら生きておりますから、ご安心ください」

手紙には、そう書かれていた。伊東は、やっとわかった中尉の母親の住む場所にすぐに飛んでいった。

「幸い、海軍の恩給があるから十分生活ができます。だから、伊東さんもご心配下さいますな。ただ、あれは一人息子でした」

母親は、わざわざ和歌山まで訪ねてきてくれた伊東に感謝し、そう言った。

「中尉のお母さんは心臓が悪くてね、半分入院、半分自宅というので十年二十年過ごしておったんです。六畳に三畳の台所がある二軒長屋でね。六畳の方に半病人のお母さんの布団が敷いてありましてね。部屋には、電気製品みたいなのは一つもなくてね。家具もあまりなかったですよ。なんか悲しい気持ちになってね。ご主人のことを聞いたら、台湾の製糖会社の重役で、偉い人やったそうです」

中尉の家では、妻と息子を台湾から内地へ引き上げさせたため、家族は長くバラバラだったという。その意味では、〝母一人、子一人〟という表現は、必ずしも正確ではないかもしれない。

「そのご主人が戦後、台湾から大きな荷物を持ってなんとか帰って来た時に、玄関口で〝おーい、帰ったぞ〟と言うて、大きな声で息子の名前を呼んでね。生きとると思うて帰ってきたら、息子は特攻隊で死んどったって聞いて、土間に座りこんで声を上げて泣かれたそうです。しかし、生活があります。それでその後、お父さんは職を探して来るって東京へ出て行かれたそうです。出て行く時に、藤山愛一郎さんに会うてくるって言われていたそうです。そして、そのまま行方不明になってね。三か月ぐらい経って連絡が着いたのは、どっかの道端で倒れて脳溢血かなんかで死んでおられたって。それからあと、お母さんはずっと孤独ですね。そういう状態の所に、僕が訪ねて行ったんです」

　それは、まさに中尉が心配でならなかった母の姿だった。

「戦死した中尉の気持ちを思うと、たまらんでね。僕は、近所のスーパーに行って、そこのご主人にお母さんのことを相談したったいね。僕は、財布に残っとったお金をご主人に預けてね、〝時々でいいけん、なんか食べるものを持って行ってやって下さい〟と頼んだですよ。ご主人は、あの人のことは、ご近所の人もみんな知っとるから、なんとか力になってあげないかん、といろいろしようとするけど、誇り高き人でね。施しを受けたくないと拒否されて、非常にやりにくいけど、みんなあの人のことを心がけて見守っていますから、任せとって下さい、と言うてくれたですよ」

それは、伊東にとって心に染み入るありがたいひと言だった。

「それから僕は中尉の同期の会の関西支部にも連絡してね。当時のお金で五千円ば出して、こういうおっかさんが一人で暮らしておるのを知っとるじゃろうと。今は誰でもテレビが見れる時代だから、小型の白黒のテレビでいいから、一台差し上げたい。だけど、それをするのは、僕の力も及ばんので、五千円を預けるから、あなたたちもいくらか出しおうて小型テレビを差し上げてくれるわけにいかんじゃろか、お願いしますって手紙を書いて出したことがあります。あとから聞いたら、十三期の仲間も和歌山高商の仲間もお金を出しおうて、なんかやってくれたらしいです」

「大西中将には死んでいただきます」

死ぬ時に母親のことを思うのは、死んでいく特攻隊員に共通している。特攻で亡くなった伊東の福岡高等学校時代の親友もそうだった。

「僕には、福岡高校時代の親友がおってね。これは、元山航空隊からの特攻隊の七生隊として死にましてね。あそこは、百三十六人の部隊で四十人が特攻隊でしょ。こいつは、高等学校の一年から三年まで同じ文科甲類というクラスの仲間でした。哲学系のやつでね、母子家庭だから、哲学じゃ飯の食いあげになるからって、京都大学の経済に行ったんですよ。ホントは哲学したかったと思いますよ。西田幾多郎やら、キェルケゴールに熱中しよったです。でも、本ばっかり読んどるんじゃなくてね、スポーツも万能で、クラスマッチやらじゃ、エースやったからね。小さいけど、体力は一流で、ラグビーでも、水泳でも何でもやってたけどね。ヨット部、つまり海洋部におったね。身長百六十二センチぐらいで、七十五キロぐらいはありましたね。彼は、父親が交通事故かなんかで、三十五歳ぐらいで亡くなったんです。それでお母さんがミッション系女学校の寮の舎監をやって働いてたんですよ。最初は高等学校の寮におって、その後は福岡市内の下宿におったです。僕は家が福岡だから、僕の家にもよく飯食いに来たとです。その彼が、昭和二十年四月に七生隊の一員として沖縄特攻で戦死した。クリスチャンで、お母さんもそうだった。母親思いの男で、逝く時は、やっぱり母親のことが心残りだったと思います」

息子の戦死が発表された時、母親は必死で息子の死に耐えた。

「息子のことを誇りに思うて戦争中は、国のためだから仕方がないと、強いて思うて我慢してござったがね。でも、戦争が終わった日に突如としてその我慢が切れてね。自分の娘らの前で、〝大西中将には、死んでいただきます〟って、大声で叫んだそうです。娘さんから、あとで聞いたんですけどね。彼は、元山でも日記をつけていたんですが、いかにもあいつらしいというのは、悪戦苦闘して、お母さんを慰めようと、そのための日記なんですよ。最後に、男らしくやります、見とって下さい、と書いているところが一、二ページありますけどね、作り笑いみたいなもんでね。讃美歌を歌いながら、聖書を持って突っ込みますと、最後に書いとるのは、お母さんがクリスチャンだから、そう言うたらお母さんが慰められる、ということだったと思うんですよ」

それを書いた時の親友の心情を伊東はそう慮るのだ。

「最後に、実際にあいつの心が澄んで、覚悟を決めたというところが、僕としては却ってつらくてね。特攻隊で死んだという戦死の報が入った時、母親同士、仲がよかったもんで、うちのおふくろが飛んで行って、手を取りおうて、泣いたそうです。戦後、うちのおふくろが亡くなった時も、あいつのお母さんは葬儀に駆けつけてくれましたよ。いつも、こいつの命日には、家に行ってね、いろいろお母さんと話をしました。喜んでくださいましたよ」

戦死者の数だけ哀しみがあり、癒しきれない思いがあり、そして家族のドラマがある。伊東は戦後、生き残った仲間の一人として、これもまた見つめ続けた。

伊東は、死んでいった仲間たちの姿を折に触れて思い出している。特に、所属した二六二飛行隊では二百人のうち百八十五人が戦死し、その隊員たちを見送りつづけた経験があまりに強烈なものだったからにほかならない。

「戦死したのが、二百人中の百八十五人という数字は、やはりすごいと思うんですよ。しかもね、〝お前たち、特攻に行ってくれるか〟という話があったわけじゃなくてね、それは当然のごとく命令ですからね。別盃（べっぱい）式は、するかせんかわからんとですよ。〝省略〟で行ってしまったこともありますしね。別盃式してもらった場合はね、みんなの中を歩いていくわけですよ。それで出撃していく。だけど、ただ〝お前、行って来い〟と言われて、儀式もなしに行かされた銀河隊もありました。宮崎に銀河を輸送して来い、と言われてやって来た連中が、着いたら〝お前たちは特攻隊やぞ〟って言われたりね。自分たちの隊長は来てないし、〝出てくる時はそげな話ありませんでした〟ゆうたところで、〝命令が出とる〟と言われて、それで終わりです」

敵の機動部隊に近づける可能性は極めて小さく、自分たちが犬死にすることがわかっていながら、それでも親を残して出撃しなければならなかった特攻隊員たちの心情は、いかばかりだっただろうか。

人間である以上、隊員たちの中には、荒れる者がいたのも確かである。当時の殺伐（さつばつ）

たる状況を表わすこんな事例もある。

「昭和二十年の四月か五月かわからんけど、やっと搭乗員になったばかりの二等兵曹が、われわれ二、三十人が宴会をしよったところに日本刀を引き抜いて入ってきたことがあった。それで、海兵出の少尉の飛行服をばーって袈裟がけに切ったことがあったんですよ。飛行服の上にライフジャケットしとるでしょ、それがぴーっと切れて、中の真綿が紙ふぶきみたいに散ってね。さすがに、みんなびっくりしました」

これは、たとえ二等兵曹が少尉の身体に傷を与えていなくても、日本刀で「切った」というのは大事件だった。

「僕が、〝何をするかあ〟って言うて、その二等兵曹を殴り倒してね。来いっ、ちゅうて首を引きずるようにして廊下に出して兵舎に連れて行きました。聞けば、〝なんとか少尉が飛行機もろくすっぽ操縦しきらんのに、生意気やったから脅かしてやりました〟というぐらいの話たい。僕は、〝自分の宿舎に行って謹慎しとけ〟って言うてね。〝はい、そうします〟と向こうが言うて、それで終わり。やっぱりね、僕が殴り倒して、引きずり出したことが、応急処置としてよかったんです。あれは、僕としても非常にうまくできた話だなと思ってね」

一方で見事な潔さを発揮した若者たちも、心の中の動揺を抑えきれず、われを失う場面もこうして時折、見られたのである。

終戦から六十年以上が経過した二〇〇六年、伊東はこんな文章を書いている。

〈戦後六十年、平和になったこの国の中で、私は生活との戦いに明け暮れ、まあ普通の一市民として次第に年をとって来ました。しかし、あまりにも鮮烈だったこの戦いは胸から去らず、彼等戦死者を慰霊するというよりも、彼等の死の意味を考え続けるのが私の仕事になりました。そして次第に、単純な一つの結論が私の胸を充たし、その怒りをどうすることも出来ません。

多くの人々が、多くの才能が、そのそれぞれの夢を抱きながら、国によって殺された。言うまでもなく、祖国が戦いに敗れようとする時に、若者が生命をかけて国に身を挺するのは当たり前だが、国には、その国民の死を求めるのに節度があります。特攻を命ずるなどの国の行動は、狂気の沙汰であり、国の行動としての節度を超えます。

特攻命令にたじろぎながらも、精神の苦闘の末、自らの主体的な戦いとして、頭を高く持して飛び立った男たちの姿に感動し、それを称えることによって、特攻を日本精神の華と見たい人々の悲しい受容はわかるが、事の本質は、国家の無謀な狂気であることは変わらず、この特攻戦術は日本の歴史に残した汚点であると思います。

それともう一つ、政治の問題は重大です。戦争も国の政治の形の一つである以上、理性を必要とします。成算がなくなった戦争の続行は責任回避そのものであり、これは政治の任を担う者として、国に対する罪であり、国民に対する罪であります。われわれの友人たちのほとんどすべて、国民の何十万人という死者は、すべてこの時期の死者でありました。戦災の加速度的拡大もこの期間です。色々の著者が色々の解釈を伝えました。

以上が、私が考えて辿り着いた結論です。
しかし、私の解釈のほかに何があり得ましょう〉

戦友たちの死の意味を考える伊東の作業は、生涯の仕事となったのである。米寿を過ぎた伊東は、そのことを今も考えつづけている。

おわりに

にわかに激しい雨が大地を叩きつけ始めた。

それは、南国特有のスコールに近い豪雨だった。大きな三つの天幕に入っていた百名を越える参列者の足元にも、その雨は容赦なく降り注いできた。

二〇一一（平成二十三）年五月二十七日午後四時過ぎ。沖縄県豊見城市の小高い丘にある海軍壕公園では、この日、第四十九回を数える「海軍戦没者慰霊祭」（沖縄海友会主催）が開かれていた。

五月二十七日は、「海軍記念日」である。日露戦争でロシアのバルチック艦隊を撃滅した日を記念したもので、長く日本海軍にとって神聖な日とされてきた。

多くの若者が命を落としたここ沖縄では、戦後六十六年という年月が経過しているにもかかわらず、旧海軍関係者によって、亡き戦友たちの慰霊祭が今もおこなわれている。

海軍壕とは、沖縄戦で日本海軍が司令部として使用した防空壕である。重要軍事拠点であった小禄飛行場を守るために作られた防空壕で、枝分かれした五百メートル近い坑道の中に、司令官室、幕僚室、暗号室などが設けられ、長期の籠城にも耐えられる構造を持っていた。

だが、圧倒的な米軍の攻勢によって、昭和二十年六月十一日、海軍壕に立て籠った海軍将兵たちは玉砕へと追い込まれた。

この時、海軍の大田實・沖縄方面根拠地隊司令官が自決の七日前に打った「沖縄県民斯ク戦ヘリ　県民ニ対シ後世特別ノ御高配ヲ賜ランコトヲ」という電報はあまりにも有名だ。

その悲劇の海軍壕の上にある小高い丘には、「海軍戦没者慰霊之塔」が戦後建てられ、ここが海軍関係者の慰霊のための象徴の場となった。

この日も、老齢となった遺族や元兵士たちが集まり、海上自衛隊第五航空群儀仗隊による吹奏の中、粛々と慰霊祭が進んでいた。

私は、足を引きずりながら献花しようとする遺族や戦友たちの姿を会場の隅から静かに見つめていた。戦友たちの年齢は九十歳前後だろうか。遺族も高齢の方が多い。

この日は、大田司令官の八十六歳になる長女や七十歳を越えた孫も参列していた。

遺族たちの献花が始まろうとしたその時、それまでの小雨が、急に雨足を強めた。

その強さは沖縄ならではのものだろう。

目の前の慰霊塔までいけないほどの豪雨によって、献花台が天幕の前まで運ばれ、
高齢の遺族や戦友たちは、そこで献花をし、亡き家族や戦友の冥福を祈った。

「初めて参加しました。兄が沖縄で戦死しました。いつまでもこの地を忘れないようにしたい」

「亡くなっていった人たちの無念を忘れないで欲しい」

地元の報道陣に取り囲まれた遺族や戦友たちは、言葉少なにそう語っていた。やがて、降りしきる雨の中、儀仗隊による弔銃が発射された。

一発、二発、三発……

雨空に轟き渡るその音は、独特の響きを持っていた。急に降り始めた豪雨と、雨空に共鳴するかのような弔銃の響きは、この場に多くの戦死者の霊が集まり、見守っているのではないか、と錯覚させるものだった。私は、さまざまな当事者たちから聞かせてもらった死んでいった人間たちの思いをこの時、思い出していた。

ある老兵は、「戦死した仲間の無念が忘れられない。特攻戦法とは、国が犯した罪悪として反省し、歴史に詫びねばならないものである」と怒りを抑えながら語り、またある老人は、「復員後、私は二か月間、外へ一歩も出ることができなかった。それほど私は虚脱状態となっていた」と語ってくれた。

戦争の悲劇は、生き残った者たちにも、今も傷跡を残している。その哀しみと無念は、後世の人間が世代を継いで長く語りつづけなければならないものだと思う。

私は、かつて興味深い記事に出会ったことがある。

真珠湾攻撃の四十周年が過ぎた昭和五十七年、戦史研究家の秦郁彦氏と戸髙一成氏によって、『秘録太平洋戦争』(「歴史と人物」昭和五十七年九月十日増刊号・中央公論社)に発表された調査結果である。

真珠湾攻撃に参加した最精鋭の航空機搭乗員七百二十名が、その後、太平洋戦争下でどのような運命を辿ったか、というものである。

搭乗員たちの損耗率は予想以上で、有名な戦闘での戦死者を挙げただけでも、以下のような数字にのぼった。

真珠湾攻撃五十五人、珊瑚海海戦六十七人、ミッドウエー海戦六十九人、第二次ソロモン海戦二十人、南太平洋海戦五十三人、マリアナ沖海戦二十九人、台湾沖航空戦三十一人——ほかにも殉職や事故、戦病死者もおり、太平洋戦争で没した搭乗員の数は、五百七十三人となり、死亡率は八〇・一パーセントに達したという。
つまり真珠湾攻撃に参加した搭乗員の内、終戦まで生き抜いたのは、わずか百四十二名に過ぎず、生存率は一九・九パーセントだったという。日本軍が玉砕や全滅を繰り返した中で、それでも一九・九パーセントの生存率だったことは、むしろ「高率」であったと見るべきかもしれない。それほど太平洋戦争は、過酷な殺戮（さつりく）戦だったのである。

本書は、太平洋戦争の主力として戦った元兵士を日本全国に訪ね歩き、その痛烈なそれぞれの体験を忠実に再現したノンフィクションである。

私は、老兵たちの実体験と、後年に書物から得た知識を可能な限り分離、整理しながら話を伺った。中には、戦後、書物で得た知識をつけ加えて話をしてくれる方もいらっしゃったからだ。そして、できるだけ老兵たちの体験を裏づける公的史料にもあたらせてもらった。

二十歳で真珠湾攻撃に参加した搭乗員は、二〇一一年、満九十歳を迎えた。

老齢でありながら矍鑠（かくしゃく）として、大空に散ったかつての戦友のことを語る彼ら歴戦の猛者たちの証言を集める作業も、時間的には限界に近づきつつある。

証言をしていただくにあたって私が老兵たちにお願いしたのは、自らが経験した出来事のみであった。自分が目撃した出来事と自らの思い、そして戦友たちの姿を、可能なかぎり正確に思い出してもらい、それを忠実に再現させてもらったのだ。

話は、やはり大正世代の若者の物語となっていった。明治生まれの両親に育てられた大正生まれの若者は、潔さと責任感を強く持った世代だった。老兵たちの話に耳を傾けるたびに、私はこの人たちを生んだ「世代」そのものに興味を引かれていった。

彼らに共通していたのは、家族を守るためには自分が行くしかない、という男子としての悲壮な決意にほかならなかった。そして、死んでいった仲間への熱い思いと、生き残ったことに対する申し訳なさも共通していた。人生の最晩年を迎えた元兵士たちは、さまざまな表現で、かつての戦争体験と自分の思いを語ってくれた。

昨日の出来事のように再現される稀有(けう)な体験の数々に、私は改めて極限の「生と死」のドラマを感じざるを得なかった。戦争に参加した当事者たちが、後輩である私たちに何を伝えようとしているのか、私はそれを考えながら老兵たちの話に耳を傾けつづけた。

悔恨と鎮魂、そして使命感――彼らを証言へと駆り立てたのは、そういう思いからではなかったかと思う。

その意味で、この作品は、家族と祖国のために自らの命を捧げた若者たちに対する、後世の日本人としての尊敬と感謝を込めた鎮魂歌でもある。

いったいあの時の若者は、自分の運命をどう思っていたのだろうか。私が取材を通じて知りたかったのは、そこにある。

本書にその答えがいくばくかでも出ていれば幸いである。

取材協力いただいた多くの方々にこの場を借りて御礼を申し上げたい。取材協力者のお名前は、このシリーズが終わる時に、すべてご紹介させていただきたく思っている。

本書は、『文藝春秋』二〇一〇年十月号から十二月号まで連載した「九十歳の兵士たち」をベースに、さらに取材を加え、新しい作品としたものだ。

『文藝春秋』連載中には、同誌の木俣正剛編集長、同編集部の吉地真統括次長、同編集部池澤龍太両氏、また現・文春新書の鈴木洋嗣編集長の協力を仰ぎ、単行本化にあたっては、小学館週刊ポスト編集部の飯田昌宏編集長、鶴田祐一副編集長に大変お世話になった。この場を借りて厚く御礼を申し上げる次第である。

なお本文は原則として敬称を略させていただいたことを付記する。

二〇一一年七月

門田隆将

太平洋戦争関連地図

太平洋

ミッドウェー島

オアフ島

ホノルル

ハワイ諸島

ウェーキ島

クェゼリン島

タラワ島

マキン島

ギルバート諸島

ブーゲンビル島

ガダルカナル島

サモア諸島

フィジー諸島

ソビエト連邦
オホーツク海
ハバロフスク
敷香
豊原
モンゴル人民共和国
ノモンハン
満州国
ハルピン
新京
ウラジオストク
札幌
奉天
北京
大連
朝鮮
日本海
天津
旅順
平壌
延安
京城
大日本帝国
済南
中華民国
青島
呉
東京
横須賀
西安
佐世保
大阪
南京
ミートキナ
成都
漢陽
上海
インパール
杭州
重慶
コヒマ
沖縄
小笠原諸島
昆明
インド
ラシオ
香港
台湾
硫黄島
マンダレー
ビルマ
アキャブ
ハノイ
トングー
東シナ海
海南島
リンガエン湾
ルソン島
ラングーン
タイ
テニアン島
モールメン
マニラ
フィリピン
グアム島
仏領インドシナ
サマール島
サイパン島
北アンダマン諸島
サイゴン
レイテ島
ヤップ島
セブ
パラオ諸島
ミンダナオ島
シンゴラ
ペリリュー島
トラック諸島
コタバル
ブルネイ
モロタイ島
ワクデ島
ラバウル
ジョホールバル
クチン
ハルマヘラ島
ビアク島
ニューブリテン島
スマトラ島
シンガポール
バリックパパン
メナド
アイタペ
インド洋
ボルネオ島
ソロン
サルミ
バンジェルマシン
ニューギニア島
パレンバン
サンサポール
ホーランジア
マカッサル
ラエ
バリ島
ディリー
サラモア
オランダ領東インド
ジャワ島
ギルワ
チモール島
クーパン
ポートモレスビー
ブナ
ポートダーウィン
オーストラリア

関連年表

1927（昭和2）年
4月……………蔣介石が南京に国民政府を樹立
5月……………蔣介石の北伐が山東省に迫り、日本が第一次山東出兵

1928（昭和3）年
4月……………第二次山東出兵
5月……………山東省・済南で日本人居留民が虐殺され、日本軍と蔣介石軍が衝突する「済南事件」発生
6月……………張作霖爆殺事件

1929（昭和4）年
10月……………ウォール街の大暴落。世界恐慌始まる

1931（昭和6）年
9月……………満洲事変勃発

1932（昭和7）年
1月……………第一次上海事変
2月……………リットン調査団の調査始まる
3月……………満洲国建国宣言
5月……………五・一五事件
10月……………リットン調査団の報告書公表

1933（昭和8）年

1月……………ドイツでアドルフ・ヒトラーが首相に就任
2月……………国際連盟総会でリットン報告採択。日本、連盟脱退を表明
3月……………フランクリン・D・ルーズベルトがアメリカ大統領に就任、
ニューディール政策スタート

1934（昭和9）年

10月……………毛沢東の「長征」始まる

1935（昭和10）年

8月……………中国共産党、八・一宣言（抗日救国宣言）で国共合作を呼びかける

1936（昭和11）年

2月……………二・二六事件
11月……………日独防共協定、締結
12月……………西安事件（張学良が西安にて蔣介石を逮捕監禁）

1937（昭和12）年

6月……………第一次近衛文麿内閣発足
7月……………盧溝橋事件。日中全面戦争始まる
北京の東・通州にて済南事件を上まわる日本人居留民虐殺「通州事件」発生
8月……………第二次上海事変
9月……………第二次国共合作
12月……………日本軍、国民政府の首都南京を占領（国民政府、重慶に首都移転）

1938（昭和13）年

1月……………日本、「国民政府を対手とせず」との近衛声明発表、国民政府との和平交渉打ち切り
4月……………国家総動員法公布

1939（昭和14）年
5月……………満州とモンゴルの国境地帯ノモンハンで
日ソ両軍が衝突（ノモンハン事件）
9月……………ドイツ軍、ポーランドに侵攻。第二次世界大戦勃発
1940（昭和15）年
3月……………汪兆銘が蔣介石に対抗して南京国民政府を樹立
6月……………ドイツ軍、パリに入城
7月……………第二次近衛内閣発足
9月……………日本軍、北部仏印に進駐
日独伊三国同盟締結
10月……………大政翼賛会、結成
11月……………大日本産業報国会、結成
1941（昭和16）年
4月……………日ソ中立条約調印
6月……………独ソ戦始まる
7月……………第三次近衛内閣発足
日本軍、南部仏印に進駐
10月……………東條英機内閣発足
11月……………アメリカ、日本にハル・ノートを提案
12月……………日本が真珠湾を攻撃。太平洋戦争勃発
ドイツとイタリアがアメリカに宣戦布告

1942（昭和17）年

1月……………日本軍、マニラ占領
2月……………日本軍、シンガポールへ（マレー進攻作戦）
3月……………日本軍、ラングーン占領
ジャワのオランダ軍降伏
4月……………米軍による初の日本本土空襲（ドーリットル空襲）
5月……………珊瑚海海戦
6月……………ミッドウエー海戦
アメリカ、原子爆弾開発・製造のためのマンハッタン計画に着手
8月……………ガダルカナル島の戦い始まる
第一次ソロモン海戦
第二次ソロモン海戦
10月……………南太平洋海戦
11月……………第三次ソロモン海戦

1943（昭和18）年

2月……………日本軍、ガダルカナル島から撤退
ソ連軍がスターリングラードでドイツ軍を降伏させる
4月……………山本五十六聯合艦隊司令長官、ブーゲンビル島上空にて戦死
5月……………アッツ島の日本軍守備隊玉砕
7月……………連合軍、シチリア島に上陸
日本軍、キスカ島からの守備隊撤収作戦に成功
9月……………連合軍がイタリア半島に上陸

イタリア、連合国に無条件降伏。イタリアは内戦状態に突入

10月……明治神宮外苑競技場にて、学徒出陣壮行会を挙行

11月……東京で大東亜会議が開催され、大東亜共同宣言を発表

1944（昭和19）年

3月……インパール作戦（〜6月末）。日本軍、歴史的敗北を喫す

日本、学童疎開が始まる

6月……連合軍、ノルマンディー上陸作戦に成功

マリアナ沖海戦

7月……サイパン島の日本軍玉砕。日本の最終防衛線「絶対国防圏」が崩壊

8月……グアム島陥落

10月……台湾沖航空戦

フィリピン攻防戦。レイテ沖海戦。神風特別攻撃開始

1945（昭和20）年

2月4日……米英ソ首脳、ヤルタで会談

18日……硫黄島の戦い始まる

23日……米軍、マニラを占領

3月10日……東京大空襲

14日……大阪大空襲

22日……硫黄島陥落

26日……米軍、沖縄上陸開始

4月6日……天一号作戦（菊水作戦）開始

7日……戦艦大和、沈没。鈴木貫太郎内閣発足

12日……米ルーズベルト大統領、死去
25日……ドイツのエルベ川で米軍とソ連軍が合流
28日……イタリアのムッソリーニ、処刑
30日……ヒトラー、ベルリンの総統地下壕内で自殺
5月2日……ベルリン陥落
8日……ドイツ、連合国に無条件降伏
6月13日……大田實・沖縄方面根拠地隊司令官（海軍少将）が
海軍司令部壕にて自決
23日……牛島満・第32軍司令官（陸軍中将）が摩文仁司令部で自決。
沖縄本島における組織的な戦闘終了
7月26日……連合国側がポツダム宣言を発表
8月6日……広島への原子爆弾投下
8日……ソ連、日ソ中立条約を破棄し、日本に宣戦布告
9日……長崎への原子爆弾投下
15日……日本、ポツダム宣言を受諾し、降伏
17日……東久邇宮稔彦内閣発足
9月2日……日本、降伏文書に調印、第二次世界大戦終結

参考文献

『筑波山宜候　続甲飛三期生の記録』（甲飛三期会）
『平和への道のり　零戦の操縦席から幼児教育の場へ』（原田要）
『世界平和への証言　元零戦パイロット　九十余年を生きて』（原田要・有限会社イッツ・エンタープライズながの自分史コアセンター）
『修羅の翼　零戦特攻隊員の真情』（角田和男・光人社NF文庫）
『海軍神雷部隊』（海軍神雷部隊戦友会）
『神雷桜花機一一型練習機投下の瞬間』（松林重雄・海軍第14期会会報・第12号）
『人間爆弾と呼ばれて　証言・桜花特攻』（文藝春秋編・文藝春秋）
『夕刊デイリー』（平成六年十二月六日付・平成八年八月十七日付・平成十三年四月十一日付・平成十三年四月十二日付・平成十六年七月一日付・平成十七年六月十六日付・平成十八年八月十六日付・平成十八年八月十七日付・平成二十年十二月二十六日付・平成二十年十二月二十七日付・平成二十二年六月二日～六月十日付）
『七三部隊回想記』（七三会京都大会事務局）
『僥倖なる人生』（前村弘）
『白城子陸軍飛行学校宇都宮教導飛行師団概史』（白飛校概史編纂会）
『海軍飛行科予備学生　日記　一九四三～一九四五』（鈴木英夫）
『私の履歴書　兼松名誉顧問　鈴木英夫』（日本経済新聞・平成八年二月一日～二月二十九日）

『我等忘レス』（岸もと・限家私定版）
『宇佐航空隊の世界Ⅰ・Ⅱ・Ⅲ』（豊の国宇佐市塾）
『高知海軍航空隊　白菊特別攻撃隊』（三国雄大・群青社）
『私の特攻隊への考え方』（伊東一義）
『特攻隊について』（伊東一義）
『落暉の三百日──攻撃二六二飛行隊』（伊東一義・中攻第52号別冊）
『鎮魂、攻撃二六二飛行隊』（伊東一義・西日本文化323・一九九六年八月）
『神風特別攻撃隊』（モデルアート一九九五年十一月号臨時増刊No．458・モデルアート社）
『秘録太平洋戦争』（「歴史と人物」昭和五十七年九月十日増刊号・中央公論社）
『神風特別攻撃隊の記録』（猪口力平　中島正・雪華社）
『大日本帝国の戦争2　太平洋戦争』（毎日新聞社）
『戦史叢書　陸海軍年表』（防衛庁防衛研修所戦史室・朝雲新聞社）
『戦史叢書　中国方面海軍作戦〈二〉─昭和十三年三月まで─』（防衛庁防衛研修所戦史室・朝雲新聞社）
『第一聯合航空隊戦闘詳報綴』
『戦史叢書　海軍軍戦備〈一〉昭和十六年十一月まで』（防衛庁防衛研修所戦史室・朝雲新聞社）
『戦史叢書　海軍軍戦備〈二〉開戦以後』（防衛庁防衛研修所戦史室・朝雲新聞社）
『加賀飛行機隊戦斗行動調書　自昭和16年12月至昭和17年6月』
『戦史叢書　ハワイ作戦』（防衛庁防衛研修所戦史室・朝雲新聞社）
『真珠湾攻撃の記録』（米国上下両院合同調査委員会）
『戦史叢書　ミッドウェー海戦』（防衛庁防衛研修所戦史室・朝雲新聞社）

『第二十五航空戦隊戦時日誌、戦闘詳報』
『戦史叢書　海軍捷号作戦〈二〉フィリピン沖海戦』（防衛庁防衛研修所戦史室・朝雲新聞社）
『昭和十九年親展電報綴』（海軍省人事局保管）
『戦史叢書　海軍捷号作戦〈一〉臺灣沖航空戦まで』（防衛庁防衛研修所戦史室・朝雲新聞社）
『攻二五二戦闘詳報』
『戦史叢書　沖縄・臺灣・硫黄島方面陸軍航空作戦』（防衛庁防衛研修所戦史室・朝雲新聞社）
『天号日誌』（第六航空軍参謀水町勝成中佐）
『戦史叢書　陸軍航空兵器の開発・生産・補給』（防衛庁防衛研修所戦史室・朝雲新聞社）

本書は二〇一一年八月に小学館より刊行された作品に加筆修正のうえ、文庫化したものです。

太平洋戦争　最後の証言

第一部　零戦・特攻編

門田隆将

平成27年 5月25日　初版発行
令和7年 2月15日　15版発行

発行者●山下直久

発行●株式会社KADOKAWA
〒102-8177　東京都千代田区富士見2-13-3
電話　0570-002-301（ナビダイヤル）

角川文庫 19179

印刷所●株式会社KADOKAWA
製本所●株式会社KADOKAWA

表紙画●和田三造

ISBN978-4-04-102700-4　C0195

◆◇◇